KB048371

파란
구리
반지

파란 구리 반지

ⓒ손석춘, 2017

초판 1쇄 2017년 9월 1일 펴냄

지은이 손석춘
펴낸이 김성실
책임편집 박성훈
표지 디자인 공중정원 박진범
본문 디자인 채은아
제작처 한영문화사

펴낸곳 시대의창　　**등록** 제10-1756호(1999. 5. 11)
주소 03985 서울시 마포구 연희로 19-1
전화 02)335-6121　　**팩스** 02)325-5607
전자우편 sidaebooks@daum.net
페이스북 www.facebook.com/sidaebooks
트위터 @sidaebooks

ISBN 978-89-5940-652-4 (03810)

잘못된 책은 구입하신 곳에서 바꾸어드립니다.

이 도서의 국립중앙도서관 출판시도서목록(CIP)은
서지정보유통지원시스템 홈페이지(http://seoji.nl.go.kr)와
국가자료공동목록시스템(http://www.nl.go.kr/kolisnet)에서 이용하실 수 있습니다.
(CIP제어번호: CIP2017018732)

파란
구리
반지

손석춘 장편소설

시대의창

차례

1부

불란지불

1

하얀 달빛이 구리 반지에 괴괴히 내리면, 가슴에 맑고 밝은
기운이 차오른다. 세상과 나, 몸 안팎이 파란 반지에서 하
나로 이어진 느낌이다.

자못 긴 세월, 나만의 춤을 추어왔다. 이 층 창문 아래 자
리한 구새 먹은 나무가 달빛으로 연노랗게 물들 때 특히 그
랬다. 손끝이 저절로 꿈틀거리며 너울너울 신명이 났다.

이 층 거처에서 나무 계단을 삐걱삐걱 딛고 뜰로 내려서면
곧장 떡갈나무 숲과 호수로 이어진다. 나무 구멍으로 다람쥐
들이 올망졸망 들락거려 동화에나 나올 법한 집에 나는 마귀
할멈처럼 홀로 산다. 은유가 아니다. 내내 누구와도 소통하

지 않고 노박이로 살아왔다.

도린곁은 아니다. 호수와 숲을 에두르며 잔디 깔린 집들이 어깨동무하고 있다. 그 이웃들이 전혀 눈치 채지 못하게 우둥우둥 드나드는 존재들이 있다. 혼자 사는 집 안이 호젓하기는커녕 복작댈 때가 적잖은 까닭이다. 달빛이 부서져 내릴 때면 사위가 평온해지지만, 날이 밝아 정오가 지나서는 밤이 이슥하도록 아홉이나 무시로 깃든다.

너무 귀살쩍을 때는 도망치듯 집을 나서 호수를 에워싼 산책 길을 지척거린다. 그 길에서 걸어서는 도저히 갈 수 없는 땅, 태평양 건너 동아시아의 작은 나라에서 살아가는 이들을 앙가슴에 그린다.

한쪽은 민주주의 껍질에 다른 쪽은 사회주의 껍데기에 갇힌 채 갈라진 조국의 과거에 얼마나 위대한 꿈이 약동하고 있었는가를 망각하고 있지만, 그래도 그이들만이 살인하고 살해당한 혼령들을 구원할 수 있다. 이 기록은 그 갈망의 갈무리다.

바라건대 그들이 촛불을 켜 이 깊은 죽음의 어둠을 밝혀주길. 하여, 바다 건너 호숫가를 살망살망 서성이는 늙은 마녀의 울음에 잠깐이라도 귀 기울여주기를.

텅 빈 집에서 가여운 영혼들을 처음 발견한 날이 생생하다. 아들 내외와 손녀가 분가하며 집 안이 설렁했다. 오랜 세월 숨겨온 작은 상자, 하얀 실로 꽁꽁 동여맸던 검은 상자를 풀어 구리 반지를 찾아 끼면서 어깨가 들썩들썩했다. 몸이 명하는 대로 우쭐우쭐 춤을 추다가 지쳐 쓰러졌다.

땀으로 온몸이 흥건했지만 가슴 어딘가에 아직도 뜨거운 무엇이 꼼트락댔다. 널뛰듯 놀았기에 더 출 기력은 남아 있지 않았다. 누운 채 손을 들어 구리 반지에 새겨진 민들레를 보다가 몸 깊은 곳에서 샘물처럼 손끝으로 흘러오는 춤사위를 불현듯 글에 담고 싶었다.

그 순간 용수철처럼 곧바로 일어났다. 창문 앞으로 책상을 바투 밀어 넣고 앉았다. 춤을 글로, 글을 춤으로 삼자고 결기를 세웠다.

막상 '글춤'은 술술 풀리지 않았다. 어디부터 놀아야 할지조차 도통 감이 잡히지 않았다. 스물아홉 살에 삶이 절단 난 장면부터 출까, 살아 있다는 고통을 도무지 이겨낼 수 없어 가면을 썼을 때부터 놀까, 서른을 맞아 스무 살이 된 해괴한 사연부터 적을까. 이런 저런 상념 끝에 징글징글한 장면들이 꼬물거리며 심장이 미어졌다.

아래층으로 내려가 아들이 남기고 간 오래된 포도주 마개를 뽑았다. 검붉은 술을 석 잔 마시자 조금은 진정되어 다시 계단을 올라왔다. 문 앞에서 소스라치게 놀랐다.

책상에 누군가 걸터앉아 창밖을 보고 있지 않은가. 가만히 살피니 혼자도 아니었다. 내 눈이 열려서일까. 방 안 여기저기 웅크리고 있거나 고개 들어 퀭한 눈으로 호수를 바라보는 영혼들이 곰비임비 나타났다. 모두 아홉, 그들이 나와 더불어 존재해온 사실을 비로소 깨달았다.

오그랑쪼그랑 나이 탓일까, 쭈뼛할 머리칼마저 성겨서일까. 담담해서 오히려 놀라웠다. 다만, 말을 건네도 침묵할 따름인 그들 하나하나를 바라보다가 끝내 늘키고 말았다.

얼마나 울었을까. 눈물이 씻어주어서인지 정신이 맑아왔다. 탐라에서 몰래 훔쳐보았던 영개울림이 삼삼했다. 다시 의자에 앉았다. 눈을 감았을 때 처음 떠오른 장면부터 기록하자고 마음을 다잡았다. 부박한 영혼보다 몸이 정직하게 떠올린 풍경이야말로 진실의 동굴로 들어가는 입구일 터다. 그 몸의 소리를 기록하려면 먼저 약간의 배경 설명이 필요하다.

나는 일본 오사카에서 간호사로 옹근 서른 해를 일했다. 미국으로 이민 와서는 메릴랜드의 호숫가에 거처를 마련하고 간병인으로 살아왔다. 그러던 어느 날 '일본인 간병인'을 구하는 집과 연결됐다. 집으로 찾아가기 전에 간명하게 기록된 환자 정보를 읽었다.

'아베 노부유키. 남성. 일흔일곱 살. 교통사고로 두 팔과 두 다리 마비. 다행히 목청은 닫히지 않았음.'

아베의 집은 앞마당이 울창한 소나무 숲을 이룰 만큼 대저택이었다. 내가 살고 있는 중산층 동네도 그렇지만, 상류층이 살고 있는 고래 등 집들을 볼 때마다 세계 자본주의 체제의 정점에서 인생을 한껏 즐기는 백인 남녀들과 내 갈라진 조국에서 살아가는 동포들이 하릴없이 겹쳐왔다.

두 조국을 미국 텔레비전 뉴스에서 이따금 만날 때 부끄럽고 서러워 울뚝밸이 치밀기도 했다. 일본 자본주의는 미국에 빌붙어 그에 버금가는 위상을 누리고 있기에 더 그랬다.

착잡한 심경으로 저택 현관에 들어서자 아무리 많아야 사십 대 초반일 여성이 나타났다. 일본인으로 듣고 왔는데 분위기가 달랐다. 느낌대로 한국인이었다. 그녀는 내가 한국인—사실 나는 '한국인'이나 '한국'이란 말이 낯설다. 처음 이글을 쓸 때는 조선인이라고 썼다. 하지만 퇴고 과정에서 조선인이라는 말을 모두 한국인으로 바꿨다. 독자들과 부드럽게 소통하기 위해서다—이라는 사실도 이미 알고 있었다. 어떤 상황인지 의심쩍어하는 내게 눈치 빠른 그녀가 설명했다.

"글쎄, 누워 있는 우리 집 양반이 꼭 일본인 간병인을 찾는

군요. 문제는… 내가 일본 말을 조금밖에 몰라요. 하기야 문제랄 것도 없지. 아무튼 여기저기 수소문하다가 마침 일본 간호사 출신의 한국인이 있다는 정보를 받고 기뻤어요."

그러더니 옆에 놓인 악어가죽 지갑에서 백 달러 지폐 세 장을 꺼내 내밀었다. 가린스러운 외모와 사뭇 달랐다.

"일단 인사로 건네니 받아둬요. 일해준다면 듣고 왔을 계약금보다 훨씬 많이 줄 수 있어요."

"고맙습니다."

"하지만 조건이 있어요."

조건은 두 가지로 간단했다. 먼저 철저히 일본인으로 행세해달라는 주문이다. 그리고 이 집에서 겪은 모든 일은 집 밖에선 절대 비밀로 해야 한다고 강조했다. 꺼림칙했지만, 고객의 사생활 보호는 간병인의 의무이기도 했기에 입다짐했다. 계약금보다 훨씬 많이 준다는 말 때문이었을지도 모르겠다. 아니 '모르겠다'가 아니라 '그렇다'고 솔직히 써야겠다. 당시 돈이 절박한 시기였다. 가능한 한 많이 벌어야 했다. 다만 물었다.

"그럼 환자도 한국인인가요?"

"그래요."

반가움보다 불쾌감과 경계심이 밀려왔다.

"간병인으로 굳이 일본인을 찾는 이유는 어떤 건가요?"

"짐작은 가지만 확실히는 모르겠어요. 굳이 물어보지 않았거든요."

"짐작이라면….."

"음, 글쎄 뭐랄까. 일본의 독특한 생활문화를 좋아한다고나 할까. 아무튼 부딪쳐보면 알게 될 텐데, 그런데… 혹시 매사를 이렇게 궁금해하나요?"

새된 목소리에 신경질이 묻어났다. 간호사로 산전수전 다 겪었기에 서그러운 미소로 국면을 바꿨다.

"환자를 위해 여쭌 건데, 불편하면 더는 묻지 않겠어요."

다소 누그러진 그녀가 마치 조심하라는 경고라도 하려는 듯 자리를 박차고 일어나며 명령조로 말했다.

"그럼, 따라와요."

나보다 스무 살 정도는 젊을 터인데도 자신을 '사모님'으로 부르면 된다고 무람없이 내뱉는 그녀를 따라 되우 가파른 층계 아래로 걸어갔다. 승강기가 나왔다. 개인 집을 제법 많이 들락거렸지만 이층집에 승강기는 처음이었다.

뒤돌아 강파른 계단을 올려보았다. 급경사진 층계를 보자 어인 일인지 마음이 차분하게 가라앉았다. 승강기를 올라가며 그녀가 궁금증을 풀어주겠다는 듯이 말했다.

"승강기는 저이가 다친 뒤 새로 설치했어요. 그러다 보니 계단을 다시 만들면서 가파르게 됐죠. 아예 없앨까 싶었는데 실내디자이너가 그래도 유용할 때가 있을 거라며 저 꼴로 만들어놓았지 뭐예요. 혹시 계단으로 오르내릴 때는 난간을 꼭 잡고 다녀야 할 거예요."

다시 승강기가 열리고 복도로 걸어갔다. 미국 저택들이 그렇듯이 일 층 천장이 높아 복도에서 내려다본 계단은 아까와는 달리 아찔했다.

이윽고 방으로 들어섰다. 그녀는 환자에게 당신이 원하는 일본인 간병인을 구해왔다며 나를 소개했다.

고통에 지쳐서일까. 잔뜩 찌푸린 채 감고 있던 환자의 거적눈이 힘겹게 열렸다. 희넓적한 얼굴에 깎은 듯이 날카로운 콧날, 찔꺽눈이 저마다 부조화를 이뤄 괴까다로워 보였다.

단추 구멍처럼 얇은 눈꺼풀 사이에서 나타난 눈빛은 뱀눈처럼 친친하고 섬뜩했다. 어디선가 언젠가 본 듯했지만 의문은 금시 사라졌다. 눈빛만 익을 따름이지 얼굴은 낯설었다. 어금버금한 눈빛의 노인을 많이 보아온 탓이라 여겼다.

환자의 눈이 좀 더 열리며 마른 입술 사이로 일본어가 나왔다. 쇠붙이가 긁히는 듯 쉰 목소리에 소름이 돋았다. 내가 정말 일본인인지, 이름이 무엇인지를 더듬더듬 묻는 얼굴엔 무슨 이유인지 긴장감마저 번졌다.

"기무라 아키코입니다. 잘 부탁드립니다."

능숙한 일어로 시치름히 말했다. 이어 오사카에서 근무했던 병원들을 간략히 나열해주었다. 사지가 마비된 환자의 마음을 편안하게 해주려면 무엇보다 신뢰를 얻어야 했다. 그때는 내 앞에 어떤 운명이 기다리고 있는지 예상도, 상상도 전혀 할 수 없었다. 만일 조금이라도 짐작했다면, 다른 길을 선택했을까. 그건 결코 아니다.

거적눈을 씀벅이면서도 의뭉스러운 눈길로 훑어보던 노인은 내 나이까지 캐물었다. 서류에 적힌 나이로 답했다. 내 이름과 나이를 혼자 되뇌던 아베의 얼굴에 다시 까닭 모를 실망감이 퍼지며 잠깐 돌던 혈기도 가뭇없이 사라졌다.

궁금했지만 더 생각할 이유도 필요도 없었다. 내 얼굴이 자기 첫사랑과 닮았다는 둥, 그리운 어머니 모습이라는 둥 흰수작 떠는 환자를 이미 지겹도록 보아왔기에 더 그랬다.

아베는 방문하기 전에 본 서류보다는 상황이 다소 나았다. 오른팔을 미약하나마 움직일 수 있었다. 오른발은 발가락만 곰틀대는 수준이어서 혼자 걷진 못했다. 집에 합숙하며 간병하는 계약서에 나는 선뜻 서명했다. 내 방은 병상 옆에 문 하나를 두고 마련되어 있었다.

환자의 요구로 방문은 노상 열어두어야 했다. 전임 간병인들은 모두 젊은 여성이었다는 말이 실감났다. 사방 벽지, 천정, 침대보 두루 연분홍색으로 아늑했다. 텔레비전과 냉장고, 냉방기, 가습기까지 갖춰 아기자기했다.

병상 시설도 최신이었다. 똥, 오줌은 관을 꽂아 배출했다. 봉지가 찰 무렵에 갈아주면 그뿐이다. 직접 배설물을 치우는 '큰일'이 해결된 셈이었다.

간호사로 처음 병원에 배치되었을 때는 침대까지 물들인 똥을 치우기가 몹시 역겨웠다. 정신이 혼미해질 만큼 코를 타고 깊숙이 들어오는 악취에 나도 모르게 얼굴이 찡그려졌다. 게다가 남자의 성기를 건드리는 일은 아무리 비닐장갑을 꼈더라도 징글맞을 수밖에 없었다.

하지만 스스로 배설할 수 없는 환자의 고통은 간호사가 겪는 불편과 견줄 수 없을 만큼 크리라는 생각이 들면서 바뀌어갔다. 어쩌면 간호사가 되기 전에 내가 겪은 파란과 고통이 너무 커서일지도 모르겠다. 아무튼 처음 일한 지 보름도 안 되어 똥이나 구토로 범벅이 된 몸과 침대를 미소 그리며 정리할 수 있었다.

아베는 여든이 가까운 나쎄인데 나름 건장했다. 휠체어에 올려 샤워기로 머리를 감기고, 소독한 물수건으로 얼굴과 몸을 닦아주었다. 엉덩이에 이어 성기를 살짝 들어 샅을 닦을 때는 오른 손가락들이 꼼지락거렸다.

일상적인 간병 활동이기에 대수롭지도, 염두에 둘 일도 아니었다. 다만 어수선하게 돋아난 수염을 면도해주거나 몸을 닦아줄 때 거적눈 아래로 뚫어지게 응시하는 눈동자는 끈적끈적하다가도 어느 순간 송곳처럼 파고들어 선뜩선뜩했다. 꼭 어디선가 마주친 눈씨처럼 다가왔다.

2

아베가 거적눈 아래 매서운 눈씨로 쏘아본 그날이었다. 나지막이 코를 골 때 까치발로 다가갔다. 얼굴을 곰곰 살폈다.

아무래도 처음 보는 사람이었다. 내가 겪은 숱한 노인 가운데 누군가와 어금버금할 수는 있겠지만, 더는 신경 쓸 이유가 없다고 확신했다. 내게 던지는 섬뜩한 눈길도 늙은 사내들에게서 종종 볼 수 있는 삿된 욕정이라고 판단했다.

실제로 닷새째에 몸을 닦아줄 때 아베가 손을 떨며 내 손을 잡으려 했다. 손을 쥐려고 더듬댈 만큼 호전되었다고 판단해 기쁜 미소를 지었다. 아베는 만경한 눈에 힘을 주고 유창한 일본어로 말했다.

"내가 한창때… 사업차 일본에 갔는데… 신기한 곳을 갔어. 젊은 여자들이… 손으로 남자 손님들 성기를 애무해주더군. 나를 안내한 일본인 사업가는 곳곳에서 성업 중이라고 하던데…, 그쪽도… 일본에 그런 업소가 있는 걸 들어보았는가?"

너절한 말에 대답도 귀찮아 고개만 주억거렸다. 아베의 친친한 눈에 일순 생기가 돌았다.

"나는 당당하게 도심에서 그런 영업을 하는 일본 문화가 너무 마음에 들었어. 과연 일본 민족은 다르다, 솔직한 사람들이다 생각했지. 아마 지금쯤은 훨씬 더 에로틱해졌을 거야. 요즘은 모르겠는데, 내가 떠날 때만 하더라도 한국에선 어림없었어. 한국인들은 그런 짓을 망측하다거나 변태적으로 여기지. 하지만 숨어서는 강렬하게 욕망하는 관음증이 있어. 하고 싶은데도 실제로는 못 해. 아주 비겁하고 위선적인 족속들이야."

내놓고 제 민족을 비하하는 늙은 한국인에게 역겨움이 밀려왔다. 울뚝밸을 삼키고 한 귀로 흘리며 옷깃을 여밀 때, 아베가 내 손을 잡았다. 이내 자신의 성기 쪽으로 가져가려 안간힘을 썼다. 나는 얼굴이 굳어지다가 하릴없이 싸늘해졌다. 왜 그가 일본인 간호사를 원했는지 비로소 짐작할 수 있었다.

일본의 성 문화는 한국과 사뭇 달랐다. 성을 쉬쉬하던 한국과 달리 일본인들은 부녀나 모자 사이도 성과 관련한 대화를 무람없이 나눴다. 처음에는 문란해 보였으나 지켜보니 그 나름대로 유교적 도덕에 얽매이지 않는 자유로움이 있었다. 한국처럼 유교가 생활에 깊숙이 침투하지 않았기에 빚어진 차이다. 성 욕망을 자연스럽게 여기되 한 가정의 어머니로서 일본 여성은 대체로 조용하고 검소했다. 내가 경험한 기혼 간호사들도 늘 주어진 직분에 충실했다.

자유로운 성 문화는 상업화로 이어졌다. 내가 오사카를 떠난 시기에도 젊은 여성들이 가슴을 다 드러내고 영업하는 성인 업소들이 중심가에 버젓이 자리 잡고 있었다. 아마 아베가 간 곳도 그중 하나였을 터다. 민망할 만큼 짧은 치마 하나만 걸친 채 음료를 주문받는 여성을 하나 골라 돈을 내면 밀실로 옮겨 손으로 사정을 시켜주었다.

그런 '문화'를 알고 있어서일까. 간호사로 일하며 말기 암 환자들에게 이따금 비슷한 요구를 받을 때도 처음과 달리 그리 놀라지 않았다.

오사카에서 간호사로 일하던 삼십 년 대부분을 중환자실

에서 보냈다. 한국인이기에 받은 차별이었지만, 긴 세월 일상적으로 죽음을 앞둔 환자들을 만나면서 인간의 슬픈 심연을 들여다볼 수 있었다.

병세가 악화되어 죽음이 다가오면 모든 집착을 놓고 초연하게 죽음을 맞이하는 사람들이 있는가 하면, 되레 성적 집착을 강렬히 드러내는 노인들도 있었다. 그들을 볼 때면 추접하다는 생각보다 연민이 들었다. 음식을 먹이려고 앞가리개를 목에 매어주는데 갑자기 살품으로 손을 집어넣어 깜짝 놀라 쟁반을 엎기도 했다. 커튼을 사방으로 치고 환자의 몸을 닦아줄 때는 손으로 엉덩이를 슬금슬금 만지는 노인도 있었다.

눈이 마주치면 대부분 무안함에 어쩔 줄 몰라 해 타이르며 용서했지만, 더러는 느글거리는 눈길을 당당히 보내는 늙은이도 있었다. 그럴 때는 사정없이 손등을 때렸다. 그럼에도 지싯지싯 되풀이할 때는 도리 없이 공개적으로 망신을 주었다. 봉변을 겪고서야 비로소 치근거리는 짓을 멈췄다.

특실에 머물며 내게 언제나 자상했던 말기 간암 노인이 어느 날 봉투를 건넨 일이 있었다. 팁이냐고 웃으며 반문하자 내 손을 끌어당겼다. 지꺼분한 눈으로 마지막 사정을 해보고 싶다며 간절히 애원했다. 처음이라 모욕감마저 들어 경멸조로 나무랐다. 비번이라 쉬고 다음 날 출근했을 때 노인이 간밤에 사망했다는 소식을 들었다.

그날 이후 나는 죽음을 앞둔 노인이 갈망의 눈빛을 보낼 때는 징그럽고 약약했지만 간호사들이 쓰는 비닐장갑을 끼고 짧은 시간이나마 도움을 주었다. 그 과정에서 나는 인간에게 성이 얼마나 근원적인가를 깨달을 수 있었다.

일부 노인을 놓고 과도하게 일반화를 한다고 나무랄 수도 있겠지만, 아니다. 점잖은 노인들 가운데도 옆 침상에 면회 온 젊은 여성의 짧은 치마 아래를 색 바랜 눈으로 뚫어져라 바라보다가 내 눈과 마주치면 민망해하는 꼴을 숱하게 경험했다.

남자들이 죽음에 임박해선 조금이라도 더 유전자를 퍼뜨리려는 본능이 강해진다는 어느 의사의 설명을 들었을 때는 인간의 유한성에 연민과 더불어 저 줄기찬 번식 본능의 궁극적 의미가 궁금하다 못해 종종 두렵기도 했다. 인간의 성욕은 다른 동물의 본능 그 이상이었다. 아니, 더 본능적이라 해야 할까.

딱히 일본 노인들만 그런 것은 물론 아니었다. 그나마 미국에서 간병인을 할 때는 나도 더는 젊지 않았기에 치근대는 환자가 크게 줄었을 따름이다. 사지가 마비된 아베마저 그

짓을 요구할 때 진저리 치며 단호히 거부한 이유도 그런 일까지 도울 나쎄가 더는 아니라고 판단해서였다.

아베는 어린 아이처럼 금세 울상이 되었다. 가여워 보였지만, 그렇다고 맡을 일이 아니었다. 다음 날 아침, 방에 들어서자마자 아베는 손에 거머쥐고 있던 백 달러 지폐 열 장을 내밀었다.

자신의 성기를 만져달라는 말을 무람없이 건네는 늙은이가 역겨웠다. 돈만 주면 무슨 일이든 가능하다고 믿는 추악한 인간에게 자꾸 그러면 간병을 그만두겠노라 선언하고 방을 나왔다. 점심 시각에 맞춰 다시 돌아가자 아베는 되록되록 뱀눈을 굴리며 눈치를 살폈다.

이튿날 아베의 체온을 재려고 다가갔을 때, 담요 속에 있던 파리한 손에 봉투가 들려 있었다. 아베는 서른 장을 넣었다고 애원의 눈빛을 보냈다. 대체 얼마나 욕망하면 나 같은 능신이에게 그걸 해달라는 걸까 싶었다.

애처롭게 요구하던 환자가 이승을 떠난 경험이 문득 떠올랐다. 아니, 나는 어쩌면 돈이 절실해 아베의 요구에 응했으면서도 교묘히, 그것도 '인간적'이라는 명분으로 가증스럽게 정당화하고 있는지도 모르겠다.

하지만 아무래도 가여워 보인 게 가장 큰 이유였다. 아베가 자신의 그곳도 마비되었는지 알아보고 싶거나 아니면 잃어버린 감각을 거기서부터 되살려보려는 열망 때문일 수 있다는 판단도 가세했다.

머뭇거리다가 봉투를 접어 옷에 넣고 담요와 아베의 덧옷을 제쳤다. 기대에 가득 찬 아베의 손이 어느새 옮겨와 손가락으로 꼼틀꼼틀 만지작대는 성기가 들어왔다. 쪼그라들어 남세스러울 만큼 초라했다.

아베를 등지고 앉아 환자 몸에 발라주던 화장품을 비닐장갑에 묻히고 소망대로 해주었다. 오그라든 성기는 전혀 반응이 없다가 스멀스멀 부풀었다. 덴덕스러운 느낌에 곧바로 그만두고 덧옷을 여며주며 말했다.

"희망을 가져도 좋겠어요. 감각이 살아 있네요."

짧은 '격려사'를 마칠 때 아베의 성기는 그새 노루 꼬리가 되었다. 얼굴 표정은 희망과 욕망, 절망이 뒤섞여 비참해 보였으나 더 관여할 일은 아니었다.

그날 저녁, 일 층에 거주하는 아베의 아내가 방으로 불렀다. 밤볼이 진 그녀의 모양새와 걸맞지 않게 백자와 청자가 곳곳에 놓여 은은한 천장 조명을 받고 있었다. 도도한 표정으로 앉으라고 권한 뒤 곧바로 물었다.

"저 사람이 귀찮게 하지 않던가요?"

"네?"

"젊은 간병인들마다 저 사람이 하도 치근거려 죄다 오래 있지 못했어요. 달러를 뭉텅뭉텅 쓰기가 나도 더는 싫었고요. 어제 아침에 방에 들어갔더니, 자기 손에 천 달러를 쥐어달라고 하더군요. 오늘은 이천을 더해 삼천 달러를 봉투에 넣어달라 했고요. 그 돈을 어디에 쓸지 알면서도 도리 없이 주게 되더군요. 물론 돈이 아까워서는 아닌데… 저 추접한 인간이 할멈 같은 여자에게도 그런 걸 요구하리라고는 미처 생각 못 했어요."

"…."

나는 여자가 어떻게 알았을까 싶었다. 폐쇄회로 카메라가 있다는 걸 직감했다.

"어머, 설마 할멈이라 불러서 화난 건 아니겠죠?"

미간을 다소 찡그리며 그녀가 능쳤다.

"화나긴요. 내 나이가 할망구 맞아요."

"그렇죠? 그런데도 들이대다니… 어이가 없어서…."

"…."

그 순간, 실수를 깨달아 침묵할 수밖에 없었다. 성기를 만져달라는 아베의 부탁은 가족이 도통 찾아오지 않는 병실에 입원한 중환자와 달리 들어주면 안 되는 일이었다. 엄연히 아내가 아래층에 있지 않은가. 환자가 절실하면 아내가 해줄 일이었다. 그렇다고 '미안하다'는 말을 전하기도 적절하지 않아 얼굴마저 화끈거렸다.

"저이가 저렇게 몸이 망가진 이유, 알고 있나요?"

"교통사고를 당했다면서요?"

"후후. 서류상으로, 또 대외적으로만 그렇지, 사실이 아니랍니다."

그녀가 컴퓨터를 켜더니 뭔가를 찾으면서 독기를 품었다.

"나는 저 늙은이를 증오해요."

이어 화면을 내 쪽으로 돌려 영상을 틀어주었다. 욕탕에서 젊은 여자 세 명과 난교를 벌이는 난삽한 풍경이 나타났다.

눈살을 찌푸리면서도 등장하는 남자의 눈매를 보았을 때 시선을 떼지 못했다. 뱀처럼 축축하고 섬뜩한 눈길, 어딘가 낯익은 경험이 되살아나면서 나도 모르게 얼굴이 질렸다. 젊은 아내가 말했다.

"정말 지저분하죠? 바로 저이랍니다. 증거를 잡으려 폐쇄회로를 설치했는데 딱 걸린 거지."

나는 아무 응대도 하지 않고 동영상 속 아베의 눈매만 바라보았다.

"많이 충격받았죠? 아줌마처럼 바른 분은 아마 처음 보는 영상일 텐데, 불편하더라도 마지막까지 봐주어요. 저 짓을 하다가 어떤 꼴을 당하는지 곧 나오거든요."

그녀가 말하지 않아도 시선을 모으지 않을 수 없었다. 벌거벗은 여자들과 짐승처럼 노니는 눈매를 주시하며, 침상에 누워 있는 아베를 본 듯한 까닭을 비로소 알아차렸기 때문이다. 그럼에도 생게망게했다. 작심하고 잼처 얼굴을 살피면 분명 아니었다. 과거의 어느 지점들이 마구 겹쳐와 혼돈에 휩싸였다.

그 순간, 동영상 속 욕탕 바닥에 여자들이 뱉은 침과 정액이 뒤섞인 분비물을 아베가 밟았다. 훌러덩 미끄러지며 아베의 목덜미가 금테를 두른 사각 욕조의 모서리에 세게 부딪쳤다.

"괜찮은 거죠? 내가 혹 너무 잔혹한 장면을 보여드렸나?"

별달리 할 말도 없었지만 혼란이 도통 가시지 않아 동영상만 물끄러미 바라보았다.

"저 인간이 어떤 화상인지 아줌마도 알아두셔야 할 것 같아 보여드렸어요. 영감태기가 저런 추접한 짓으로 돈을 물 쓰듯 하더니, 결국은 하필귀정이지 뭐야."

'사필귀정'을 '하필귀정'으로 말했지만, 그건 중요하지 않았다. 그녀는 잠깐 말을 멈추더니 느닷없는 질문을 했다.

"아줌마, 한국의 정계나 재계엔 관심 없는 거죠?"

"예, 그럼요. 그런데 왜 갑자기….'

"아, 저 인간 과거를 참고로 알려주려고요. 지금 얼굴을 보면 제법 호인처럼 보여 여자들 눈길 끌 만하죠? 근데 본 모습은 저러지 않아요. 코를 성형수술로 뜯어고쳤거든.'

"네?"

"호호, 뭘 그리 놀라요. 설마 벌써 저이에게 호감을 느낀 건가?"

"그럴 리가요."

그녀가 의자 옆에 서랍을 열더니 사진 한 장을 건네며 말했다.

"이게 한국에서 한창 권세 있던 시절에 찍은 사진인데, 어때요? 이렇게 심한 매부리코 본 적이 있어요? 지금과는 전혀 다른 사람처럼 보이지 않아요?"

사진을 받아들었을 때 하마터면 비명을 지를 뻔했다. 사진 속의 아베는 환자의 얼굴과 이미지가 전혀 달랐지만, 나로서는 결코 잊을 수 없는 바로 그 인간이었다.

하지만 어느새 나는 표정을 관리하는 자신을 발견했다. 이제 나잇값을 하나 싶었다. 그사이 나를 요리조리 살피던 그녀가 갸우뚱한 얼굴로 찌르듯 물었다.

"혹시 아는 얼굴인가요?"

"아뇨, 그럴 리가 있나요. 다만 얼굴 이미지가 너무 다르네요."

짐짓 대수롭지 않게 답했다.

"후후, 정말 다르죠? 어찌 이리 냉혹해 보일까. 눈치 챘겠지만, 우린 서른 살 차이가 나요. 이게 결혼할 때 내 사진이죠. 어때요. 배우 같죠? 나 같은 여자가 저런 인간과 결혼한 게 궁금하지 않나요. 돈 때문이라고 생각하죠?"

"그게 아니었군요?"

진실성을 의심하면서도 부러 찬찬히 반문했다.

"돈? 있어서 나쁘진 않죠. 하지만 결혼은 순전히 강간을 당해서였어요. 아기가 들어섰고요."

충격이 증폭되는 상황에서도 나는 침착하게 그녀를 바라보았다.

"왜 그런 이야길 시시콜콜 털어놓느냐 묻고 싶겠죠?"

잠자코 고개를 끄덕였다.

"좋아요. 다 말하죠. 그 전에 아줌마 뒷조사를 해본 것부터 말해야겠네."

뒷조사? 경계심이 일어나며 가슴이 철렁했다.

"아, 뒷조사해서 미안은 해요. 그런데 미국으로 건너와 고

생 많이 하더군요. 하나뿐인 외동아들에게 태권도장 마련해
주고 싶지 않아요?"

정곡을 찔린 느낌이었지만 그 이상의 과거는 알지 못한 듯
해 한편으론 마음이 놓였다. 그녀가 남편에게 배운 듯 눈을
뒤룩뒤룩 굴리며 호기롭게 말을 이었다.

"그걸 내가 깨끗이 해결해줄 수 있어요."

"어떻게요?"

혼돈 속에서도 본능적으로 물었다. 그녀가 회심의 미소를
짓더니 의자 옆 문갑 위에 두었던 손가방을 열었다. 제법 두
툼한 봉투를 꺼내 내밀었다.

"일단 이거부터 받아요. 아, 사양할 필요 없어요. 팁입니
다. 앞으로도 틈틈이 챙길게요."

"고맙습니다."

그다음 말은 나를 소용돌이로 몰아넣었다.

"잘 들어요. 아줌마."

마주친 눈빛은 날카롭되 음험했다.

"만일 그이가 일찍 세상을 뜨면 그만큼 몸이 안 좋아 간병
인이 고생했다는 증거 아니겠어요?"

색기가 담긴 눈동자가 내 얼굴에 나타나는 반응을 한 순간
도 놓치지 않겠다는 듯이 살폈다. 내가 어색한 미소를 짓자

확고한 어조로 또박또박 말했다.

"가령 두 달 안에 그이가 떠난다? 그럼 계약금 외에 지금 팁보다 열 배 더 많은 돈을 주겠어요. 빠르면 빠를수록 더 많아져요. 내 말 무슨 뜻인지 알겠어요?"

사뭇 대담하게 바라보는 눈이 암펴 보였다. 매서운 눈길은 강간당한 여자의 서리서리 맺힌 한 때문일까, 아니면 내가 모르는 어떤 치정극에서 비롯한 육욕과 탐욕의 뒤섞임일까. 궁금증이 꼬리를 물고 발동했다.

"그때 낳은 아기는 장성했겠어요?"

나는 슬쩍 말을 돌렸다.

"죽었어요. 딸이었는데…. 보시다시피 이 넓은 집에 저 인간과 나 둘뿐이랍니다."

말투엔 전혀 슬픔이 묻어나지 않았다. 건조했다.

"미안합니다. 공연한 걸 물었네요."

"괜찮아요. 아줌마도 남편을 젊었을 때 잃은 거죠?"

나도 모르게 한숨을 쉬고 고개를 주억거렸다. 자리에서 일어나며 말했다.

"조금 전 제안은 내일 아침에 답해도 되겠지요?"

"물론이죠, 단, 우리 둘만의 비밀인 건 알죠?"

아베가 누워 있는 방으로 돌아왔다. 잠이 깊이 든 듯했다.

나는 쿵쾅거리는 심장에 손을 짚고 상세히 살펴보았다. 그랬다. 바로 그였다. 곧추선 콧대를 지우고 바라보자 한눈에 들어왔다.

좁은 이마 아래로 매부리코 경사가 심해 정말 살천스러운 매처럼 보였던 그가 틀림없다. 세모진 얼굴에 뒤룩뒤룩 살이 붙어 납대대해졌을 뿐이다.

저 먼 과거에, 아니 내 몸 깊숙이 캄캄한 곳에 꾹꾹 묻어둔 인간이 눈앞의 현실로 실물과 겹쳐졌다. 몸 어딘가에서 분노가 마치 용암처럼 솟구쳐 올라오며 퍼들퍼들 떨렸다.

3

처음 떠오른 장면으로 시작했지만 다음을 쓰기가 된통 힘들었다. 애먼 붓방아만 찧었다. 뒤뜰로 내려갔다. 호수 둘레를 걸어보아도 가닥이 잡히지 않았다.

호수는 크진 않지만 그렇다고 아담하다고만 할 수도 없어 한 바퀴 돌기가 쉽지는 않았다. 호리병 모양의 호수를 에워싸고 포장된 산책 길을 다 걷기가 해를 더할수록 힘들었다. 그만큼 생명력이 소진해간다는 신호였기에 정신이 옹송옹송

해질까 싶어 조바심은 더해갔다.

첫 장면을 기록하고 한 달이 지나도록 한 줄도 쓰지 못했다. 노을로 물드는 호수 표면을 어미 따라 미끄러져가는 아기 오리들을 바라보며 집필을 그만두고 그냥저냥 여생을 보내고도 싶었다. 담쟁이 사이로 난 이 층 창문에서 어스름에 호수를 붉게 물들이는 석양을 볼 때면 더 그랬다. 하지만 내몸에 모신 신을 포함해 아홉 영혼이 용인할까. 무엇보다 글을 쓰고 싶은 정체 모를 충동이 여전히 가슴에서 꼼질댔다.

그러던 어느 날 산책에 나서 골똘히 생각에 잠겼다가 사위가 어둑어둑해졌다. 미국은 밤에 숲길을 다니는 게 위험해 서둘러 집으로 가야 했다. 빨리 가려고 산책 길을 벗어나 숲 정이로 들어섰다. 길이 아니어서 나슬나슬한 발아래를 주의 깊게 살피며 나아갈 때, 반짝이는 불빛이 눈에 들어왔다. 처음에는 잘못 봤나 싶었다.

아, 그러나 아니었다. 멈칫해서 외진 곳을 살피자 하나인가 싶던 연초록 불꽃, 노란 불꽃, 하얀 불꽃이 여기저기 피어나며 춤을 추었다. 곧이어 숲속으로 파도치는 물결을 이루었다.

불란지, 반딧불이다. 미국에선 '화이어플라이' 그러니까 날아다니는 불이다. 불란지를 발견한 순간, 칠흑에 잠겨 있던 가슴에 촛불이 켜졌다.

아무리 가면을 쓰고 이웃과 단절한 채 살았더라도, 어떻게 집 가까운 숲에 살고 있는 불란지들을 여태 몰랐을까. 스스로 원망스럽기도 했다.

곧장 불란지와 이어진 소년, 애동대동한 돌하르방이 눈앞에 기적처럼 나타났다. 집으로 가는 내 발걸음도 무장 빨라졌다. 내가 모신 신, 돌하르방을 있는 그대로, 아무런 꾸밈없이 진솔하게 증언하자고 다짐했다. 방에 들어오자마자 책상 전등을 밝혔다. 불란지 불이 물결치던 숲을 바라보며 돌하르방과 나눈 아름다운 시간을 신명 나서 기록해갔다.

설레는 가슴으로 대구사범에 입학한 1939년 4월, 선배들 사이에 전설로 회자되는 한 사람이 있었다. 언제나 구도적 자세로 고요하다, 사상이 깊고 넓어 모르는 것이 없다, 권위주의적인 일본인 교수의 편견 섞인 강의를 논리 정연하게 반박해 그다음부터 교수들이 맞상대하기를 슬슬 피한다는 둥 소문이 자자했다.

대구사범의 전설은 이름보다 별칭 '돌부처'로 불렸지만, 세상을 관조만 하지 않았다. 재학 중에 일제 경찰에 체포되어 살인적 고문을 당했으면서도 강철같이 버텨 '증거 불충분'으로 풀려났다. '전설'은 그때 시작됐다는 말도 들렸다.

복학해서 다시 후배들에게 항일 의식을 부추기는 토론 모임을 지도하다가 체포되어 징역 이 년 형을 선고받았다. 우리가 입학하기 직전에 만기 출옥했다는 이야기도 전해졌다.

내 고향 탐라에서 '돌부처'는 돌하르방을 이르는 말이었기에 내심 누구일까 궁금했다. 어린 시절 돌하르방은 다양하게 불렸다. 우리 마을에선 '무성목'으로 불렸는데, 어머니는 '미륵님'으로, 아버지는 '돌부처님'으로 깍듯이 공대했다. 하지만 오빠도, 나도, 마을 아이들도 발음하기 쉬운 '돌하르방'으로 불렀다. 어른들이 풍랑이나 역병, 또는 민란으로 일찍 돌아가셔서 하르방, 곧 할아버지가 없는 아이들에게 돌하르방은 공동체의 수호신 이전에 '나의 수호신'이었다.

하지만 나는 대구사범의 '돌부처'에게 관심을 돌릴 이유도 여유도 없었다. 어린 시절부터 동경해온 선생님 꿈을 이루려면 한눈팔 틈 없이 공부해야 한다고 다부진 결기를 모을 때였다.

사범학교 일상에 적응하며 한 달이 지날 즈음이었다. 기숙사 들머리에서 민속연구회가 신입 회원을 모집하는 게시물을 발견했다. '독서와 토론 모임'이라는 안내문이 눈길을 끌었지만 '민속'에 더 꽂혔다. 아버지가 품고 있는 세계의 신비를 풀고 싶어서였는지도 모르겠다.

　아무튼 벽보를 읽어가며 가입할 뜻이 굳어졌다. 무엇보다 '젊은 우리가 학교에 부임해 아이들을 가르치려면 그 지역에 전승되어온 민속을 알아야 한다'는 대목이 가슴에 와 닿았다.

　신입 회원 환영 모임에서 자기소개를 나눌 때 갑자기 분위기가 술렁였다. 눈이 부리부리한 사내가 들어와 조용히 빈 의자에 앉았다. 선배들의 시선이 그에게 쏠리며 앞다퉈 눈인사를 했다. 이어 사회 보던 선배가 "대구사범의 전설이 지금 막 오셨다"라고 소개하자 그는 쑥스럽게 일어나 인사했다. 박수 소리 사이에서 '저 사람이 돌부처'라는 말들이 나직하게 오갔다.

　그는 예상외로 겸손해 보였다. '돌부처'는 민족의 내일을 책임질 후배들을 만나 설렌다면서 "민속은 단순히 과거가 아니라 고통받는 민중의 현재 삶이자 우리가 창조해갈 해방의 미래"라고 감동적인 연설을 했다.

　큰 코에 두툼한 입술, 맑은 목소리 두루 듬쑥해 기품이 넘쳤다. 엄숙하면서도 어딘가 친밀감이 배어났다. 연설을 마치고 걸어 나갈 때다. 한쪽 어깨가 올라간 모습을 보며, 친밀감의 정체를 단숨에 파악했다. 그랬다. 우리 마을 가까운 곳에서 있는 돌하르방과 닮았다. 귀도 두텁고 길었다.

사회 보던 선배는 돌부처가 오래 남아 있을수록 신입 회원들은 물론, 민속연구회에 '좋을 일'이 없어 떠난 것이니 오해 없기 바란다고 말했다. 반 농담처럼 말했지만 우리 모두 그 말뜻을 충분히 이해할 수 있었다. 그는 일제가 눈 빨개서 주시하는 '불온한 조선인'이었다.

뭍에 사는 사람들이 그를 돌부처로 부른 까닭은 항일 투쟁을 하면서도 찬찬한 품성 때문이겠지만, 내 고향 사람들이라면 누구나 외모 때문으로 이해할 성싶다. 아무튼 그날 돌부처는 내게 '돌하르방'으로 각인되었다. 보통학교 들어가기 직전에 어머니가 제주읍으로 나를 데려가 신발을 사주었을 때 우람하게 서 있는 석상, 돌하르방을 처음 보았다.

어머니는 그 앞에 허리 굽혀 절을 하며 '우리를 이끌어줄 미륵님'이라고 일러주었다. 그 뒤 우리 마을에서 조금 떨어진 곳에도 돌하르방이 자리한 사실을 알았다. 읍에서 본 석상보다는 작았지만, 얼굴은 훨씬 자애로웠다. 묵묵히 나를 지켜보는 순박한 얼굴이 더없이 미더웠다.

신입생 환영회 이후 몇 차례 더 민속 모임이 열리고 독서와 토론이 진행됐지만, '전설'의 얼굴은 볼 수 없었다. 그러던 어느 날 기숙사로 돌아가는 길에 누군가가 고향 마을에서

불리던 내 별명을 낮지만 힘 있게 불렀다.

"미리내."

본능적으로 돌아보았다. 내 별명을 아는 사람이 대구사범에 있을 수 없다는 의아감은 그 별칭을 부른 얼굴과 마주치자 한층 증폭되었다. 돌부처가 미소를 짓고 있었다. 내 눈에 '두렁청'이라고 써진 걸까. 그는 짙은 눈웃음 그리며 다가오더니 내 얼굴을 가만히 들여다보고 단정했다.

"미리내 맞구나. 이름이 고은하라고 해서 긴가민가했거든."

도무지 짚이는 게 없어 당황했다. 돌부처가 부리부리한 눈에 웃음을 잔득 담으면서도 말투를 바꾸며 다소 긴장한 눈빛으로 물었다.

"나, 모르겠소?"

"…."

"어? 정말 몰라보는군. 이거 실망이오."

그의 왼쪽 눈이 싱긋 깜박였다.

그 순간 반딧불이처럼 반짝 소년의 얼굴이 떠올랐다. 설마하며 돌부처를 다시 뜯어볼 때 넉넉한 미소가 양쪽 큰 귀까지 다다르고 있었다.

"이제야 알아보오?"

"그 불란지….."

"그래, 바로 그 불란지 오빠."

곧바로 친근한 말투가 섞였다. 매혹적인 청년의 숭굴숭굴한 얼굴에서 소년의 모습을 확인하자 별안간 얼굴이 확확 달아올랐다. 숨기려니 더욱 심해져 고개마저 돌렸다.

"와, 지금 그때처럼 수줍어하는 거요?"

고개 돌린 쪽으로 옮겨 얼굴을 들여다보는 돌부처의 짓궂은 행동과 말도 예전 그대로다. 일곱 살 때도 그랬지만 그 언행이 싫지 않았다. 그럼에도 바보처럼 행동해선 안 된다고 다지며 한 걸음 옆으로 비켜서서 물었다.

"참 오랜만이네요. 대구에 계신지 몰랐습니다."

"나도 미리내가 대구사범에 들어올지 전혀 상상 못했소. 꿈속의 미리내는 여전히 소녀이거든. 그런데 이렇게 아름답게 나타나다니 믿어지지 않소. 함부로 말 붙일 수 없을 정도로…."

"공연한 말씀을…. 그리고 말 편히 놓으세요."

그렇게 말했지만 반드시 그걸 바라진 않았다.

"아니오, 우리가 그때의 어린 나이들이 아니잖소."

"그런데… 남들이 봅니다. 조금 떨어지세요."

"남들이 보면 어때서?"

"그래도 이렇게 가까이 둘이 걸으면"

"연애한다고 소문날까 봐 그러오?"

듣기 민망해 고개를 다시 돌리며 살짝 살폈다. 어글어글한 얼굴이 선하고 다사로웠다. 신입 회원 모임 때 환영 연설을 하고 나가던 길에 우연히 마주친 그의 눈빛에서 부싯돌처럼 무엇인가 반짝였던 기억이 새롭게 났다.

"곱게 흘겨보는 것도 똑같소."

"언제 흘겨보았다고 그래요?"

큰 눈이 미소를 담는가 싶더니 개구쟁이 장난기가 스쳤다.

"그 말도 똑같지 않소? 하하하."

그랬다. 일곱 살 때 처음 본 소년이 다짜고짜 자신을 '오빠'라 부르라 했을 때, 어이없다는 듯이 바라보았다. '그렇다고 흘겨볼 건 없잖아?' 묻기에 '언제 흘겨보았다고 그래?' 되물었다.

물론, 언뜻 보아도 나이가 서너 살은 많아 보여 오빠라 불러 밑지는 일은 아니었다. 하지만 그때까지 절울이 인근에서 보지 못했기에 그는 다른 마을에서 온 소년이 틀림없었다. '오빠'라 부르고 싶지 않은 이유였다. 어쩌면 첫눈에 호감이 생겨 대등한 관계를 맺고 싶었는지도 모르겠다.

4

그날 나는 평소처럼 절울이 오르는 길섶에서 황홀감에 젖어 푸나무서리를 바라보고 있었다. 검붉은 노을이 사라지고 어둠이 짙어가면 숲속 여기저기 연초록 불꽃들이 반짝였다.

홀연히 나타났다가 사라지곤 하는 반딧불을 숨죽이며 바라보았다. 저녁밥을 먹는 둥 마는 둥 숟가락을 던지고는 서둘러 집을 나와 절울이 들머리로 내달리던 시절이었다. 더러 지나가던 사내아이들은 내 모습을 보고 반딧불이 쪽으로 돌을 던지며 훼방했다. 그럴 때면 그 아이들을 쫓아내느라 티격태격했다.

반딧불이를 잡아보려고 몇 차례 시도했지만 뜻대로 되지 않아 속상했다. 불꽃이 여기저기 깜박이며 물결 이루는 숲으로 따라 들어가기엔 뱀이 무섭기도 했다. 잡지 못해 아쉬웠지만 바라만 보아도 신비로웠다.

그런데 그날따라 소나무 우듬지까지 높이 올라가는 반딧불이를 눈으로 따라가는데 누군가 등 뒤에서 오므려 맞잡은 두 손을 슬그머니 내밀었다. 누구일까 고개를 돌리려는데 포개진 두 손 속에서 뭔가 반짝였다.

반딧불이다. 나도 모르게 반딧불이가 들어 있는 두 손등을 잡고 펼치려 했다. 뜻대로 안 되어 그제야 고개를 드니 낯선 소년의 부숭부숭한 얼굴이 들어왔다. 싱글벙글 웃고 있었다.

무심코 잡고 있던 손을 화들짝 내리고 앞으로 한 걸음 나간 뒤 돌아서며 새침하게 물었다.

"누구야?"

"너에게 불란지 잡아준 오빠."

"오빠는 무슨?"

"그럼 내가 동생이니?"

"키 크다고 아무나 오빠인가?"

"그렇다고 흘겨볼 건 없잖아?"

"내가 언제 흘겨봤다고 그래?"

"또 흘겨보네? 하하, 좋아, 네 말이 맞아, 아무나 오빠는 아니지. 이 안에 든 반딧불이 만져보고 싶지 않니?"

그 물음에 왕눈이 소년을 응시하다가 도리 없이 고개만 끄덕였다. 소년이 맞잡고 있던 두 손을 풀며 오른손만 가볍게 주먹을 쥐었다. 엄지와 집게손가락을 슬금슬금 펴자 앙증맞은 반딧불이가 보였다. 소년이 왼손으로 조심스레 잡고 내밀었다.

"잘 봐. 배 꽁무니에서 빛이 나지?"

"응."

"여기선 불란지라고 부르지만 뭍에선 개똥벌레라고 불러."

이웃 마을 아닌 뭍에서 온 소년이다 싶었지만 부러 내색하지 않고 되물었다.

"개똥벌레?"

"그래, 반딧불이가 촉촉한 곳을 좋아하거든. 그래서 개똥 아래 습한 곳에 숨어 있다가 밤에 나오는 걸 보고 그렇게 부른 거야. 반딧불은 개똥불이라고 하지."

개똥벌레라는 말이 불란지 못지않게 정겹게 다가왔다. 소년은 자못 의젓한 표정으로 반딧불을 모아 밤에도 공부해 성공한 옛날이야기를 들려주었다. 이야기를 마치곤 가만히 내 눈을 내려다보더니 개똥벌레를 살포시 건넸다.

언제나 만져보고 싶던 반딧불이를 비로소 손가락으로 잡고 눈앞에서 볼 수 있었다. 반딧불이 바로 뒤에는 어느새 앉아서 눈높이를 맞춘 왕눈이의 검은 눈이 깊은 숲처럼 자리했다. 맑은 눈동자에 다사로운 미소가 퍼지는 걸 보는 순간 소년이 물었다.

"불란지가 왜 불을 내는지 알고 있니?"

"예쁘게 보이려는 거 아닌가?"

"어? 그렇게 보니 맞네. 더 정확하게 말하면, 짝을 찾는 거야."

"짝?"

"그래, 암컷과 수컷이 서로 만나려는 몸짓이지. 그래서 빛이 나는 거야. 그러니까 네 말도 맞아. 서로 어여쁘게 보이려는 거니까. 암컷은 날개가 없어. 땅에서 빛을 내지. '나 여기, 여기 있다'고…. 몸으로 소리 내는 거야."

웃으며 이야기 들려주던 왕눈이가 갑자기 얼굴이 굳어지며 나를 뚫어져라 바라보았다. 눈망울이 해맑아 빛나면서도 아늑했다. 나는 불란지, 아니 개똥벌레에 시선을 모으고 새초롬해서 물었다.

"그럼 이건 여자가 아니네?"

"그래 날개가 있지? 수컷은 숲을 여기저기 날아다니며 암컷을 찾는 거야."

"그럼 놓아줘야겠다."

나는 잡고 있던 불란지를 날려주었다. 암컷도 날아다니며 짝을 찾았으면 싶었다. 반딧불이 가뭇없이 사라진 곳에서 다시 불꽃이 피어나더니 또 사라졌다.

"날려주지 않아도 될 걸 그랬다."

"왜?"

"세상에서 제일 예쁜 아이를 만났으니까."

기분이 좋으면서도 어쩐지 어색했다. 내 얼굴이 붉어지는 느낌이 들었다. 어두워서 다행이라고 생각할 때 왕눈이가 상 그레 웃으며 물었다.

"여섯 살쯤 됐니?"

"아니야, 일곱 살."

"그래? 나는 열한 살. 그러니 이제 오빠라고 불러"

"뭍에서 왔어?"

"응, 하지만 여기가 우리 아버지, 엄마 고향이야."

"정말?"

"응. 그래서 엄마에게 절울이 이야기 많이 들었지. 불란지 라는 말도 그래서 알아."

어느새 밤이 깊어 절울이 위로 은하수가 펼쳐졌다. 집에 돌아가야 할 때가 지난 사실을 뒤늦게 깨달았다. 내키지 않 았지만 가풀막을 조심스레 디디며 내려왔다. 발맘발맘 따라 오던 소년이 별안간 시무룩이 말했다.

"내일 다시 뭍으로 가야 해. 이름이 뭐니?"

"은하."

다음 날 뭍으로 간다는 말에 아쉬움 느끼면서 답했다.

"은하? 저 은하수랑 같네?"

총총 빛나는 별들을 가리키며 묻는 왕눈이에게 무수한 잔 별을 둘러보며 말했다.

"응. 저 은하라고 엄마가 이야기해주었어."

"은하수라면… 미리내잖아? 앞으로 널 미리내로 부를게. 내 이름은 인혁이야. 강인혁."

"난 고은하…, 내일 뭍으로 간다며?"

"불란지를 신기하게 바라보는 너를 가끔 보았어. 사실대로 말하면 나는 불란지보다 네가 더 신기하더라."

"….'

"떠나기 전에 꼭 말 걸어보려 벼르고 있었지. 내일 간다고 뭐 영원히 못 보는 건 아니잖아. 기억해둬, 고은하. 불란지 잡아준 오빠를. 나도 절울이의 미리내를 기억할게."

검붉은 노을이 사라질 무렵 반짝이던 불란지, 밤하늘에 총총 펼쳐지던 미리내. 그사이의 짧은 시간이었지만, 대구사범에서 재회했을 때는 물론 지금도 조금 전 경험처럼 선뜻한 추억이다.

그날 이후 나는 친구들에게 "내 별명은 미리내"라고 '선언' 했다. 대정보통학교 시절 내내 이름보다 '미리내'로 불렸다. 절울이를 오를 때면 불란지를 잡아주며 내가 더 신기하다는 말로 싱숭생숭하게 만든 왕눈이가 종종 감쳤고, 뭍을 몹시 선망했다.

어쩌면 뭍으로 유학 가겠다고 아버지와 어머니에게 부린 왕고집에는 그날의 그리운 추억이 깔려 있을지도 모른다는 생각이 이 글을 쓰느라 회상하는 과정에서 문득 들었다.

5

나, 고은하는 절울이 아래 웃모슬개에서 1924년 여름에 태어났다. 아버지는 탐라 남쪽에서 손꼽히는 심방이었다. 어머니는 평범하지 않은 아버지를 내조하며 오빠와 나, 두 남매를 알뜰살뜰 키웠다.

대구사범에 유학했을 때 뭍에서는 심방을 '무당'이라 부르며 낮춰 보아 적잖게 당황했지만, 내가 기억하는 한 고향에서 아버지는 천대는커녕 존대받고 있었다. 어린 시절부터 줄곧 지켜보았으되 웃모슬개는 물론 서귀포까지 아버지를 우러러보는 사람이 많았다. 아버지는 심방으로 일하면서도 절에 자주 다니셨고 집 안에 모신 신당에도 불상과 탱화가 자리했다. 신당 정면에 서 있으면 마치 산방산이 달려오는 듯 가깝게 보였다.

신당 출입은 자유롭지 못했다. 어머니는 오빠와 내게 절대

48

로 신당에 들어가지 말라 했고, 아버지가 주관하는 굿에도 참석하지 못하게 했다. 우리가 굿판을 기웃거리면 자칫 굿을 망칠 수 있다고 엄포를 놓았다. 그런 날이면 어머니는 우리를 아예 문밖으로 못 나가게 했다.

오빠와 나는 이따금 신당에 몰래 들어가 '저항'했다. 금기 둘 가운데 하나는 어기기로 암암리에 타협한 셈이다.

나보다 네 살이나 많은 오빠는 처음 신당에 들어갔을 때 무섭다며 얼른 나갔다. 나는 신당에 차려진 제단을 볼 때마다 가슴이 우리해오고 저절로 숙연해졌다. 톺아보면 부모님은 물밀 듯이 들어오는 근대 문명에 오빠와 내가 자칫 적응하지 못할까 우려한 듯하다. 그래서 우리가 인생을 폭넓게 선택할 수 있도록 당신의 굿을 차단했을 법하다.

그럼에도 어린 우리는 혹시라도 아버지 일에 해가 될까 싶어 굿판에 얼씬거리지 않았다. 아버지의 굿을 몰래 숨어서라도 더 자주 보지 못해 후회스럽다. 그 세계가 가슴이 우그렁쪽박이 된 지금도 안타까운 신비로 머물고 있어서다.

산방산 바로 아랫마을에는 외할머니가 홀로 사셨는데 그분도 심방이었다. 오빠와 내가 놀러 가면 외할머니는 우리를 데리고 바닷가로 나갔다. 산방산에서 바다로 이어진 언덕 아래 바위들이 울퉁불퉁 기괴한 모습으로 우리를 맞았다. 외할머니는 산방산에서 용이 바다로 들어가는 모습이라며 그래서 이곳을 '용머리'라 부른다고 일러주었다.

바다는 산방산에서 들어오는 용을 하얀 물보라로 맞아주었다. 용머리해안에 굽이치는 파도와 물보라, 기암절벽이 여태 눈앞에 선하다.

외할머니는 오빠와 내게 보통학교를 졸업하면 뭍으로 나가 공부도 더하고 세상도 더 넓게 보라며 꿈을 심어주었다. 대신 꼭 돌아와야 한다고 다짐받듯 덧붙였다. 뭍에서 유학할 수 있다는 생각이 그때 처음 들었다.

실제로 외할머니의 당부가 영향을 주어서인지 오빠는 보통학교 졸업반에 들어서자 경성으로 유학 가고 싶다고 상기되어 말했다. 아버지와 어머니는 마주 보더니 뜻밖에도 허락했다. 하지만 내가 졸업반이 되었을 때 반응은 정반대였다. 여자 혼자 뭍으로 보낼 수 없다며 딱 잘라 불허했다. 아버지와 어머니의 불공평한 처사를 받아들이기 어려웠다.

더구나 내가 보통학교를 졸업할 때 경성에서 고보를 졸업한 오빠는 부모님이 입학금을 대줘 연희전문까지 들어갔다. 그런데 나는 경성 구경은커녕 뭍으로도 나갈 수 없다며 눈 부라리는 아버지의 냉갈령에 충격을 받았다. 밤새 울어도 효과가 없었다.

어머니는 오빠의 유학비도 벅찬데 너까지 보낼 형편이 못 된다고 설득했다. 나는 오빠와 달리 직접 학비를 벌어 다니겠다, 내 꿈은 어린 시절부터 선생님이다 하소연했지만, 험한 뭍에서 처녀가 고학하면 자칫 몸을 망칠 수 있다는 이유로 그조차 거부당했다.

1938년 4월, 오빠가 연희전문 철학과에 입학하던 날, 나는 굿하러 나가는 아버지 무구들을 챙겨야 했다. 졸업했기에 학교 갈 일도 없었다. 어스름에 부모님이 돌아왔을 때, 나는 말 없이 집을 나서 절울이로 올라갔다. 바다라도 보아야 죄어오는 가슴이 풀릴 것 같았다. 그날따라 바람이 강하게 불어 파도가 거셌다.

절벽에 부딪치며 하얀 물결이 울부짖는 아우성에 왜 '절울이'라 부르는지 비로소 실감했다. 벼룻길에서 차라리 몸을 던져 아버지와 어머니에게 복수할까 싶었지만, 바람이 세게 불어올 때마다 이미 나는 뒷걸음질 쳤고 그때마다 스스로가 더없이 초라했다.

돌아서서 절울이 분화구 둘레를 한 바퀴 걸을 때는 저 아래로 떼굴떼굴 떨어지고 싶은 충동에 사로잡히기도 했다. 그러다가도 바람이 조금 거세게 불라치면 곧장 움츠러드는 내게 얼마나 절망했던가.

애면글면 마음을 추슬러가며 집안 일 거들고, 경성에서 오빠가 소포로 보내온 책들을 읽어갔다. 내가 진학하지 못한 이유가 자기에게도 있다고 생각해서였을까, 오빠는 고보 시절과 달리 편지를 종종 보내왔고 틈틈이 책 선물도 했다.

가슴에 가장 절절했던 책이 소월의 시집 《진달래꽃》이다. 어찌나 애지중지했던지 진달래꽃과 바위산이 채색화로 그려진 표지가 지금도 아른거린다. 큰 바위산, 산방산을 날마다 보며 자라서였는지도 모르겠다.

시집 초반에 나오는 〈바다〉를 읽을 때, 책을 들고 절울이로 갔다.

"뛰노는 흰 물결이 일고 또 잦는/ 붉은 풀이 자라는 바다는 어디/ 고기잡이꾼들이 배 위에 앉아/ 사랑 노래 부르는 바다는 어디/ 파랗게 좋이 물든 남빛 하늘에/ 저녁놀 스러지는 바다는 어디."

파란 바다가 내려다보이는 곳에 앉아 소리 내어 읽으며 문학에 눈떠갔다. 나중에 대구사범에서 학우들이 내 글솜씨를 인정해주었던 것도 소월 시집을 거의 외우다시피 읽어서였는지도 모르겠다. 마지막 시까지 감상하면 너무 허전할까 싶어 하루에 시 하나씩 음미했다. 그러다가 〈바다가 변하여 뽕나무밭 된다고〉에 이르러선 나도 모르게 눈물이 후두두 쏟아졌다.

"걷잡지 못할 만한 나의 이 설움/ 저무는 봄 저녁에 져가는 꽃잎/ 져가는 꽃잎들은 나부끼어라/ 예로부터 일러 오며 하는 말에도/ 바다가 변하여 뽕나무밭 된다고/ 그러하다, 아름다운 청춘의 때에/ 있다던 온갖 것은 눈에 설고/ 다시금 낯모르게 되나니/ 보아라, 그대여, 서럽지 않은가/ 봄에도 삼월의 져가는 날에/ 붉은 피같이도 쏟아쳐 내리는/ 저기 저 꽃잎들을, 저기 저 꽃잎들을."

그 시를 절울이에 올라 저녁놀이 어둑어둑 스러질 때까지 읽고 또 읽었다. 다음 날에도 올라가 시집을 덮고 파도를 바라보며 "붉은 피같이도 쏟아쳐 내리는 저기 저 꽃잎들을, 저기 저 꽃잎들을" 노래했다. 오빠와 편지를 주고받으며 시인이 이미 요절했고 자살설까지 나돈다는 사실을 알았을 때, 내 청춘의 서러움은 극에 이르렀다.

하늘이 끄무레했던 그날도 집을 나섰다. 가슴이 복작거려 하루라도 바다를 보지 않으면 터질 것만 같았다. 절울이에 오르자 기어이 비바람이 몰아쳤다. 파도가 사납게 으르렁거렸다.

요동치는 바다를 굽어보며 부르댔다. "아름다운 청춘의 때에 있다던 온갖 것은 눈에 설고, 다시금 낯모르게 되나니,

보아라, 그대여, 서럽지 않은가."

산산이 부서지는 파도의 울음과 청춘의 울음이 뒤섞이자 복작복작하던 가슴에 어떤 아늑함이 퍼졌다. 그때 누군가 뒤에서 어깨를 거머쥐었다. 작달비에 젖은 옷 위로 따뜻한 체온이 전해졌다.

시적시적 돌아보았다. 아버지가 우산을 내 머리 위로 씌어주며 희미하게 웃었다. 언제나 엄엄했던 눈매에는 빗방울인지 눈물인지 이슬이 맺혀 있었다.

아버지는 우산 속으로 내 어깨를 감싸고 말없이 절울이를 내려갔다. 큰 꾸지람을 각오했지만, 집이 가까워오면서 어쩐지 그러지는 않을 것 같았고, 그 순간 서러움이 울컥 밀려왔다. 아버지는 내 어깨가 흔들리는 사실을 알아서인지 다사롭게 물어왔다.

"울고 싶니? 그래 울어라. 이게 다 아비 때문인 걸."

마지막 말에 더 참지 못하고 울음이 터졌다. 내 어깨에 올려진 아버지의 손이 더없이 웅숭깊었다. 집에 들어선 아버지는 젖은 옷 갈아입고 안방으로 건너오라 했다.

수건으로 머리와 얼굴을 대강 닦아내고 안방에 들어섰을 때, 아버지와 어머니가 다소 긴장된 표정으로 앉아 계셨다. 윗목에 주눅 들어 앉으려 할 때, 아버지가 가까이 와 앉으라고 부드럽게 말했다. 그 소리에 다시 울먹거렸다. 잠시 침묵을 지키던 아버지가 나직하게 말했다.

"너를 뭍으로 보내지 않은 것은 알다시피 우리 형편에 오빠와 너를 모두 유학시키기가 감당하기 어려워서였다. 너도 그렇게 알고 있겠지?"

"예, 알고 있어요."

"그런데 어째 그리 애비 속을 썩이느냐?"

"…."

나는 고학할 수 있다고 대꾸하고 싶었지만, 이미 되풀이했던 말이기에 참았다.

"답하기 싫으면 내가 말할까. 꼭 그런 이유만은 아니라는 걸 너도 알고 있는 게지."

"…."

"갈 수 있는데 못 간다고 생각하니 비바람 센 벼랑으로 가서 절울이마냥 통곡하는 거 아니겠느냐?"

그 순간 어머니가 거들었다.

"이것아, 어쩌자고 그래. 아버지가 요즘 널 보며 얼마나 가슴 아파했는지 알기나 하니?"

"죄송합니다."

"아니다. 너는 왜 내가 뭍으로 보내려 하지 않는다고 생각하니?"

"그건….."

"네 생각을 솔직히 이야기해보거라."

"제가 여자라서 위험하다고 생각하시는 것 같아요."

"틀린 말은 아니지만 그게 다는 아니다."

"그럼?"

보다 못해 말하듯이 어머니가 다소 목소리를 높였다.

"이 미욱한 것아. 그것도 몰라? 아버지가 너를 얼마나 귀여워하는지?"

"….."

"너를 잃고 싶지 않아서인 거야. 뭍으로 한 번 나가면 아예 안 돌아올까 봐."

서러움과 감동이 동시에 밀려와 목소리가 떨렸지만 씨억씨억 답했다.

"아버지, 그건 걱정 마세요. 학업 마치면 반드시 돌아와 여기 선생님이 될 겁니다."

아버지는 싱긋이 어머니와 마주 보고 웃었다.

"글쎄, 네가 그 약속 지킬지는 모르겠다."

"네? 그럼?"

"그래, 가거라, 다만 경성이 아니라 대구다."

조금 실망스러웠지만 날아오를 듯 기뻤다. 내가 소월 시집을 들고 절울이를 오르내릴 때, 아버지는 여기저기 알아보다가 대구사범학교를 골라놓으셨다. 대구에서 포목 장사 하는 고향 사람에게 대구사범은 학비가 없고 외려 생활비까지 지원해준다는 말을 들었다고 했다.

　하지만 그보다는 항일운동이 벌어지는 경성에서 딸을 '보호'하려는 뜻이 더 강했을 터다. 우리 집과 그리 멀지 않은 마을에서 경성으로 유학 간 여학생이 항일운동을 하다 일경에 체포돼 감옥에 갇힌 사건은 나도 알고 있었다.

　아무튼 그렇게 해서 1939년 3월, 나는 탐라를 떠났다. 반드시 돌아와 탐라의 후대를 잘 길러내겠다고 돌과 바람에 다짐했다.

　당시 대구사범의 위상은 경성사범에 버금갔다. 고보를 졸업하고 입학하면 일 년만 배워도 교사 자격증을 얻을 수 있었지만, 돌부처도 나도 보통학교를 졸업하고 곧장 진학해 오 년을 다녀야 했다. 내가 졸업한 해인 1944년 4월에는 전문대학으로 격상되면서 재학 중이던 후배들은 삼 년제의 본과로 편입됐다.

　막상 입학해보니 풍문과는 사뭇 달랐다. 반에서 사십 등 안에만 들면 쌀 반 가마 값인 칠 원을 달마다 받는다고 들었는데, 실제 그 돈은 기숙사에 거의 다 내야 했다. 식비 사 원 오십 전, 공용 경비가 이 원으로 기억한다.

대구사범에서 왕눈이를 '돌부처'로 재회한 날, 기숙사 방으로 돌아온 나는 이 모두가 운명이라고 확신했다. 왕눈이는 내 이상형인 지적이면서도 따뜻한 남자와 꼭 맞았다. 인혁 씨는 토론 모임을 부쩍 자주 찾아왔다. 그가 나를 좋아하는 까닭이 어린 시절의 추억이서는 안 된다는 생각으로 나는 열정을 다해 학습했고 적극적으로 토론에 나섰다. 지식이 풍부한 '돌부처' 앞에서 하는 토론은 부담스러웠지만, 나는 씩씩하게 이야기했고, 그때마다 마주치는 검은 눈은 불란지처럼 반짝였다.

운명이 앞으로 어떻게 풀려갈까 상상할 때면 가슴이 뒤설렜다. 인혁 씨를 닮아 눈이 부리부리한 아들을 낳고 싶은 생각마저 시룽새룽 들어 저 혼자 깜짝 놀라다가도 같은 방을 쓰는 학우가 눈치챌까 싶어 괜스레 옷깃을 여미기도 했다.

딴에는 주변 사람 눈을 피한다고 조심했지만 소문은 퍼졌다. '돌부처'와 연애한다는 이야기가 공공연히 나돌 즈음엔 나도 더는 부끄럽지 않았다. 아니, 자랑스러웠다.

대구사범은 인혁 씨를 내내 '돌부처'로 불렀지만, 내게는 더 친밀하고 은밀한 돌하르방으로 다가왔다. 청년 왕눈이도 내가 붙여준 별칭 '돌하르방'을 기꺼운 미소로 받아들였다. 정말이지 인혁 씨의 순소한 얼굴은 큰 눈 어딘가 해학이 숨어 있는 것까지 돌하르방을 빼닮았다. 그날 이후 돌하르방과 나는 마치 앞으로는 함께 삶을 걸어가겠다는 다짐이라도 하듯이, 지금까지 살아온 삶을 세세하게 나누며 공유해갔다.

6

대구사범에서 재회한 이후, 아니 일곱 살 때 노을 밴 절울이에서 처음 본 순간부터 내 가슴 깊은 곳에 자리하며 살아가는 힘을 준 돌하르방, 내 사랑은 조선 민중이 일제에 맞선 3·1봉기가 일어난 이듬해 탐라에서 태어났다.

인혁 씨의 아버지는 독립운동에 뜻을 두고 뭍으로 나가 남해안의 항구도시 마산에 터 잡았다. 새로운 세상을 열 주체가 노동자라고 판단한 그이는 부두 노동자들 속으로 파고들었다.

어머니도 탐라 여자였다. 남편과 함께 마산에서 활동하다가 몸을 풀기 한 달 전에 친정으로 왔고 그곳에서 아들을 낳왔다. 우리 외할머니 집 바로 옆 마을이었다. 다시 마산으로 돌아가 남편의 혁명 사업을 돕고 아기를 키우며 삯바느질로 생계도 책임졌다.

그러나 1925년 말 일경에 체포된 인혁 씨 아버지는 혹독한 고문을 당했고 이듬해 시신이 되어 감옥을 나왔다. 돌하르방이 그 말을 들려준 곳은 사범학교 교문을 나와 우리가 만났던 관덕정이었다. 사람이 곧 하늘이라 가르친 최제우가 처형당한 그곳을 돌하르방은 자주 찾아갔다. 자연히 우리의 사랑도 그곳을 산책하며 익어갔다.

아버지가 고문으로 살해당한 이야기를 들려주는 돌하르방의 큰 눈에는 눈물이 갈쌍갈쌍했다. 끝내 한 방울도 흘리지 않는 모습을 보며, 그의 눈에 늘 애수가 깃든 까닭을 짐작할 수 있었다. 얼마나 긴 세월, 돌하르방의 큰 눈은 슬픔을 삭였을까. 나는 돌하르방의 젖은 눈을 감싸듯 바라보며 조심스레 물었다.

"아버님은 어떤 조직 일을 하셨나요?"

돌하르방은 질문에 잠깐 망설였지만 선선히 말했다.

"고려공산청년회."

낯선 조직 이름을 들은 나는 돌하르방의 긴장한 눈빛에 심장이 싸해왔다. 어머니는 남편의 참혹한 주검 앞에 망연자실했지만 쓸쓸히 장례를 치르고는 마산을 떠났다. 경찰 감시와 이웃의 쑥덕공론을 피하려면 마산도 제주도 피해야 했다. 고심 끝에 옮긴 곳이 대구였다. 서문시장에서 삯바느질을 하며 아들의 학업을 뒷바라지했다.

남편의 시신 앞에서 실신한 이후 몸이 점점 쇠약해진 당신은 내내 시름시름 앓다가 아들이 대구사범에 입학한 해에 숨을 거뒀다. 아들에게 남긴 유서에는 아버지가 얼마나 훌륭한 사람이었는가를 기술했다. 아들 이름으로 꼬박꼬박 적금을 넣은 통장과 함께 애면글면 모투저긴 재산도 상세하게 적어두었다.

돌하르방은 유서를 읽으며 선친이 꿈꾼 세상, 그리고 어머니가 아들에게 걸었을 기대를 단숨에 깨달았다. 유품 가운데 나온 작은 신문 《붉은 배》에는 민족해방운동에서 왜 노동계급이 주체인지 밝힌 글을 붉은 색 연필로 테두리 쳐놓았다. 돌하르방은 아버지가 쓴 글임을 직감했다. 그렇지 않다면 어머니가 군이 색연필로 표시해둘 이유가 없을 터였다.

거기까지 들려준 돌하르방은 어렸을 땐 전혀 몰랐는데 성숙한 내 얼굴에서 어머니가 보인다며 눈시울을 붉혔다. 돌하르방, 아니 왕눈이를 가슴에 안아주고 싶은 충동을 가까스로 참았다. 혁명의 길을 걸어간 돌하르방의 양친에게 경의를 표했다.

그렇지 않아도 대구사범은 신입생들에게 민족의식을 날카롭게 벼려주었다. 조선총독부는 삼 대 사범으로 불린 경성·평양·대구 사범의 교수들을 '일본 정신'이 투철한 자들로 편성했다. 일본 왕인 '천황'을 신격화해 절대 복종을 가르쳤다. 그럴수록 조선 학생들의 가슴 속으로 소리 없이 민족의식이 퍼졌다.

도서관에 세계문학전집을 비롯해 일본 작가들의 소설이 비치되어 있었지만, 누가 시키지 않았음에도 조선 학생들은 일본 소설을 읽지 않았다. 심훈이 신문에 연재한 소설《동방의 애인》이 필사본으로 묶여 선배들 사이에서 읽히다가 후배들에게 넘어오기도 했다.

소설의 주인공은 실존 인물로 불굴의 혁명가 박헌영과 그의 동지이자 애인 주세죽이란 선배들의 말에 우리의 호기심과 선망은 증폭됐다. 특히 남학생들은 주세죽이 조선 최고의 미인이라는 풍문에 흔들려 시룽거렸다.

짚어보니 박헌영, 주세죽 선생은 우리 아버지, 어머니와 비슷한 나이였다. 감옥을 집처럼 들락거린 두 혁명가의 싱그러운 사랑은 돌하르방에게 특히 남달랐다. 바로 그 조직에서 아버지와 어머니도 혁명 동지로 사랑했고 그 결실로 자신이 태어났기 때문이다.

돌하르방과 나는 소설이 된 주세죽과 박헌영의 사랑을 토론하면서 앞 세대의 혁명 정신과 웅숭깊은 연애 모두 본받자고 다짐했다. 비단 우리 둘만이 아니라는 생각으로 가슴이 더 부풀었다.

심훈의 표현을 빌리자면 '동방의 애인'은 삼천리금수강산 골골샅샅에 꽃처럼 피어 있을 터였다. 나는 기꺼이 그 가운데 한 단편소설의 주인공이 되리라 작심했다.

그 시기에 사회주의 사상은 자연스럽게 퍼졌다. 제국주의 국가들로 넘치는 지구에서 오직 소비에트사회주의공화국연방, 소련만이 식민지 민족의 해방운동을 지지했다. 단지 미사여구만 늘어놓지 않고 물질적 지원까지 해주고 있었다.

자율적으로 운영하는 기숙사는 작은 해방구였다. 선배들은 신입생들에게 기숙사 안에서 게다를 신지 못하게 했고, 우리는 그 '금기'를 기꺼이 받아들였다. '일본 정신'에 찌든 교수들 사이에서 몇몇 조선인 교수는 돋보였다. 수업 시간 틈틈이 조선의 역사를 가르쳤고, 그 순간 우리 눈빛은 이글이글 타오르며 떨리는 가슴으로 교사 꿈을 키워갔다.

대구사범에 일 기로 입학한 조선 학생 가운데 절반이 항일운동으로 퇴학당했다. 독서회를 만들어 사회주의 사상을 가르치다가 구속된 현준혁 선생이 풀려난 뒤에도 대구·부산·마산에 잠행한다는 말을 선배들로부터 들었을 때는 자부심과 더불어 스멀스멀 두려움에 젖기도 했다. 그런 분위기를 이미 예상해서였을까, 선배들은 꼭 덧붙였다.

"조선 사람은 적어도 이 년은 감옥 생활을 해야 진짜 조선 사람이 될 수 있다."

그 말을 들었을 때 내 사랑 돌하르방을 떠올린 것은 물론이다. 신입생이던 우리에게도 곧 첫 시련이 닥쳐왔다. 일제는 중국 침략이 뜻대로 풀리지 않자 '전시동원체제'를 선포했다. 대구사범생들에게도 '근로보국대' 이름으로 노동을 강요했다. 경부선 철도를 복선으로 만드는 공사에 학생들을 동원했다. 여학생들도 예외가 아니었다.

우리는 토론 끝에 경부선 확장은 중국으로 가는 전쟁 물자의 보급을 더 수월하게 하려는 의도임을 간파했다. 동원령에 따라 왜관역에 내려 철교 공사 현장으로 이동해 일을 나눌 때 일본인 교수가 조선 학생들을 내놓고 차별했다. 일본 학생들에겐 사실상 감시를 맡기는 행태에 나 또한 분개하지 않을 수 없었다.

조선 남학생들은 누가 뭐랄 것도 없이 설렁설렁 일했다. 평소에도 잔밉던 일본 학생이 제대로 일하라며 한 신입생의 뒤통수를 때리면서 싸움이 일어났다. 삽시간에 패싸움으로 번지면서 조선 학생들이 일본 학생들을 제압했다. 뇌꼴스럽던 일본 학생을 깔고 앉은 신입 남학생이 소나기 주먹을 날릴 때는 내 속이 다 시원했다.

그때 일본인 교수가 뛰어와 각목을 휘둘렀다. 처참하게 맞는 후배를 본 남학생들은 평소에도 '악질'로 불린 교수 뒤로 다가가 웃옷으로 얼굴을 가린 뒤 몰매를 때렸다.

마침내 경찰까지 출동했다. 여기저기 코피를 쏟으며 늘어진 일본 학생들을 본 경찰은 사정없이 조선 학생들을 연행해 갔다. 조선 여학생들은 우― 하고 야유를 퍼부었지만, 막무가내였다. 저항하는 남학생들은 몽둥이찜질을 당했다.

다음 날 학교는 조선 남학생 스무 명을 무더기로 퇴학시켰다. 분해서 도저히 참을 수 없었던 나는 기숙사에서 여학생들 방을 일일이 찾아가 서명을 받고 곧바로 학장실을 향해 뚜벅뚜벅 걸어갔다. 학장에게 학생이 따지러 간다는 '정보'를 들은 교수들이 뒤따라왔지만, 내가 한발 앞서 학장실 문을 힘차게 열었다.

눈이 휘둥그레 커지다가 이내 험상궂게 변한 학장에게 나는 공사 현장인 왜관역에 내려서부터 곧바로 조선인과 일본인 사이에 차별이 시작됐고, 그래도 인내하며 일하는 조선 학생들에게 일본 학생이 공사 감독처럼 행세한 것이 사건의 원인이라고 또박또박 말했다. 나는 조선인 여학생들이 서명한 종이를 내밀며 목소리를 높였다.

"억울한 일을 당한 조선 학생들을 퇴학시키다니요. 이건 학장님이 강조한 내선일체 주장과 어긋납니다. 학장님은 패싸움에서 일본 학생들이 이겼어도 그들을 퇴학시킬 겁니까? 이렇게 비열한 짓을 하는 게 일본 정신입니까?"

뒤따라 학장실로 들어온 교수들은 내가 항의하는 서슬에 엉거주춤 뒤로 서 있었다. 학장의 살천스러운 눈이 흔들렸다. 학장은 내 뒤로 반원을 그리며 서 있는 교수들에게 버럭 고함을 질렀다.

"당신들은 대체 뭣들 하는 거야?"

움찔해서 서로 눈치를 보던 교수들 가운데 한 명이 내 팔을 뒤에서 잡아챘다. 내가 학장을 경멸조로 바라보자 학장은 다시 소리 질렀다.

"그 손 놓고 모두들 당장 나가!"

일본인 교수들은 썰물처럼 빠져나갔다. 학장이 나를 샅샅이 훑어보고 말했다.

"못 보던 학생인데? 몇 학년인가?"

"일 학년 고은하입니다."

"그래? 신입생이 제법 당돌하군."

"…."

"내가 분명히 말하지. 일본 학생들이 패싸움에서 이겼어도 나는 입원까지 할 정도로 상대를 폭행한 학생은 결단코 용서하지 않았을 거야. 교수를 폭행한 학생의 죄도 엄중히 물었을 테고. 그러니 앞으로는 대일본제국의 정신을 함부로 들먹이며 모욕하지 말라."

"일본 학생이었더라도 용서할 수 없다는 말씀 잘 알겠습니다. 그런데 학장님은 정말 그 일본 학생을 퇴학까지 시킬 겁니까? 아니겠지요. 그리고 왜관역에 내리자마자 지도 교수가 노골적으로 조선 학생들을 차별했다면 그 교수야말로 학장님은 물론 총독부의 내선일체 방침을 어긴 게 아닌가요? 명확한 대답을 듣고 싶습니다."

학장의 얼굴이 일그러졌다.

"그만 나가봐."

"대답 들을 때까지 못 나갑니다."

"뭐야?"

학장이 자리에서 벌떡 일어났다. 그때 문밖에서 조선 여학생들의 아우성이 와랑와랑 들렸다. "일본 남학생들은 비겁하다", "사범학교가 공정하지 못하다"라는 말들이 일본인 교수들의 제지 소리와 함께 들려왔다.

"한마디라도 더 따지고 들면 너도 징계할 거야. 퇴학시킨
학생들 징계를 내가 재검토해볼 테니, 바로 나가."

"네, 그럼 학장님 약속을 믿고 가겠습니다."

돌아서서 걸어 나왔다. 학장실 문을 나서자 학우들이 환호
하며 반겼다. 다음 날 무더기 퇴학조치는 모두 정학으로 낮
춰졌다. 작은 승리였다.

7

내 작은 몸 어디서 더넘스레 일본인 학장에게 맞설 힘이
나왔을까. 처음 털어놓거니와 학장실 문을 나서는 순간 허전
거렸다. 여학생들이 몰려와 얼싸안아주지 않았더라면 쓰러
졌을 터다.

나 자신 기숙사로 돌아와 곰곰 짚어보았다. 탐라 여성의
강인한 영혼을 이어받아서일까, 아니면 돌하르방을 사랑하
며 세상과 맞설 힘이 생겨나서일까. 당시는 둘 다라고 정리
했지만, 이 글을 쓰는 지금 톺아보면 심방으로서 억울한 사
람들과 함께 울어온 아버지의 영향을 알게 모르게 받아서일

수 있다는 생각이 든다.

아무튼 그 '작은 승리'로 나는 단숨에 대구사범의 '영웅'이 되었다. 조선인 교수들은 수업 시간마다 나를 칭찬해 부담스러웠고, 일본인 교수들은 감시의 눈초리를 보내면서도 함부로 대하지 못했다.

하지만 승리는 오래가지 못했다. 학장은 없던 일로 정리했지만, 경성의 총독부에서 관리가 내려와 일본인 교수를 폭행한 학생에게 퇴학을 시키지 않은 학장을 다그쳤다. 누군가 총독부에 고자질한 게 분명했다. 우리는 모두 '악질 교수'를 지목했다.

조선 학생들의 가슴으로 의분이 퍼져간 것은 더 말할 나위가 없다. 기숙사 안에서 독서와 토론을 진행해가던 우리는 감정적인 돌출적 충돌이나 산발적 저항보다는 정치의식의 조직화가 필요하다고 판단했다.

당국의 감시가 심해 일단 '문예 모임'을 띄웠다. 문예 모임에서 우리는 각자가 쓴 작품을 돌려가며 발표하고 토론했다. 그런 가운데 수학여행으로 금강산을 다녀온 삼 학년생 일부가 또다시 무기정학을 당하면서 자초지종이 알려졌다.

철원에서 기차를 갈아타고 내금강에 도착했을 때, 조선인이 운영하는 숙소에선 곰살궂게 학생들을 맞아주었다. 그런데 다음 날 내금강을 둘러보고 도착한 일본인 숙소는 대조적이었다. 밥상부터 부실한 데다 마당에 가마니를 깔고 자라고 하자 조선 학생들은 웅성웅성했다. 그러면서도 돈은 조선인이 운영한 곳보다 세 배나 더 받았다.

몇몇 학생이 나서서 산장 주인에게 항의할 때 일본인 인솔 교수가 나섰다. 순순히 학생들이 물러날 듯이 없자 그 교수는 고래고래 소리 질렀다. 사전 허락을 받지 않은 집단행동이라며 위협했다.

말 살에 쇠 살인 협박을 받고 학생들이 따랐는데도 수학여행에서 돌아온 직후에 '주동자'를 징계했다. 징계에 이의를 제기하자 몇 년 전 유사한 '소란' 때는 두 명이나 퇴학시켰다며 사뭇 관용을 베풀었노라고 생색을 냈다.

학교 분위기가 뒤숭숭하고 심상치 않게 돌아가면서 무기정학은 유기정학 일주일로 낮춰졌다. 왜 가만히 있으면 안 되는가를 새삼 확인했다.

그렇다고 모든 대구사범생들이 민족의식을 지니고 속이 살았던 것은 아니다. '작은 해방구' 기숙사에서 차근차근 학습과 토론을 벌여나가던 신입생 시절의 어느 날이었다. 학습 과정에서 우리는 졸업하고 문경에서 교사로 일하던 한 선배에 대해 토론을 벌였다.

훗날 내가 일본에서 간호사로 활동할 때, 그가 대한민국에서 쿠데타를 일으켰다는 뉴스를 보고 긴가민가해 상세히 신문 기사를 읽었기에 한층 또렷하게 기억한다. 그의 이름은 박정희. 돌하르방은 두 해 선배인 박정희와 삼 년 동안 기숙사 생활을 같이 했다.

졸업생 한 사람을 놓고 우리가 토론까지 벌인 이유는 그가 교사로 일하며 저지른 일이 자드락나서였다. 넉 달 전에 만주에서 발행된 신문 기사가 기숙사에 필사되어 알려지면서 모두 공분했다.

기사에 따르면, 문경에서 교사로 일하던 박정희가 군관학교에 지원하려고 '죽음으로써 천황에 충성하겠다'는 혈서를 제출해 서류를 받은 사람들이 감격했다. 박정희는 "일본인으로서 수치스럽지 않도록 조국을 위해 개와 말처럼 충성을 다하겠다"고 다짐했다. 그 기사에 가장 충격을 받은 사람이 돌하르방이었다.

문제의 기사가 돌기 전까지도 박정희는 문경에서 교사로 일하며 가끔 대구사범을 찾아와 후배들과 막걸리 잔을 나누기도 했다. 필사된 기사가 돌아다닌 뒤 박정희가 다시 찾아왔을 때 돌하르방은 자리를 피했다. 그날 돌하르방과 나란히 대구사범 교정을 걸어갈 때 누군가 자못 힘을 준 목소리로

돌하르방을 불렀다. 뒤를 돌아본 돌하르방은 내게 들릴락 말
락 소곤거렸다.

"저 사람이 박정희야."

선입견 때문일까. 까무잡잡한 사내가 허리와 목을 꼿꼿이
세우고 성난 사람처럼 빠르게 다가왔다. 흘끗 나를 보는 눈
빛이 섬뜩했다. 박정희는 마치 내겐 전혀 관심 없다는 듯이
돌하르방에게 바투 다가서서 고압적으로 말했다.

"자네, 왜 나를 피하나?"

"정희 형."

돌하르방의 가라앉은 목소리에 박정희가 멈칫했다.

"후배들이 왜 형 만나기를 꺼리는지 짚이는 게 없소?"

"뭐야? 아니 그럼 모두 일부러 나를 따돌린다는 거야?"

"….."

"그래도 되는 거야? 왜 그래?"

"형, 그건 내가 묻고 싶어. 대체 그래도 되는 거야? 왜 그
래?"

"이놈이 미쳤나?"

"왜놈들 장교가 그리도 되고 싶소? 미치도록?"

성마른 박정희는 오른손을 들어 따귀를 치려했다. 돌하르
방은 얼굴을 더 들이대며 말했다.

"그래, 어디 구경이나 할까. 어느 손가락을 긋고 충성의 혈서를 썼는지?"

박정희의 검은 얼굴이 하얗게 질려갔다.

"뭐? 개나 말처럼 충성을 다하겠다?"

돌하르방은 그 말에 이어 나에게 얼굴을 돌리며 물었다.

"후배 눈엔 지금 우리 앞에 누가 있는 것 같아? 대구사범 선배인가? 왜놈에 충성하는 개인가?"

평소와 다른 돌하르방의 거친 언행이 익숙하진 않았다. 하지만 박정희의 두 눈을 정면으로 응시하며 나 또한 찬찬히 똑똑 끊어 말했다.

"이십 대 청춘이 그런 혈서를 쓴 게 사실이라면, 내가 보고 있는 것은 분명 개이겠지요."

박정희의 눈은 독사처럼 번득였지만 흔들렸다. 그걸 감추려는 듯 야당스레 물었다.

"누가… 자네에게 그런 헛소문을 전하던가?"

"내가 아는 선배 박정희는 학교 신문에 '명예의 노예가 된 영웅보다도 태양을 등에 지고 대지를 일구는 농부가 보다 고귀하고 아름답다'는 시를 쓴 사내였소. 그 박정희는 죽었소. 아니, 본래부터 그런 박정희는 없었는지 모르겠소. 그 시 또한 자기과시욕으로 쓴 것일지 모르니까. 아무튼 결론은 분명하오. 내가 알던 선배 박정희는 죽었소. 당신은 내게 낯선 사람, 이제 나와 모르는 사람이오."

"네 뜻이 그렇다면 그렇게 하지. 다만 이 수모를 결코 잊지 않으마."

박정희는 돌아서더니 고개 든 독사처럼 빠르게 멀어졌다.

"너무 심하지 않았나요?"

"아니, 그렇지 않소. 미리내에게 이미 말했지만 나는 독립운동에 나서지 않는다고 해서 사람을 경멸하거나 친일파로 몰아치지 않소. 앞으로도 그럴 거고. 하지만 그렇다고 혈서까지 써가며 왜놈 장교가 되려고 안달인 인간까지 이해하고 싶은 생각은 털끝만큼도 없소. 인간적으로 미안하지만, 그런 미안함은 우리가 떨쳐버려야 옳지 않을까? 《논어》를 보면 공자조차 모든 사람에게 좋은 평가를 듣는 사람은 어진 사람이 아니라고 하더군. 제 겨레를 배신하거나 민중을 억압하며 저만 잘살려고 하는 인간들은 설령 부귀영화를 누린다고 해도 역사 앞에선 한낱 비루먹은 강아지 꼴이겠지.

마주치면 연민이 들기도 하지만 어쩌겠소. 이렇게 해서라도 정희 형, 아니 박정희가 조금이라도 제가 한 일을 성찰하기를 바랄 수밖에."

나는 진심으로 동의했다. 이미 당시에도 돌하르방의 품격에 감전되어 있었다. 일본제국주의에 누구 못지않은 타오르는 적개심을 지녔으면서도, 돌하르방은 죽음이 필연인 인간의 숙명, 인류가 존재하는 의미를 쉼 없이 사색해갔다.

선배들 사이에 퍼진 돌하르방의 전설은 공연한 풍문이 아니었다. 학습 토론 모임에 이따금 들어와 러시아혁명을 설명할 때는 가장 치열한 마르크스주의자였고, 니체 이야기가 나올 때는 가장 정통한 니체 연구자였다. 사사롭게 만날 때는 동학의 수심경천守心敬天과 불교의 제법무아諸法無我 뜻을 일러주며 삶을 바라보는 내 시선을 깊게 해주었다.

조국을 찾겠다는 결기는 인간을 비롯한 모든 생명을 사랑하는 마음에서 비롯해야 한다고 일러줄 때 돌하르방의 다부진 얼굴은 눈부셨다. 때로는 그가 짊어진 삶의 무게가 너무 육중해 어깨가 저리 기운 것일까 싶어 가슴이 몹시 저려오기도 했다.

8

"우리가 서 있는 이곳은 녹두장군과 더불어 농민전쟁을 일으킨 민중들이 숨 쉬던 공간입니다. 그 뒤로도 항일 의병들이 이곳에서 투쟁을 벌였습니다. 조선이 망하기 두 해 전, 의병 백여 명이 이곳에서 일본군의 기습을 받았지요. 그때 숨진 의병들의 시신을 마을 사람들이 수습해 산허리 햇빛 좋은 곳에 모신 '무명 묘지'가 이 마을에 있습니다. 이곳 의신마을 민중은 새해 초하루마다 묘지 앞에 제삿밥을 올리고 그들의 정신과 넋을 기려왔습니다."

돌하르방의 맑은 목소리가 지금도 귓전을 울리며 광채 나던 큰 눈이 눈앞에 그려진다. 그날 우리는 성지를 순례하는 경건함에 잠겼다. 지리산과 첫 만남이었다.

민속연구회가 여름방학을 활용해 경상도 하동에서 봉사활동을 펴겠다고 당국에 정식 신청해 승인받았다. 조금이라도 불령한 언행이 있을 때는 전원 징계한다는 서약서를 모두 기꺼이 썼다. 돌하르방이 길라잡이가 되어 우리는 부산을 거쳐 뱃길로 하동포구로 갔다.

깊은 산마을에서 '순수한 봉사활동'만 하겠다고 서약했어도, 그걸 따를 사람은 아무도 없었다. 야학을 열고 국제 정세를 가르치자는 데 뜻을 모았다. 참가자 모두 잠들어 있는 민중을 깨워 해방의 한길로 스스로 걸어 나오게 하자는 의지로 충만했다.

의신마을에 짐을 푼 첫날 저녁에 돌하르방은 우리를 둘러

보며 지리산의 역사를 들려주었다. 다음 날 저녁에는 동학 농민군과 항일 의병을 두루 체험한 마을 어르신을 모셔왔다. 환갑이 지났다는 어르신은 농민군에게 받은 강렬한 인상을 향수에 젖어 토로했다.

"내가 열 살 때였지. 그때 농민군들이 마을로 들어왔어. 소문과 달리 우리에게 전혀 피해를 주지 않았다네. 녹두장군이 처형된 직후라 사기가 떨어져 숙지근해 있었지만, 그래도 하나같이 맑은 심성을 지녔더군. 저런 사람들이 어떻게 일본군과 싸울 수 있었을까 의문마저 들었지. 그들은 마을의 내 또래들을 모아놓고 '사람이 곧 하늘이다. 우리는 민중을 하늘처럼 섬기는 세상을 만들려고 일어섰다. 비록 우리는 패했지만, 녹두장군과 함께 뜻을 폈기에 후회 없는 생을 살았다'고 말했어. 아, 그때 어찌나 가슴팍이 아리던지…."

우린 모두 숙연했다. 나는 조심스레 질문했다.

"그 농민군들은 여기서 돌아가셨나요?"

"쉽게 죽을 사람들이 아니었네. 추격하던 왜놈 군대가 다가오자 마을에 피해주고 싶지 않다며 벽소령으로 올라갔어. 왜놈들이 들어왔을 때는 이미 한 사람도 없었지."

"산으로 올라간 다음에는 만나지 못하셨고요?"

"아니지, 여남은 해가 지나서일 거야. 항일 의병들이 마을

에 들어왔는데, 그들 속에 예전 농민군들이 수두룩했어. 반
갑게 재회했지. 어느새 늙었더구나. 쫓겨 다니느라 더 그랬
겠지 생각했어. 그런데 어느 놈이 신고했는지 이튿날 꼭두새
벽에 왜놈들이 기습을 해온 거야. 나는 연로하신 어머니가
몸으로 방문을 막아 총소리가 멎은 뒤에야 집에서 나올 수
있었어. 곳곳에 사람들이 피 흘리며 쓰러져 있어 눈물을 쏟
았다네."

"사람이 곧 하늘이라고 가르쳐주신 분도 다시 의병으로 오
셨나요?"

"그런 질문을 해주어 고맙네. 내가 깜박 지나칠 뻔했군. 그
분도 오셨지."

갑자기 어르신이 눈을 슴벅였다. 가선 진 곳으로 맑은 눈
물이 적시듯 흘러갔다.

"그분은 일본군 기습에도 살아남으셨겠죠?"

"아니야. 아직도 가슴이 아파. 그러지 못했어. 내가 그분을
발견했을 때, 배에 총상을 입어 창자가 다 나와 있었어. 의식
은 아직 있으셨지. 나를 보더니 그 고통 속에서도 희미하게
미소를 지어주시더구나. '죽어서도 지리산을 지켜주겠다'고
했어. 그 말을 남기고 숨을 거두셨지."

가슴이 먹먹해 그날 밤, 잠을 이루지 못했다. 총총한 은하

수 뭇별을 바라보며 일제와 맞서 싸운 농민군과 의병의 영혼들이 지리산 '산신령'이 되어 검은 숲속을 돌아다니는 상상에 잠겼다. 이튿날 아침, 지리산은 한결 눈부셨다.

지리산을 다녀온 뒤 선배들은 대구사범의 분위기가 숙성했다 판단하고 민속연구회와 문예 모임을 밑절미로 지하조직을 세웠다. 구속되면서 퇴학당한 신분이었지만 돌하르방이 깊숙이 개입하고 있었다. 한 달 넘게 만나지 못할 때가 적지 않을 만큼 바쁜 모습을 보며 충분히 짐작할 수 있었다. 지하조직 이름은 '다혁당', 혁명을 실천하는 조직임을 명토 박은 셈이다.

우리는 매주 목요일에 정기적으로 모여 항일 투쟁의 새로운 길을 탐색하며 회지를 발간했다. 회지 이름은 《반딧불》. 그동안 여기저기 내가 쓴 글과 행동에 공감한 이들이 나를 편집위원회에 추천했다. 돌하르방은 재학생이 아니지만 《반딧불》에 비공식 편집위원으로 참여했다. 《반딧불》을 통해 우리는 어둠에 잠긴 조선에 빛을 보내고자 했다.

나는 창간호에 "죽은 이들과의 소통이 굿이라는 민속이라면 그 전통을 살려 항일 투쟁 과정에서 목숨을 잃은 사람들과 소통해나가야 한다"는 글을 썼다. 물론, 필자 이름은 가명 '미리내'였다. 나중에 돌하르방은 그 글을 읽으며 나를 오래

전부터 사랑해온 사실을 새삼 확인했다고 털어놓았다.

다혁당은 대구사범 학우들 사이로는 물론, 경상도에 살고 있는 민중 속으로 파고들어 정치의식과 사상 의식을 높여갔다. 학우들에게는 졸업해서 교단에 설 때 "조선의 아이들에게 국사와 국어를 가르치자" 호소하며 항일 정신을 높여갔다.

그러다가 비밀리에 배포해온 《반딧불》이 일본 순사 손에 들어가면서 대대적인 검거령이 내렸다. 경찰은 재학생은 물론, 졸업생·교사·학부모 삼백여 명을 연행했다.

반년 내내 혹독한 고문이 이어지면서 학우 다섯 명이 감옥에서 죽음을 맞았다. 독립운동은 목숨을 건 싸움임을 뼛속 깊이 실감했다. 왜놈들은 삼십여 명에게 이 년 육 개월에서 팔 년까지 징역형을 선고했다. 선배들이 죽음으로 고문을 이겨내며 투쟁함으로써 다혁당 조직의 2선은 지킬 수 있었다. 나도 편집위원임을 은폐했고 결국 조사만 마치고 나올 수 있었다.

다혁당 사건은 내게 누구를 사랑하는지 가르쳐주었다. 대대적인 검거 선풍이 불 때 돌하르방은 부산에서 지하활동을 하는 현준혁 선생을 만나러 대구를 떠나 있었다. 나는 돌하르방이 체포되지 않도록 천지신명에 진지하게 기도했다. 눈을 감고 기도에 들어가자 어린 시절에 던진 물음이 새롭게 감돌았다.

　아버지가 굿을 앞둔 전날에 어머니에게 '천지신명께 기도할 시간'이라 했을 때 내가 끼어들었다.

　"아버지, 천지신명이 뭔가요?"

　두 분 눈이 마주쳤다. 아버지가 망설이자 어머니가 대신 답했다.

　"너는 몰라도 돼. 크면 다 알게 되니까."

　아버지 목소리가 다소 갈라졌다.

　"천지신명을 몰라도 된다니? 그게 무슨 말이오."

　"나도 다 생각이 있어 그럽니다. 세상이 바뀌고 있잖아요. 우리 아이들은 당신 일을 이어받지 않았으면 해서….."

　"허허, 그게 사람 뜻대로 되는 줄 아시오? 그렇지 않소. 그리고 심방이 되든 안 되든 천지신명을 알고 있어야 비로소 사람이 사람 구실 하며 살 수 있소."

　"내가 몰라서 그래요? 우리 아이들은 그렇지 않아도 대대로 심방의 피가 흐르는데, 굳이 나서서 일러줄 필요는 없잖아요? 내놓고 심방으로 만들 셈이 아니라면….."

　아버지는 말막음이라도 하듯이 나직하고 굵은 목소리로 내게 눈을 돌렸다.

"천지신명은, 음, 저기를 봐라. 높은 하늘이 있지? 그리고 눈을 찬찬히 아래로 내리면 거룩한 한라산이 보이고 우리가 발 딛고 사는 땅이 보이지. 저 하늘, 이 땅은 대체 언제 어디서 어떻게 생겼을까. 하늘과 땅을 있게 하고 움직이는 기운이 있지 않겠니?"

"힘이 엄청 세야겠네?"

"그래 맞아. 바로 천지를 움직이는 거룩한 힘, 우리 인간에겐 보이지 않는 그 엄청 센 힘을 천지신명이라 하는 거야."

"천지신명과 아버지가 통하는 거야?"

아버지의 얼굴이 멈칫했다. 기회를 놓칠세라 어머니가 말참견을 했다.

"내가 뭐래요?"

아버지는 어머니 말엔 들은 체도 않고 내게 환한 미소를 지으며 답해주었다.

"그럼, 기도를 통해 천지신명과 통하지. 잘 들어두렴. 심방이 아니어도 누구나 정성 들여 기도하면 천지신명과 소통할 수 있단다."

"정말? 나도 그럼 정성 들이면 천지신명과 통할 수 있어요?"

"그렇지. 천지를 움직이는 힘이니까 네 안에도 당연히 들어 있겠지. 네 몸 안에서 그 힘을 느끼면 그게 바로 통하는 거야."

어머니가 흘겨보더니 내게 눈을 돌리고는 부라렸다.

"이것아, 그런 데 관심 갖지 말고, 그만 나가서 친구들하고 놀아."

"천지신명과 통하면 좋을 건데, 엄마는 왜 그래?"

"너 아버지가 하는 일 하고 싶나? 학교도 안 들어가고?"

"아니나. 학교 들어가고 싶다."

"그럼 더는 말대꾸하지 말라. 학교 가면 자연히 천지신명에 대해 배우니까."

그날 평소와 달리 차가운 어머니의 태도에 나는 샐쭉했다. 말대꾸 말라는 강다짐이 야속도 했다. 학교 가면 천지신명을 배운다는 어머니 말은 맞지 않았다. 누구도 가르치지 않았을 뿐더러 아예 미신으로 몰아세웠다. 보통학교 시절의 나는 그에 맞서지 못하고 공연히 주눅이 들었다. 그때만 하더라도 일본이 자신들의 종교인 신도는 신성시하면서 조선의 민속을 천시하는 모순을 짚어낼 수 없었다. 탐라에선 심방의 위상이 높았기에 내심 개의치 말자고 모르쇠 잡았는지도 모르겠다.

'천지신명'을 아버지로부터 다시 들은 것은 대구사범 진학을 목표로 공부할 때였다. 어느 여름날, 아버지는 입시 준비를 쉬엄쉬엄하라며 나를 데리고 산방산 너머로 갔다. 내가 사는 섬이 얼마나 아름다운가를 보여주고 싶어서였다면, 그 뜻은 적중했다. 나는 그날 계곡으로 들어가던 한 장면 한 장면을 오늘 이 순간도 잊지 못하고 있다.

　돌 속을 흐르듯이 맑은 물을 사이에 두고 기기묘묘한 절벽들이 늘어서 있었다. 하늘이 보이지 않았다면 동굴로 착각했을 터다. 후박나무, 붉가시나무, 참식나무 들이 우람했고 벼랑 아래로는 고사리들이 수줍게 인사했다.

　"이곳이 탐라가 품은 안덕계곡이란다. 들어보았지?"

　"친구들에게 얼핏 들은 적 있어요, 근데 '안덕'이 무슨 뜻이어요?"

　"치안치덕治安治德 줄임말이지. 평안해지고 덕을 얻는 계곡이란 뜻이야. 어때? 걸어보니 신선이 된 기분이지?"

　"정말 좋아요."

　"좋다고만 하지 말고 네 몸으로 느끼는 걸 구체적으로 이야기해보겠니?"

　"음, 깨끗한 기운이… 머리에 덕지덕지 낀 때를 상쾌하게 씻어주는 것 같아요."

　"허허, 그래? 머리에 덕지덕지 낀 때를 벗겨준다? 그것도 상쾌하게? 네가 참말로 그런 깨끗한 힘을 느끼느냐?"

"네, 머리가 조금 아플 만큼 확연히 맑아지는 걸요?"

쳐다보는 아버지의 눈빛이 번득였다. 나는 환희에 잠겨 말 없이 계곡을 걸어갔다. 돌아오는 길에 숲에서 그때까지 보지 못한 꽃을 발견했다. 푸른 갈색의 꽃줄기가 매끄럽게 곧추서서 진달래빛으로 깔끔하게 꽃을 피우고 있었다. 잎 하나 없이 핀 꽃이 신비로워 발걸음을 멈추고 들여다보았다. 앞서 내려가던 아버지가 돌아서더니 다가와 물었다.

"너 그 꽃이 좋으니?"

"네, 정말 마음에 들어요. 꽃 이름 아세요?"

"상사화란다."

"상사화?"

"그래, 그리움의 꽃이지. 잎이 없지?"

"네. 그래서 더 청초해 보여요."

"청초하다? 그런 말도 벌써 아는구나? 꽃이 필 때는 잎이 없고 잎이 필 때는 꽃이 없어서인데 잎은 꽃을, 꽃은 잎을 그리워한다는 뜻에서 상사화라 부른 거야."

"아, 그렇구나, 슬프네요."

"그런데 너는 왜 그런 꽃을 좋아하니?"

혼잣말하며 측은히 보는 아버지 얼굴에 먹장이 스쳐갔다.

아버지는 자신의 표정에 번지는 어둠을 의식해 서둘러 감추는 듯했다. 의아한 마음이 들면서도 괴이한 바위와 절벽 들이 불쑥불쑥 나타나 금세 잊었다.

돌아보면 아버지는 내게 천지신명을 현장에서 가르쳐준 셈이다. 안덕계곡의 맑은 기운을 호흡하고 돌아오는 길에 신명의 세계를 조곤조곤 들려주었기 때문이다.

9

"깨끗한 기운이 머리에 덕지덕지 낀 때를 상쾌하게 씻어주는 느낌을 받았다고 했지? 바로 그 힘이 천지신명이란다."

안덕계곡을 떠나 집으로 가는 길이었다. 산방산 아래를 지날 때 아버지가 말했다. 뭍으로 유학 보내기 전에 조금이라도 내 눈을 틔어주고 싶었으리라. 나는 계곡을 걸을 때 세상이 확연히 밝아오던 느낌, 맑은 환희에 젖던 심경을 되새겨보았다. 경청하는 내 모습을 흘끗 본 뒤 아버지는 길을 걸으며 말을 이었다.

"밝고 맑은 기운이 몸으로 들어온다고 느꼈겠지만, 그 기운이 실은 네 몸 안에도 깃들어 있어. 그래서 서로 감응할 수 있었던 거야. 신명은 네 안팎에서 소통하는 거란다."

아버지의 말이 조금 어렵게 다가왔다. 막연히 알고 넘어가기엔 너무 궁금했다.

"그러니까… 제 몸에 신명이 들어 있다는 건가요?"

"그렇단다. 그런데 대부분 사람들은 그걸 잊고 살지. 평생 자기 몸 안에 있는 신명을 모르고 사는 사람도 허다해. 이승을 떠나 저승으로 갈 때까지 모르는 사람도 숱하고. 안타까운 일이지."

"몸 안에 있는데 왜 모르는 거죠?"

"그건 말이야. 신명은 그냥 나타나지 않아서 그래. 우주에는 맑고 밝은 기운만이 아니라 혼탁하고 어두운 기운도 있거든. 신명은 자신에게 정성을 다할 때 비로소 발현될 수 있어. 그때 천지에 약동하는 신명과 자신이 통하는 거란다. 그걸 모르는 사람들은 미신이라고 하지. 어리석은 사람들이야. 자기 안에 있는 걸 보지 못하는 헛똑똑이들이지."

안덕계곡을 나오며 그 말을 가슴에 새겼던 나는 정성으로 기도했다. 내 안의 신명이 천지의 신명과 이어져 돌하르방에게도 전달되기를 소망했다. 돌하르방이 다시 체포된다면 모진 고문과 맞닥트릴 수밖에 없는 상황이어서 기도는 그만큼 더 절실했다.

다혁당은 단순 독서 모임이 아니라 혁명을 목표로 삼은 조직이었다. 돌하르방 성격에 미루어 고문하는 경찰에게 고분고분 불지도 않을 터라 자칫 목숨을 잃을 수도 있었다. 조선 전역에서 왜놈들의 고문으로 숱한 혁명가들이 옥사하던 시절이었다. 물론, 왜놈에 빌붙은 친일파들은 호의호식하고 제 자식도 배불리 먹이며 살았다.

언제까지 내내 도망만 다닐 수 없겠지만 그래도 '검거 소나기'는 피해야 했다. 소나기는 그치게 마련이고 우리에게도 희망은 있었다. 돌하르방과 나, 다혁당의 동지들 두루 민족 해방이 싸묵싸묵 다가오고 있다고 확신했다.

무릇 한생을 살아가는 길에서 다른 사람과 함께 하는 학습과 토론은 삶과 세상을 보는 눈을 한 단계 높여준다. 내가 대구사범에 입학한 그해 9월에 히틀러의 독일군이 폴란드를 침략하면서 영국과 프랑스가 독일에 선전포고했다. 상황을 지켜보던 일본제국주의는 독일이 유럽을 거의 석권하자 중국 해안 지역에 이어 동남아시아까지 손에 넣으려 했다. 베트남을 식민지로 착취했던 프랑스가 독일에 패함으로써 사실상 빈 공간이 되었기에 어려운 일도 아니었다. 다만 일본이 프랑스가 지배하던 식민지를 가로챌 때, 미국과 영국이 방관할지가 문제였다. 일본제국주의자들 안에서도 반대 또는 신중 의견이 나왔지만, 호전적인 군부의 입김이 더 강했다. 1940년 일본은 독일의 나치당을 본뜬 강력한 전체주의 체제를 다지고, 프랑스령이던 인도차이나를 침략했다. 동시에 독일, 이탈리아와 삼국동맹을 결성했다.

부끄럽게도 나는 그 지점에서 더 나아가지 못하고 있었다. 일본제국이 만주에 이어 중국 해안 지역까지 죄다 장악하고 동남아시아까지 점령할 정도로 강력하다면, 과연 우리가 독립을 이룰 수 있을까. 짙은 회의가 몰려왔다.

그런데 끊임없이 전쟁을 확대하는 일제의 야욕은 미국의 이해관계와 충돌할 수밖에 없다는 사실, 미국의 경제·군사력을 일본이 감당할 수 없다는 사실을 학습·토론 모임에서 알게 되었고, 두 국가 사이에 전쟁이 벌어지면 조선 독립은 결코 머나먼 일이 아니라는 판단력을 갖출 수 있었다.

우리끼리의 학습과 토론에 그치지 않았다. 다혁당은 신입생들의 정치의식을 고취시켜 조직원을 확장해갔고 수시로 대중 토론회를 열었다. 방학 기간에는 곳곳에 야학을 개설하고 대구사범만이 아니라 다른 학교 학생, 일반인들까지 조직원으로 받아들였다. 군사적 행동에 돌입할 때를 대비해 대구외곽의 팔공산 중턱에서 군사교육까지 받았다.

다혁당 사건으로 수배된 돌하르방은 석 달이 지나도록 감감무소식이었다. 우리가 연인 관계로 들어설 무렵에 이미 돌하르방은 앞으로 무슨 일이 일어날 때 무소식은 무사하다는 뜻이니 대범하라고 당부했다. 수감 생활을 겪은 돌하르방의 말은 그만큼 무게가 있었다. 하지만 막상 그 상황을 맞아보니 무소식은 전혀 위안이 되지 못했다. 시간이 흐를수록 걱정이 깊어갔다. 그러다가 첫 연락이 왔다.

어느 날 기숙사 방문 밖에서 누군가 내 이름을 불렀다. "나가요" 대답하고 방문을 열려는 순간에 문 밑으로 편지 봉투가 빠르게 들어왔다. 겉봉투에 붓글씨로 쓴 '광고: 미리내 운명원' 글자를 보는 순간, 심장이 떨렸다. 방문을 열어서는 안 되는 줄 알면서도 혹시나 해서 급히 문을 나가 좌우를 살펴보았다. 기숙사 복도에는 아무도 없었다. 문을 닫고 들어와 다급하게 봉투를 열었다.

"사람들은 어디로 가야 할지 모를 때 운명을 알고 싶어 합니다. 운명을 일러주는 ···, 그곳에서 할아버지 도인을 찾으십시오."

예상치 못한 문구에 실망과 당혹감이 교차하며 엄습했다. 정말 광고인가 싶기도 했다. 하지만 가슴에서 이내 뜨거운 기운이 올라왔다. 돌하르방의 편지임을 확신했기 때문이다.

'미리내'도 그렇거니와 '할아버지'도, '···'도 돌하르방이 아니면 쓸 수 없는 말이었다. '광고지'를 다시 읽으며 '···'이 어디인지도 파악했다. 그랬다. 돌하르방은 안전한 곳에 피신해 있었다. 이미 학습한 대로 봉투와 편지지 모두 소각했다.

마음을 놓은 나는 다시 일상을 찾아 학업에 열중했다. 다혁당 2선 조직은 건재했지만, 과거처럼 회지를 발간할 상황은 아니었다. 우리는 역량을 보존하며 아래로부터 조직을 다져 결정적 순간을 준비하자고 뜻을 모았다. 일제의 패망은 이제 시간문제임을 학우들에게 가능한 한 널리 알렸다.

돌하르방을 만나지 못해 허우룩했지만, 편지를 나눌 수 있어 새록새록 정감이 깊어갔다. '할아버지 도인'의 쪽지 이후 소식이 도통 없기에 정말 돌하르방이 보낸 걸까 의심마저 솔솔 들 무렵에 기숙사로 소포가 배달되었다.

쌍계사 주소까지 적힌 소포를 열자 작고 길쭉한 현무암을 투박하게 쪼아 만든 조각상이 나왔다. 심장이 싸했다. 편지도 들어 있었다.

"함께 보내는 '돌부처'상은 소승의 아버님이 생전에 어머님에게 손수 만들어주신 선물입니다. 모쪼록 본인은 물론 주변의 모든 이들이 해탈하시기 바랍니다. 석조(石祖) 합장."

괄호 안에 쓴 '석조' 한자가 '돌 할아버지'라는 뜻이어서 미소를 자아냈다. 불상이라 했지만 탐라에 서 있는 돌하르방이 분명했다. 탐라 출신의 혁명가인 아버지가 연애 시절 어머니에게 수호신으로 선물했을 터다. 그 귀한 유품을 내게 보낸 마음이 느껴져 코끝이 저렸다.

투박스러운 돌하르방상이 귀여워 감히 볼에 비벼대다가도 그 돌을 다듬었을 혁명가의 원통한 요절과 소망이 떠올라 숙연해졌다. 편지에 적힌 간명한 글도 그리움에 젖어 되풀이해 읽었다. 성냥불 긋기를 몹시 망설였지만 소각했다. 재로 남은 편지는 진달래 심은 화분에 묻었다. 쌍계사를 밝히고 주소까지 적어놓은 것으로 미뤄 답장을 보내도 좋다고 판단했다. 용기를 내어 간단히 편지를 썼다. 겉봉투에 쌍계사 주소를 쓰고 '석조 스님께'라고 적었다.

"존경하는 스님께, 저의 신앙을 새긴 돌 조각을 보내주셔서 참으로 고맙습니다. 아버님이 어머님께 선물한 유품이라니 더 감동입니다. 귀하게 간직하며 앞으로 어려움이 있을 때마다 힘을 얻겠습니다. 말씀하신 대로 저와 친구들 모두 해탈의 길로 정진해가겠습니다. 석조 스님도 내내 건강하셔야 합니다. 강건하셔야 오래오래 저를 인도해주실 수 있으니까요. 미리내 손 모음."

보름이 지나서일까. 거짓말처럼 답장이 왔다.

"미리내 보살님. 마음에 드신다니 다행입니다. 저도 산문에 들어온 뜻을 실현하려고 정진을 거듭하렵니다. 그러니 혹 찾아올 생각 마시고 보살님의 길을 씩씩하게 걸어가시길 당부 드립니다. 다만 어려움이 있을 때는 언제든 오십시오. 석조 합장. 추신: 사사로운 편지는 구도자에게 금기입니다. 모든 편지는 곧바로 태워주십시오."

답장이 너무 짧아 아쉬웠으나 소통할 길이 열려 마음은 넉넉했다. 우리는 석 달에 한 번 꼴로 편지를 나눴다. 말 그대로 '선문답'하느라 온새미로 마음을 전할 수는 없었지만, 사랑은 익어갔고 '스님의 법문'으로 삶의 의지를 강인하게 다져갈 수 있었다. 가끔은 정말 스님처럼 '제법무아'를 비롯해 부처의 깊은 사상을 적어놓아 불교에 대한 이해도 넓힌 행복한 시절이었다.

그렇게 대구사범 생활을 마치고 국민학교—일제는 초등교육기관 이름을 '보통학교'에서 '소학교'로 바꿨다가 전시체제를 선포하며 '국민학교'로 바꿨다. 학생들을 '전쟁에 나가 목숨을 바칠 황국신민'으로 단련시키라고 교사들에게 주문했다. 일제는 패망 뒤 1947년 '소학교'로 환원했다—교사로 임용되었다. 아버지와의 약속을 지키려면 탐라로 돌아가야 했으나 죽음으로 다혁당 2선 조직을 지킨 동지들을 생각하면 대구를 떠날 수 없었다. 해방을 이루고 탐라로 돌아가자 결심한 이유다.

동경하던 선생님이 되어 아이들을 가르치는 기쁨은 현실과 마주치자 시나브로 사라졌다. 내가 어렸을 때와도 또 달랐다. 아이들에게 일본어만 가르치고 '대일본제국에 충성하라'고 주입하는 학교에서 바닥 모를 무력감에 빠져들었다. 그것은 단순한 회의나 좌절이 아니었다. 아무리 민족의식을 고취하려 애면글면 힘써도 학교는 더 조직적으로 황국신민을 가르쳤다. 학교를 '밥벌이' 일터로 삼는 것은 죄를 짓는 일이라는 판단이 짙어만 갔다.

교사라는 직업과 현실 사이의 거리는 이른바 '대동아전쟁'에서 일제의 발악이 심할수록 더 벌어졌다. 다혁당에서 학습한 스탈린주의와 이에 근거한 투쟁에 확신이 서지 않아 마음속으로 일정한 '거리'를 두고 있던 나는, 막상 제국주의가 지배하는 식민지 현장과 부닥치면서 그동안 내 생각이 관념론에 기울어 있었다는 반성을 할 수밖에 없었다. '국민징용령'을 내린 놈들이 내 또래와 후배 여학생들을 일본 침략군 주둔지로 보내 성노리개로 삼는다는 말이 전해질 때면 뼈저리게 성찰할 수밖에 없었다. 다혁당 '학교'에 머물게 아니라 혁명운동에 나서야 옳지 않을까, 돌하르방을 찾아가 나도 '구도의 길'로 나설 때가 아닐까, 이런 생각이 짙어지면서도 교직에 대한 미련 때문에 결단을 오늘내일하면서 미루던 어느 날이었다.

아이들을 가르치는 교실로 갑자기 들이닥친 일본 순사에게 체포되었다. 경찰서로 연행되고 보니 이미 민속연구회 구성원들이 모조리 잡혀 들어와 있었다.

속닥거리지 말라고 했지만, 우리는 거의 소리를 내지 않은 채 입 모양으로 긴급히 정보를 교환했다. 민속연구회를 다혁당 '재건 조직'으로 엮으려 한다는 사실, 잠적한 돌하르방의 행방을 뒤쫓고 있다는 사실을 공유했다.

그런데 돌하르방이 잡히면 안 된다는 조바심이 잦아들 정도로 긴장감을 한껏 높인 정보가 갑자기 빠르게 돌았다. 당시 대구사범 여학생들 사이에선 최난수라는 경찰이 악명 높았다. 독립운동에 나선 여성을 체포하면 옷을 벗겨 거꾸로 매달고 자백을 받는다는 소문이 퍼져 있었다. 우리는 토론 말미에 최난수를 이야기하면서도 곧이곧대로 믿지 않았다. 설마 아무려면 조선인이 그러려고 했다. 선배들도 여학생들이 독립과 혁명운동에 나설 의지를 아예 꺾어놓으려고 일제 놈들이 거짓 정보를 흘린다고 분석했다. 그럼에도 소문이 사실이라면? 그런 상상을 하는 것만으로도 모골이 송연했다.

문제는 우리가 잡혀온 대구경찰서에 최난수보다 더 징그러운 순사가 최근 배치됐다는 정보였다. 최난수의 조수로 시작해서 그의 후광으로 순사가 된 자로 '짐승으로 치면 외려 최난수가 조수'라는 말에 공포감마저 밀려와 나도 모르게 가슴 옷깃을 여몄다.

　"평양 갑부 아들로 일본 대학에 유학까지 했다네. 퇴교당하고 돌아와 망나니처럼 살던 놈을 최난수가 조수로 삼았다가 순사로 만들어주면서 한몫 톡톡히 챙겼다고 하더군."

　"글쎄, 그 망나니는 최난수 앞에선 똥개처럼 꼬리 흔들지만 독립운동가들 앞에선 미친개처럼 달려든다고 하네. 마음들 단단히 먹어야 해."

　곧이어 취조가 시작되고 한 사람씩 학우들이 불려갔다. 차례를 기다리며 불안감은 증폭되었다. 과거 다혁당으로 수사받았을 때 별 탈 없이 풀려난 일을 상기하곤 애써 마음을 다스렸다. 나를 취조할 경찰이 제발 문제의 망나니가 아니기를 바라며 두 시간 정도 지났을까. 이윽고 내가 호출되었다.

　빨래 방망이가 가슴 안벽을 치듯 긴장감 속에서 소마소마 취조실 문을 열었다. 뜻밖에도 얼핏 평범해 보이는 젊은 순사와 눈이 마주쳤다. 그의 눈동자가 휘둥그레 커졌다. 아랑곳없이 나는 취조실을 빠르게 둘러보았다. 망나니 놈이 얼마나 악마처럼 생겼는지 내심 궁금했다. 하지만 취조실 안에 다른 순사는 없었다. 다시 조금 전 순사에게 눈을 돌렸을 때, 어느새 도숙붙은 이마 아래 음충한 시선이 매부리코 위로 쏘아보고 있었다. 그 순간 바로 그가 망나니임을 알아차린 동시에 심장이 덜컹 내려앉으며 수꿀했다.

그럼에도 최난수보다 더 짐승이라는 소문은 과장이 틀림없다고 애써 믿으려 했다. 그가 내게 인혁 씨의 소재를 대라고 살천스레 다그칠 때 무서움이 스멀스멀 올라왔지만 짐짓 의연한 듯 냉랭하게 말할 수 있었다.

"너, 강인혁 알지?"

"알기야 알죠, 학교 선배이니까요."

"그 빨갱이 놈 지금 어디 있나?"

"몰라요."

"몰라? 그놈이 얼마나 위험한 놈인 줄 모르나 본데, 너 이현상 이름은 들었지?"

이현상. 다혁당에서 토론할 때 돌하르방이 '존경하는 혁명가'라고 공언한 이름이다. 어떤 혁명가이기에 돌하르방이 경의를 표할까 궁금했으나 만나본 적은 전혀 없었다. 그래서 자신 있게 답할 수 있었다.

"몰라요."

"호, 그러셔? 물론, 그렇게 답하겠지. 예상대로야. 그럼 내가 가르쳐줄까. 빨갱이 두목 이현상의 측근으로 강인혁이 활동하고 있다는 정보가 들어왔어. 고려공산청년회를 재건하겠다나? 너, 경고하는데 거짓말하면 너도 그 조직원이 아닌지 의심할 수밖에 없어. 그러니까 똑바로 말해. 강인혁 어디 있나?"

그 말을 듣자 새삼 돌하르방이 자랑스러웠다. 미련한 순사 말이 맞다면 돌하르방은 선친이 가입했다가 옥사한 조직의 재건에 나선 셈이다. 하지만 바로 그렇기에 한층 정신을 차렸다. 조금이라도 틈을 보이면 안 된다고 판단했다.

"모른다 하지 않았나요?"

"뭐? 않았나요?"

"그렇소."

"그렇소? 너, 대일본제국의 경관을 어떻게 보고 그따위로 답하는 거야? 지금부턴 묻는 말에 깍듯이 존댓말 써!"

대일본제국의 경관? 조선인이 그따위 말을 늘어놓는 걸 도무지 참기 어려워 경멸의 눈길을 보냈다. 그는 아랑곳하지 않겠다는 듯이 치뜰게 물었다.

"좋은 말로 할 때 강인혁이 있는 곳을 대."

나는 존대를 붙이기도 안 붙이기도 그래서 말없이 바라보앉다. 나를 쳐다보던 순사의 눈이 흔들리나 싶더니 황급히 서류로 향했다. 말투는 거칠지만 내 눈을 똑바로 보지 못할 만큼 순진하다 싶어 다소 마음을 놓았다. 서류를 살피던 순사가 눈 부라리며 다시 윽박질렀다.

"너! 고은하 맞지?"

나는 대답 대신 고개를 끄덕였다.

"강인혁, 그 빨갱이 놈과 네가 그렇고 그런 사이라는 걸 조금 전에 취조한 네 친구들이 다 불었단 말이다. 그래도 모른다는 거냐? 너도 다른 년들처럼 발가벗겨져야 진실을 말하겠냐?"

나는 발끈해서 목소리를 높였다.

"당신 조선 사내 아니오? 어찌 조선 여자에게 그따위 협박을 하시오. 조선의 사내로서 부끄럽지 않소?"

양심에 호소하고 싶었다. 하지만 예상이 빗나갔다.

"뭐가 어째? 반반해서 봐주었더니, 계집년이 어따 대고 뜸베질이야!"

무엇이 얼굴로 날아오면서 번쩍했다. 곧장 정신을 잃었다. 얼마나 시간이 지났을까. 눈을 떴을 때 왼쪽 눈두덩이 쑤시듯 아파왔다. 하지만 그것도 잠깐이었다. 눈앞에 거꾸로 서 있는 군화가 들어왔다.

세상이 온통 거꾸로 뒤집혀 어지럼증이 몰려오며 구토를 느꼈다. 하지만 곧 알아차렸다. 내가 거꾸로 매달려 있다는 사실을.

10

사람들은 내 첫인상이 다사롭단다. 함께 오래 일한 간호사들도 그렇게 말했다. 세계 어느 곳이든 간호사를 '백의 천사'로 불러주는 미덕을 잘 알고 있다. 그럼에도 막상 환자로부터 "천사"라는 말을 들을 때는 여간 쑥스러운 게 아니다. 심지어 오사카 병원에서 어느 조선인 환자는 관세음보살 같다며 합장까지 했다. 곱게 나이 들어간다는 소리도 적지 않게 들었다.

하지만 아니다. 나는 관세음이나 천사는커녕 다사롭지도 않은 여자다. 철저한 이중인격자다. 언제나 온유를 가장했지만, 가면 아래 가슴 어딘가에 비수를 품고 있었다. 이따금 서걱서걱 칼날을 갈기도 했다. 간호사로 일하며 어느 아침에 세면대 거울에서 더없이 부드러워진 눈과 마주칠 때면 소스라치게 놀라며 물러터진 자신에게 욕설을 퍼붓기도 했다. 그럼에도 출근해서 병실의 환자들을 만나노라면 내 눈매는 물론 숨겨둔 칼날이 시나브로 무뎌졌다.

서슬 시퍼런 칼을 품은 첫 순간을 기록하기가 지금 이 순간도 힘들다. 어금니를 꽉 물고 쓴다. 꼭꼭 눌러둔 사실을 끄집어내 글로 객관화할 때 상처가 치유된다 했던가. 글로 옮기기 남우세스럽고 떨리지만, 작심하고 쓰련다.

점잔을 떨며 마치 그런 일은 없었다고 믿거나, 피해자를 위한답시고 차마 입에 담을 수 없는 상처를 덧내서는 안 된다며 망각의 늪으로 밀어 넣거나, 먹고 살자니 어쩔 수 없어 친일한 사람들을 근거 없이 악마로 덧칠하는 선동일 뿐이라며 진실에 눈감는 비겁한 위선자들에게 이 땅에서 누가 무슨 일을 벌였는지 한 점 더함도 덜함도 없이 피를 찍어 증언하련다. 우리 후대를 위해서도, 나를 치료하고 변호하기 위해서도 그날의 악몽을 옮긴다.

대구경찰서에서 실신했다가 깨어났을 때 내 몸은 거꾸로 매달려 있었다. 바닥에 놓인 뭔가가 희미하게 눈에 들어왔다. 여기저기 여자 옷들이 던져져 있고 심지어 속옷까지 보였다. 그 순간, 내가 입었던 옷임을 직감했다. 곧바로 거꾸로 매달린 내 젖가슴이 시야에 들어왔다.

격한 수치심이 밀려왔다. 설마 아랫도리까지? 황급히 다시 눈을 떠 올려보았다. 실룩실룩 거리는 망나니의 매부리코가 보였다. 부리처럼 굽은 코끝이 내 사타구니에 거의 닿아 있지 않은가! 숨이 막혀 말이 제대로 나오지 않은 채 몸부림쳤다. 발버둥으로 묶은 줄이 흔들렸다. 망나니가 도숙붙이에 매부리코 얼굴을 아래로 돌렸다. 눈이 마주치자 놈답지 않게 당황하는 기색이 역력했다. 놈이 오른손에 들고 있던 뭔가를 재빠르게 뒤로 숨겼다. 허리 뒤로 감추는 순간, 큰 돋보기가 눈을 파고들어 왔다. 억장이 무너졌다. 망나니의 발바닥 같은 왼손은 천장에 매달린 내 허벅지를 아직도 붙들고 있었다. 엄습하는 모멸감에 차라리 죽고 싶었다.

망나니가 쭈그려 앉아 내 얼굴을 거꾸로 마주하며 물었다.

"이제 정신이 드나? 그래, 내가 뭐랬어? 좋게 말할 때 자백하라고 했지? 뺨 한 방에 실신할 거면서 어째 그리 당돌하게 굴었어?"

질끈 눈을 감았다. 파리채 같은 손이 젖가슴을 쓰다듬었다. 발버둥을 쳤지만 소용없었다. 천장에 매달린 팽팽한 줄에 발목의 통증만 심해질 뿐이었다.

놈이 엄지와 집게손가락으로 젖꼭지를 만지작거리며 말했다. 소름이 온몸으로 번졌다.

"이런, 꼭지까지 소름이 돋잖아. 내가 이러는 걸 이상하게 보지 마. 나는 단지 아름다운 것을 만지고 싶은 본능에 충실한 거니까."

망나니는 내 얼굴을 가까이 들여다보며 사뭇 부드럽게 말했다.

"보기보다 순진하군. 부끄러운가?"

"…."

"그건 그렇고 일을 메지 내자. 자, 마지막 기회다. 강인혁은 어디 숨었지?"

나는 신음하듯 말했다.

"모른다. 이놈. 하늘이 무섭지 않느냐."

"하하하, 하늘? 무슨 하늘? 조선인에게 하늘이 있으면 우리 조선을 망하게 두었겠나? 잘 들어. 하늘 따윈 없어. 여기, 네가 보기엔 한없이 더러울 세상, 여기가 우리 인간들이 살아가는 곳이야. 그러니 착각하지 마. 여기서 처녀막에 구멍 나고 싶지 않으면 말해. 빨갱이 놈 어디 숨었나?"

"하늘이 널 용서하지 않을 거다."

"좋아, 좋아, 하늘이 날 용서하지 않을지 두고 보지. 아무튼 너의 정조는 마음에 든다. 사실 지금 네 상황이 오면 다른 년들은 죄다 불더군. 하긴, 그년들은 더 험하게 다뤘지. 남자를 밀고할 만큼 정조가 없는 년들은 그만한 벌을 받아야 하지 않겠어?"

"이 나쁜 놈."

"그런데 네 몸을 조사해보니 아직 처녀더군. 빨갱이 놈과 아직 그 짓을 하지 않았다면, 놈의 행방을 모를 수도 있겠어. 풀어주지."

"…."

"이건 정말 특별한 배려야."

망나니가 생색을 내며 마치 그 대가라도 받겠다는 듯이 거친 손바닥으로 불두덩을 문질러댔다. 모욕감에 피가 거꾸로 흘러서인지 정신마저 혼미해져 말이 나오지 않았다. 망나니가 흠흠한 얼굴로 나를 내려다보며 말했다.

"곧장 너를 갖고 싶지만 어쩐지 아껴주고 싶군. 고은하라고 했나? 내 보호를 받으며 사는 게 어때? 내 호강시켜줄 테니."

매부리코가 금세 쪼아댈 듯이 바투 다가왔다.

"이런, 이런, 정말 힘들어 하는군. 바로 풀어주지. 그런데 그 전에 점 하나만 찍자. 네가 내 여자라는 걸 확실히 해두게."

기겁을 한 나는 다리를 한껏 오므렸지만 거친 집게손가락이 몸 안으로 후비며 들어왔다. 다른 손으론 "긴장하지 마"

라며 엉덩이를 토닥였다. 정말이지 놈의 멱을 당장이라도 따고 싶었다.

"지금부터 잘 들어. 넌 정조 있는 여자니까 명심해. 이 순간부터 넌 내 여자야. 그깟 빨갱이 놈은 깡그리 잊어버려. 주둥이만 나불대는 놈과 살아봐야 고생만 할 게 뻔하잖아? 너, 나랑 살면 그깟 교사 생활 안 해도 돼. 나 이래 봬도 서북 지역 가면 누구나 알고 있는 부잣집 외아들이야. 알겠어?"

스스로 흡족한 듯 망나니가 내 몸을 두 팔로 안았다. 나는 밧줄에 걸린 몸이 빙글빙글 돌 만큼 발버둥을 쳤다.

"이런…, 가만히 있어. 풀어주려는 거야."

밧줄이 풀어지는 순간까지 거웃을 쓰다듬는 그를 거세게 밀쳤다. 곧바로 바닥에 떨어진 옷을 서둘러 입었다. 수치심으로 가득한 정신을 가까스로 추스를 때 망나니가 소곤댔다.

"내 징계를 각오하고 특별히 배려하지. 바로 내보내 줄게."

듣는 둥 마는 둥 수치를 가리듯 옷매무새를 갖췄다. 옷 입는 모습을 다 지켜본 망나니가 목울대로 꿀꺽 침 삼키는 소리를 내며 다가왔다. 내 어깨를 잡고 나를 다시 의자에 앉혔다. 이어 말 살에 쇠 살을 시룽시룽 지껄여댔다.

"고은하, 얼굴이 왜 그래? 진짜로 남자 앞에 처음인 게로군?"

말없이 쏘아보았다.

"화 풀어. 아까는 미안하군. 기절까지 할 줄은 몰랐어."

해낙낙한 망나니는 혼잣말을 계속 이어갔다. 잠깐잠깐 쉬긴 했다.

"너희 여자들은 내 생김새를 별로 좋아하지 않더군. 독해 보인다나?

부인하지 않는 걸 보니 긍정이군. 그래, 돈 가지고도 안 되는 계집, 잔망스러운 년들이 있긴 하지. 바로 너처럼 똑똑하고 잘난 여자들. 하지만 나도 일본 대학에 유학까지 했단 말이지.

너희가 날 독종이라고 하니 그런 소릴 듣는 바에야 진짜 독종이 되려고 했지. 일본인이 되고 권력도 가지겠다고 다짐한 이유랄까. 넌 내가 무슨 권력을 지녔냐고 반문하고 싶겠지? 그런데 봐, 지금 네가 내 앞에 이러고 있잖아. 대일본제국의 순사가 아니라면, 과연 내게 이럴 기회가 있겠어? 얼마나 많은 조선 사내놈들이 나를 부러워할까."

망나니는 두 팔까지 벌려 만세 부르는 시늉을 했다.

"고은하! 내가 진짜 정직한 사내라는 걸 알아줬으면 좋겠어. 적어도 나는 여자 몸이나 권력에 무관심한 척 안하거든. 강인혁, 그 멍청한 녀석. 너처럼 탐스러운 몸을 왜 여태 그냥 두었을까. 아니, 내가 지금 무슨 소릴 하는 거야. 내가 네 몸을 최초로 본 사내라 얼마나 다행인데."

역겨운 얼굴을 좌우로 흔들며 혼잣말로 끝없이 이기죽거렸다.

"세상이 네가 생각하듯 간단한게 아니야. 인간 세상? 어차피 약육강식이지. 너희들은 자연이 평화롭다고 생각하지? 천만에! 자연처럼 약육강식이 지배하고 있는 곳은 없어. 피묻은 이빨이 지배하는 곳이야. 우리 인간도 마찬가지야. 지금부터 내숭 떨지 말고 들어. 너에게도 나에게도 성기가 있지. 그게 왜 있겠어. 가리고 다니라고?

부끄러워 할 게 아니야. 빨갱이 놈들은 성기를 입에 올리는 것도 경멸하던데 웃기는 위선이야. 성기는 우주의 중심이야. 특히 여자의 성기가 그래. 세상의 기원이잖아? 우리 인간이 태어나는 곳이지. 모든 인간의 고향인 거야. 고은하의 성기, 세상에 핀 어느 꽃보다 예뻐. 네 얼굴을 남에게 보여주듯, 성기도 그렇게 보면 돼. 그래, 솔직히 말하지. 나는 여자가 좋아. 젖가슴도, 성기도 아주 좋아해. 어때? 정직한 사내 아닌가?"

"…."

"내 말을 경멸하는군. 아무튼 식물이 꽃을 부끄러워한다면 우습겠지? 화 풀어. 너나 나나 젊잖아? 우리 싱싱한 성기는 욕망하고 있어. 음양이 어우러지는 걸 도道라 한다는 말은 너도 알겠지? 그 음양이 뭔데? 다른 게 아니라 바로 너와 나의 성기야.

위선 떨지 말고 보라고. 대자연의 모든 암컷을 지배하는 것은 강자야. 수컷이 많은 암컷을 탐하는 것도, 암컷이 강한 수컷에 의지하는 것도 모두 본능이야. 대자연을 지배하는 법칙이지. 그걸 어떻게 무시하려고 하나?

내가 자꾸 약육강식을 강조하는 이유는 간단해. 널 위해서야. 인생을 헛된 망상으로, 남을 위해 탕진하지 마. 하나뿐인 네 인생 잘살아야지. 더구나 이렇게 이쁜 몸으로 태어났잖아. 청춘의 기쁨을 한껏 누려야지. 길은 활짝 열렸어. 나처럼 일본을 선택해. 네가 조선인이 된 것은 네 선택이 아니잖아. 힘없는 조선보다 날로 뻗어가는 대일본제국을 조국으로 삼으면 인생이 확 달라지지. 대일본제국의 수도 도쿄를 내가 한번 구경시켜줄게. 생각이 달라질 걸. 참, 우리 신혼여행을 거기로 가면 되겠군."

제 멋에 겨워 혼자 떠벌이기도 조금은 지쳐서일까. 망나니가 담배를 꺼내 불을 붙였다.

"대답할 기분이 아니군. 이해할 수 있어. 흐흐. 난 네가 그럴수록 이뻐 미치겠다. 내가 처음이라는 걸 여러모로 확인시켜주니까.

자, 좋아, 좋다고! 내가 솔직히 까놓고 말하지. 너에게…순정을 느끼고 있어. 정말이야. 사나이 박병도, 아, 참 내 이름이야. 박병도. 나는 지금껏 소작농 딸년들부터 주의운동 벌이는 '맑스걸'들, 일본 지지바들까지 숱한 계집을 섭렵해왔지만, 오늘 이런 기분은 처음이야. 너는 첫눈에 나를 반하게 만든 유일한 여자야. 볼수록 점점 확신이 들어."

"…"

"안 믿는군? 좋아, 괜찮아. 지금 기분, 이해해. 그런데 내 눈을 봐. 내가 여자를 보며 눈물이 어린 것은 처음이야. 웃기지? 나도 웃겨. 잊지 마. 서북지역에서 박병도 하면 시집오고 싶어 안달인 계집이 하나둘이 아니야. 그따위 계집들 죄다 꼴도 보기 싫어. 근데 오늘 네 몸만 보고도 내 마음이 착해지는 기분이 들었거든. 진짜로 이런 기분 처음이야. 널 그냥 이렇게 내보내고 싶지 않아. 집까지 데려다주고 싶지만 다른 순사들 눈이 있어 곤란하고 네게도 좋지 않아. 그렇다고 저녁까지 널 붙잡고 있다간 어떤 놈이 나타나 건드릴지 몰라. 아직은 내가 계급이 높지 않거든. 물론, 공을 세워 한 계급, 한 계급 착실하게 올라갈 거지만 말이야. 그러니 곧장 집으로 가서 조용히 있어. 내가 퇴근하면 곧장 갈 테니. 우리 기분 전환을 위해 맛있는 저녁 먹으러 가자. 내가 대구에서 가장 유명한 요릿집 예약해둘게."

"….”

"알았지? 고은하! 이건 순사로서가 아니야. 사나이 박병도로서 내 순정이야. 믿어다오. 내 널 평생 호강시켜주고 오늘 일에 대해서도 책임질 테니까. 꼭 기다려!"

나 고은하를 어떻게 보고 씨식잖은 말로 되롱거리나 싶어 매부리코에 대뜸 침을 뱉으려 했다. 하지만 입 안 가득 고인 침을 목젖 너머로 꾹 삼켰다. 조상 대대로 인고의 세월을 살아와서일까. 하여, 인내해야 할 순간을 본능적으로 터득하고 있던 걸까.

취조실을 나설 때 망나니가 잠깐 멈칫거리다가 작심한 듯 내 어깨를 잡아 돌려세우더니 강다짐을 두었다.

"분명히 들어. 너 혹시라도 달아날 생각을 한다면 깨끗이 접어. 지금 대구 바닥 곳곳에 순사들이 깔려 있거든. 멀리 못 가 잡힐 수밖에 없고 그때는 나보다 더 철저한 순사가 심문할 거야. 그러니 네 몸 고이 간수하려면 조용히 집에 들어가 외출하지 말고 있어. 이게 다 널 위해서야."

나는 말없이 고개만 주억거려주었다. 놈으로부터 조금이

라도 빨리 벗어나고 싶었기에 새끼손가락으로 약속하자고 해도 얼마든지 걸 깜냥이었다. 경찰서 문을 나서 서둘러 학교 관사로 돌아올 때도, 온 뒤에도 누가 감시하고 있지 않은지 몇 차례나 확인했다.

아무도 따라붙지 않았다고 확신한 뒤 돌 조각상을 비롯해 짐을 간단히 꾸리고 서둘러 집을 나섰다. 치를 떨며 역으로 가서 마침 곧 들어올 부산행 기차표를 끊었다.

가까운 팔공산에도 다혁당 선후배들이 은신해 유격전을 준비하고 있었지만, 돌하르방을 만나지 못하면 단 한순간도 버티지 못할 것 같았다. 아니, 돌하르방을 당장 보지 못하면, 앞으로 영원히 볼 수 없으리라는 두려움이 엄습했다.

깊디깊은 숲속에 있을 돌하르방의 불빛을 찾는 내 몸의 반딧불은 어느 때보다 반짝였다.

2부

돌하르방의 꿈

11

기차가 마침내 대구역을 출발했다. 팽팽했던 긴장감이 풀리면서 가슴 가득 수치감과 애성이가 뒤섞여 몰려왔다. 달리는 기차에서 그만 뛰어내리고 싶었다. 그럼에도 기차 안에서 검문에 걸리면 고향 제주에 가는 중이라고 둘러댈 준비를 했다.

민속연구회 학우들과 지리산에 온 기억을 되살려 부산역에서 항만으로 걸어가 삼천포 가는 배를 탔다. 윤슬이 반짝이는 바다를 보자 죽고 싶은 충동이 다시 불쑥불쑥 솟구쳤다. 여자 혼자 뭍으로 가면 몸을 망칠 수 있다며 반대했고, 졸업하면 돌아온다는 약속을 지켜라 했던 아버지가 생각나 더 그랬다.

망나니 앞에 알몸으로 거꾸로 매달린 장면이 그려질 때마다 위장이 천천히 찢어지는 아픔이 밀려왔다. 평생 이 고통을 당하느니 차라리 푸른 바다로 몸을 던져 깨끗이 마침표를 찍고 싶었다.

하지만 그럴 수 없었다. 아니, 그러고 싶지 않았다. 내 인생을 왜놈의 개 때문에 마감한다면 그것이야말로 미리내의 치욕이라고, 나 개인의 문제가 아니라고, 지금 이 순간도 성노예로 고통받고 있을 조선 여성들을 해방하는 길에 몸 던지자고 아랫입술 꽉 깨물어 다짐했다.

앞니에 물린 입술에서 무엇인가 아래턱으로 뜨겁게 흘러내렸다. 턱을 훔치자 선홍빛 피가 잔뜩 묻어났다. 무심한 바다, 잔잔한 수평선을 차갑게 응시했다.

언젠가 조국을 찾는 그날 망나니 그놈은 천벌을 받으리라, 그때 담담히 놈의 비참한 말로를 내 두 눈으로 똑똑히 지켜보겠노라고 결기를 다졌다. 일제 놈들에 빌붙어 제 잇속만 챙기며 동포들을 짓밟고 있는 숱한 망나니들에게 벌을 내리려면 내가 더 강인해지고 더 치열하게 살아야 한다고 다짐했다. 내가 몸 던질 곳은 기찻길도 바다도 아니었다. 조국과 민중이었다.

그렇게 힘들게 세운 결기도 하동포구로 들어서며 배를 갈아타고 섬진강을 미끄러져 갈 때 다시 물결처럼 흔들렸다. 최종 목적지가 다가오자 설렘과 동시에 두려움마저 밀려들었다. 마침내 배에서 내려 넉넉한 지리산을 눈앞에 마주하자 도근대던 심장이 콩닥콩닥 뛰었다.

　지리산, 저 구름 아래에 돌하르방이, 내 희망이 숨 쉬고 있다는 벅찬 감동이 참담한 수모와 섞여 군시러웠다. 끝까지 돌하르방 거처를 실토하지 않았다는 사실로 위안을 삼기엔 망나니에게 당한 상처가 너무 컸던 걸까. 그리움에 사무친 돌하르방을 만나러 가는 길에 감정의 기복이 극심했다. 날아갈 듯 발걸음이 가볍다가도 어느새 한 걸음도 내딛지 못할 만큼 무겁고 버거웠다.

　그럼에도, 아니 그래서 산길을 걸으며 애써 다지고 또 다짐했다. 내 평생 온 마음, 온몸을 바쳐 돌하르방을 사랑하겠노라고. 그러니 공연히 불구녕 질러 그이를 괴롭히지 말자고. 내 사랑, 돌하르방을 찾아 올라가는 산길 아래 우금을 흐르는 급물살이 마치 내 가슴속 시커먼 피멍을 쉼 없이 때리는 듯했다.

　오후 늦게 쌍계사에 이르러 하루 묵으려고 주지 스님을 찾았다. 곧 날이 어두워질뿐더러 혹 누가 미행하진 않나 점검

할 필요도 있었다. 절에서 일하는 공양주가 "우리 스님 아시는 분이냐"라고 묻기에 그렇다고 답했다.

그런데 막상 주지 스님을 만나자 낯설었다. 방을 거절당할까 싶어 은근히 걱정이 되었지만 정중히 두 손 모아 인사드린 뒤 솔직히 털어놓았다.

"안녕하세요. 스님, 사 년 전에 의신마을에 야학하러 왔던 대구사범 학생인데요…."

내 얼굴을 응시하던 스님의 입술에 미소가 그려졌다.

"주지가 바뀌었죠? 그리 난감할 필요 없어요…."

"고맙습니다."

스님은 이어 내가 걸어온 쪽을 두루 살피며 말했다.

"큰일 하는 사람이 얼굴에 '나 지금 왜놈에 쫓기고 있소'라고 써 붙이고 다니면 어쩌려고 그러시오."

"죄송합니다."

"죄송은 무슨? 자, 일단 공양부터 합시다."

자상한 배려에 눈물이 핑 돌았다. 공양을 마친 뒤 스님이 일러준 방으로 찾아갔다.

"지리산 야생차라오. 온몸에 가득한 번민이 조금은 가라앉을 거요. 조선에서 왜놈들이 물러갈 시간이 다가오잖소? 그러니 상심하지 말아요. 지금 보살님이 겪는 아픔 하나하나가 그날이 오면 모두 훈장이 될 테니까.”

쌍계사가 자아내는 불향의 효험일까. 피멍이 아무는 느낌마저 들었다.

“혹시 석조 스님을….”

“그렇지 않아도 가끔 편지를 보낸 처자라고 짐작했소. 석조는 의신마을 위쪽 암자에서 수도 중이라오. 오늘은 너무 늦었고, 처자도 먼 길 오느라 피곤할 테니 일찍 눈을 붙이시오. 내일 새벽 예불 때 굳이 인사할 생각 말고 떠나요. 자, 그럼, 나를 따라오시오.”

스님은 빈방을 내주면서 가끔 산길에 곰이 나타나니까 동살이 잡힐 때 떠나라고 주의를 주었다.

다음 날 일찍 산길을 올랐다. 이윽고 의신마을이 보였다. 민속연구회 동무들이 처음 마을을 찾았을 때, 돌하르방은 이곳이 오지라 잘 알려져 있지 않지만 섬진강 물줄기 따라 바다로 나갈 수 있고 벽소령이 가깝기에 하동, 함양, 남원으로 이어져 삼남 지역으로 다 통하는 전략적 요새라고 설명해주었다. 그때 이미 언젠가 일제의 검거망을 피해 이곳에 은신할 셈이었을까.

의신마을에서 한 시간 남짓 머물며 혹시라도 따라붙는 끄나풀이 없는지 살폈다. 산길을 올라오는 사람이 없다는 사실을 확인하고 작은 오솔길을 내처 올라갔다. 행여 만나지 못하면 마을로 내려와야 했기에 서둘렀다.

쌍계사에서 하루를 보내며 마음이 사뭇 진정되었지만 그래도 내 몸속에 들어온 망나니의 손가락이 불쑥불쑥 상기될 때마다 무릎이 풀리곤 했다. 정말 저 산에 돌하르방이 있기는 한 걸까, 애써 생각을 돌렸다.

그럭저럭 오 리 넘게 비탈길을 걸어 고개티에 오르자 삼점마을이 나타났다. 돌하르방이 첫 쪽지에 쓴 '‥‥'이 바로 삼점이다. 사 년 전, 민속연구회가 삼점마을에 들러 하룻밤 묵은 그날, 공교롭게도 한밤중에 방문 밖으로 나온 사람이 나와 돌하르방 둘뿐이었다.

내가 먼저 나왔는지, 돌하르방이 먼저 나왔는지는 잘 모르겠다. 아니다. 나는 안다. 설령 돌하르방이 나올 생각이 있었다고 하더라도, 분명한 것은 내가 눈을 주며 나왔다는 사실이다. 밤하늘 가득한 미리내를 바라보며 돌하르방이 나오기를 은근히 기다렸고 기대는 어긋나지 않았다.

"미리내가 참 아름답지 않소?"

심장이 서늘하면서도 어떤 미리내를 말하는지 확인하고 싶어 고개를 돌렸다. 돌하르방은 싱그레 웃으면서 밤하늘의 별무리를 바라보며 딴청을 피웠다. 물론, 나는 은하수를 빗대어 내게 가까이 접근하려는 돌하르방 마음을 본능적으로 간파했다.

"네. 미리내를 바라보니 정말 돌하르방이 된 것 같아요."

뭔가 멋있게 말하려 했는데 터무니없이 유치했다. 금세 후회했다. 돌하르방이 만회해주듯 말을 건넸다.

"그랬으면 좋겠소. 돌하르방처럼 영원히 미리내를 보며 서 있게 말이오."

어느새 바투 다가선 돌하르방이 얼굴을 돌려 나를 보았다. 망설이다가 나도 고개 들어 마주했다. 내 눈에 물기가 서려서일까. 돌하르방의 어글어글한 눈이 호젓한 호수처럼 애잔했다. 그 순간, 방문을 열고 누군가 나오는 소리에 우리는 저도 모르게 헛기침들을 하며 한 걸음씩 떨어졌다. 멋쩍은 웃음까지 동시에 그랬다.

다음 날 대구로 돌아가려고 삼점마을을 나오려 할 때 돌하르방이 다가오더니 명토 박아 말했다.

"잊지 마오."

나는 가슴이 붉어지는 걸 감추기라도 하듯, 혹은 돌하르방에게 확인이라도 받듯 반문했다.

"뭘 말씀하시는 건가요?"

"이곳 삼점마을에서 우리 둘이 미리내를 보며 돌하르방을 꿈꾼 사실."

쑥스러웠지만 나 또한 사뭇 씩씩하게 답했다.

"그럴게요. 선배님도요."

"좋소, 그런데 이곳을 왜 삼점마을이라 하는지 알고 있소?"

"잘 몰라요."

"들어보겠소?"

그렇게 물어본 돌하르방은 풍수가들이 이곳에 길지가 세 곳이라 해서 점 세 개, 삼점마을이라 불렀다며 속삭였다.

"미리내 마주 보며 언젠가 여기서 살고 싶군. 아무튼 기억해두시오. 명당, 삼점."

돌하르방은 그 말을 던지고는 앞서 걸어가는 후배들 쪽으로 성큼성큼 다가갔다. 내 대답을 듣지 않고 가서 속상했지만, 그 서운함은 온몸으로 번지는 행복감에 견주면 콸콸 흘러가는 계곡물에 떨어진 먹물 몇 방울에 지나지 않았다. 삼점마을은 그렇게 내 머리와 가슴에 깊숙이 새겨졌다.

마을이라야 집이 다섯 채밖에 없었다. 사 년 전과 주변 풍경도 같았다. 고개티를 지나자 멀리 마을 뒤편의 완만한 언덕에서 지팡이를 들고 흑염소를 방목하는 주민이 보였다.

오지로 올라오는 젊은 여자의 산행에 호기심이 발동해서

일까. 밀짚모자를 쓴 사내는 제자리에 서서 아예 내놓고 지켜보고 있었다. 노골적인 시선에 불쾌감마저 느끼며 빼어난 산세를 둘러보았다.

마을 들머리에 이르러 다시 언덕을 보니 밀짚모자가 어느새 내 쪽으로 내려오고 있었다. 눌러쓴 모자 아래 시커먼 구레나룻이 얼굴의 반을 뒤덮었다. 가까이 다가오는 분위기가 어딘가 묘해 우두커니 바라보았다.

점점 다가오던 구레나룻이 돌연 멈춰 섰다. 긴 지팡이를 짚고 나를 응시했다. 모자 아래 그늘에서 부리부리한 눈동자가 나타났다. 가슴이 싸했다. 그와 동시에 정겨운 목소리가 들렸다.

"이런, 불란지 오빠를 또 몰라보는 거요? 이거 몹시 섭섭하오. 난 멀리서도 선드러진 자태를 보고 곧장 알았는데."

"아, 안녕…하세요."

밀짚모자를 벗자 시원한 이마가 드러났다. 짙은 구레나룻은 조금 전까지 털수세로 거슬렸지만, 갑자기 멋들어져 보였다. 대뜸 뛰어가 가슴에 안기고 싶은 욕망을 가까스로 눌렀다. 띄엄띄엄 말했다.

"수염을… 길러서 몰랐어요. 아무래도… 나이 들어 보이기도 하고…."

돌하르방이 바투 다가왔다. 내 두 손을 덥석 잡았다. 고압 선이 흐르는 듯 움찔했다. 웅숭깊은 눈으로 내 눈을 들여다 보았다. 돌하르방의 굵은 눈동자에서 얼핏 여자가 나타났다 가 곧 사라졌다. 돌하르방이 맞잡은 두 손을 풀더니 돌연 내 등을 감싸 안았기 때문이다.

나는 뿌리치지 못했다. 아니, 전혀 그럴 뜻이 없었다. 내 두 손은 돌하르방의 넓은 등을 감싸려고 올리려다가 슬그머 니 내려 가슴으로 옮겨왔다. 그의 넉넉한 가슴과 내 젖가슴 이 맞닿아 아무래도 어색했기 때문이다. 두 손으로 살짝 가 린 가슴살 아래서 심장 소리가 쿵쿵 들려왔다.

"사랑하오."

돌하르방이 등허리를 두 손으로 어루만지며 내 귀에 속삭 였다. 아늑하고 아득했다. 모든 것이 너무나 자연스러웠다. 무슨 말을 해야 할 것 같은데 마땅히 떠오르지 않았다. 그렇 다고 가만히 있을 수도 없어 망설이는데 돌하르방의 늠늠한 목소리가 다시 들렸다.

"사랑해. 미리내."

나도 입을 열었다.

"저도요."

불란지가 비행하는 소리도 그보다는 컸을까. 돌하르방 두 손이 내 잔허리를 당겨 안았다. 몸 아래로 부루퉁이가 느껴질 때 입술이 뺨에 닿았다. 구레나룻 수염이 볼을 보들보들 간지럽혔다. 나는 검은 숲 한가운데 도톰하게 자리한 샘 같은 입술을 받고 싶었다. 입 안이 타들어가는 듯했기에 더 그랬다. 하지만 행동은 정반대였다. 두 손으로 돌하르방을 살짝 밀치며 밀착됐던 부루퉁이에서 반걸음 물러섰다.

"마을 사람들이 봐요."

"어? 볼 사람 없는데? 보면 또 어때 그러오?"

"그건 싫어요."

돌하르방의 큰 눈에 아쉬움이 스쳐갔다. 그럼에도 행복에 겨운 기운이 역력했다. 개구쟁이처럼 말을 이었다.

"미리내가 나를 사랑하는 줄은 미처 몰랐소."

"몰랐으면서도 함부로 안았단 말입니까?"

"어? 그런가? 그럼 날 사랑한다고 말한 건 분명하오? 조금 전에 한 말이 긴가민가했소."

"그런 말을 확인하려는 건 바보나 하는 일이지요."

"하하하. 이제 내가 완연히 밀리는 걸? 좋소. 일단 뭘 좀 먹읍시다. 지리산 특식으로 차려주겠소. 사실, 어떻게 여길 왔는지 궁금하오. 아이들 가르칠 때인데…, 아무튼 올라갑시다."

"네."

조신하게 말했지만, 학교를 두고 산으로 찾아온 이유가 궁금하다는 말에 가슴이 무거워왔다. 발걸음은 더 그랬다.

12

스무 살의 가을과 겨울, 그리고 스물한 살의 봄과 여름을 지리산에서 보냈다. 세월이 바람처럼 흐른 지금 미국에서 인터넷을 검색해보니 조선의 남쪽에선 그 시기를 '민족 암흑기'라 부르다가 정반대로 '식민지 근대화 시기'라고 주장하는 윤똑똑이들이 우쭐대고 있어 꼴사납다 못해 분노마저 치민다. 그들에게 '똑똑히 들어라' 소리치며 증언한다. 그 '암흑기' 또는 '근대화 시기'에 우리는 지리산에서 억압된 겨레를 해방하는 꿈에 부풀어 있었다.

삼점마을에서 돌하르방과 해후한 날 저녁에 나는 아이들을 가르치던 교실에서 갑작스레 체포된 사실, 일제의 개들이 이현상 선생과 돌하르방의 행방을 다그친 사실, 마을까지 올라오며 미행 여부를 철저히 차단한 과정을 들려주었다.

묵묵히 듣던 돌하르방이 상황을 모두 파악했다는 듯이 고개를 끄덕였다.

"놈들이 엉뚱한 곳을 찔렀군. 이현상 선생을 내가 모시고 있는 것은 맞는데, 민속연구회 후배들과는 다른 차원의 문제거든."

"다른 차원의 문제라면… 고려공산청년회 재건을 말하는 거죠?"

"놈들이 그것까지 이야기했소?"

"그러더군요."

"음, 틀린 것은 아니지만 정확히 말하면 당 재건 사업이오."

"그래요? 그럼 박헌영 선생이 지도하신다는….."

"맞소, 그건 차차 이야기하고… 그나저나… 대구에 악질 조선인 형사 놈이 와 있다던데 힘들진 않았소?"

"그런 건 힘들지 않아요. 다만….."

말을 자연스럽게 돌리는 스스로에게 가증스러움을 느꼈다. 그래서일까. 뭔가 화제를 바꿀 말이 생각났는데 잊어버리고 멍하니 있었다. 돌하르방이 내 얼굴을 살피던 눈에 습기가 일더니 다시 손을 잡고 젖은 목소리로 말했다.

"나 때문이오. 미리내가 고통이 컸겠소."

"…."

"잘 왔소. 피신하지 않았으면 놈들이 두고두고 괴롭혔을 거요."

덴 가슴이 먹먹해왔다. 흉막 깊은 곳에 꼭꼭 숨겨두고 싶은 순간들까지 돌하르방이 들여다보는 느낌이 엄습해와 그냥 울음을 터트리고 싶었다. 하지만 목울대를 꾹꾹 눌러 삼켰다.

"걱정 마오. 나만 믿어요. 이제 우리 함께 본격적으로 나라 찾는 길에 나섭시다."

맞잡은 두 손을 꼭 쥐었다.

"네, 그럴 각오로 찾아왔어요."

다부지게 말하려 했지만 서머해서 떨리는 걸 감출 수는 없었다. 곧이어 삼점마을을 벗어나 샛길로 산을 올라갔다. 비탈길 옆으로 계곡물 소리가 내 찌든 영혼과 몸을 깨끗이 씻어주었다. 소나무 숲을 담은 바람은 신선한 향내를 실어왔다. 앞서 가는 돌하르방의 어깨며 등이 더없이 미더웠다. 곧이어 너덜길이 나오자 돌하르방이 손 내밀어 잡아주었다.

골짜기를 지나 다시 가파른 길을 올라갔다. 큰 바위들이 듬성듬성 놓인 생활공간이 나타났다. 바위 뒤에서 인기척이 났다. 돌하르방이 우리가 만든 아지트라고 설명할 때, 총을 겨눈 젊은이가 불쑥 등장했다. 돌하르방이 다혁당 후배라고 설명했는데도, 내게 다가오더니 다부지게 말했다.

"몸수색할 테니 양해 바랍니다."

내가 당황해하자 돌하르방이 손사래 치며 나섰다.

"애인이오. 동무 보는 앞에서 내가 하겠소."

돌하르방의 두 손이 보란 듯이 내 몸의 선을 따라 스쳐갔다. 쑥스러운 손길이었지만 부드럽고 따뜻했다. 돌하르방이 청년에게 "이제 됐소?"라고 다소 거칠게 물었다. 총 든 청년이 사무적으로 말했다.

"이해해주시오. 호위를 맡은 나로선 어쩔 수 없소."

돌하르방은 고개를 가볍게 끄덕인 뒤 내게 안쓰러운 표정으로 살그니 말했다.

"미안하오, 지금 아지트에 이현상 선생이 계시거든. 어젯밤에 오셨소."

"괜찮아요. 그런데 정말 이현상 선생이?"

"어차피 인사드려야 하니까 곧 뵐 거요."

이현상. 그가 누구인가. 6·10만세운동을 비롯해 세 차례에 걸쳐 십삼 년을 감옥에서 보낸 항일혁명가. 대구사범 시절, 학습 과정에서 그가 박헌영 선생과 함께 지하에서 독립운동을 벌여나간다는 이야기를 들었다. 나중에 들었지만, 돌하르방은 재학 시절 감옥에 갇혔을 때, 그곳에서 이현상을 처음 만났다.

"그럼 혹시 박헌영 선생은?"

"쉬. 그런 질문은 이곳에서도 금기니까 누구에게도 물어보면 안 되오."

"알아요. 하지만 지금은 우리 두 사람만 있는데도요?"

"이곳 생활 준칙을 일러주는 거요. 그분이 어디에 있는지 누구에게도 물어보지 마오."

나는 그 말의 뜻을 짐작할 수 있었다. 지리산에 함께 있는 동지들을 믿지 못해서가 아니다. 인간이 얼마나 약한 존재인가를, 반면에 일제와 그 앞잡이들은 얼마나 독한 존재인가를 이미 고통으로 경험하지 않았던가. 돌하르방이 곰살갑게 덧붙였다.

"생활하다 보면, 박 선생님께도 인사드릴 때가 있을 거요. 이현상 선생과는 종종 만나신다고 들었소."

"고마워요."

"고맙긴. 노파심에 또 강조하지만 지금 들은 이야기들은 기억에서 지워버려야 하오. 물론, 내가 미리내는 끝까지 지켜주겠소."

"예. 고마워요."

"또, 그 소리. 이제부터 우린 독립운동의 동지니까 그런 말은 담지 마시오."

나는 그렇게 지리산에 합류했고, 전설처럼 들었던 이현상 선생을 비롯해 독립 혁명가들을 직접 만나는 영광을 누렸다. 당시 이현상은 지리산과 덕유산, 민주지산, 월악산까지 산줄기를 따라 오가며 삼남지역의 젊은이들을 묶어내고 있었다.

나중에 알았지만 박헌영 선생은 학생 봉기가 일어난 광주에서 벽돌 공장 노동자로 취업해 일하면서 이현상과도 소통하고 조직 활동을 으밀아밀 벌여나가고 있었다. 지리산 서쪽 끝자락과 광주는 그닥 멀지 않았다.

지리산만 해도 입산자들이 삼십여 명을 넘었기에 자급자족해야 했다. 산자락 곳곳에 밭을 일구며 약재와 나물을 캐어 아랫마을 주민들에게 넘겨주고 식량과 생필품을 구했다. 겨울을 앞두고는 꿩과 토끼를 가능한 한 많이 사냥해 손질해서 땅속 깊이 마련한 창고에 보관했다.

돌 사이에 이끼와 진흙을 버무려 온돌방을 만들기도 했지만 칼바람이 몰아치는 겨울밤은 추울 수밖에 없었다. 그럼에도 땅을 파서 통나무를 세우고 빗점골에 지천인 산죽으로 지붕을 얹은 아지트들은 우리의 포근한 희망이자 든든한 진지였다.

일상의 규율은 경직되진 않았으나 엄했다. 대체로 오전은 자급자족을 위한 노동, 오후는 유격전을 대비한 체력 단련과 군사훈련, 저녁 식사 뒤에는 학습과 토론을 했다.

지리산에 머무는 동지들 가운데는 이미 모스크바에 유학해 동방노력자공산대학을 나온 노동운동가들도 있어, 우리 모두의 사상적 수준은 무장 깊어갔다. 일정한 단계에 오르면 임무가 주어지는데, 대부분은 지리산 인근 마을 주민에게 정치의식을 일깨우는 모임을 다양한 형태로 운영했다.

내가 합류했을 때 돌하르방은 이미 유격전 교육을 마치고 학습과 토론도 충분히 했기에 임무가 명확했다. 삼점마을에서 흑염소를 기르며, 의신마을 주민은 물론 쌍계사 주지 스님과 연락망을 유지하고 학습과 토론을 병행해갔다. 종종 엿장수로 변장하고 멀리 광주까지 다녀오기도 했다.

학습을 마친 나는 돌하르방이 해오던 의신마을 야학 사업 일부를 넘겨받았다. 돌하르방은 삼점마을에 머물던 방 한 칸을 내게 물려주고 거처를 빗점골 산채로 옮겼다.

식민지 민중이 주인 되는 세상을 꿈꾸며 하나하나 실행에 옮기는 사람들과 사계를 보내며, 나 또한 삶의 자세를 가다듬을 수 있었고 독립운동의 길을 명료하게 인식할 수 있었다.

일본이 진주만을 기습하기 전에 미국과 협상한 과정을 곰곰 짚어보면 새삼 경각심이 일었다. 미국은 일본에게 만주를 침략하기 이전의 상태로 복귀하라고 최후통첩을 했는데, 따지고 보면 그 말은 조선 지배를 용인하겠다는 뜻일 수밖에 없었다. 불행 중 다행이라 할까. 탐욕스러운 일본제국주의는 만족하지 않고 미국의 해군기지를 폭격했다.

일제가 미국과 싸워 이길 수 없다고 우리는 확신했지만, 모든 조선 사람이 그렇게 본 것은 아니었다. 아니, 정반대로 생각한 이들이 더 많았다. 일제가 교육과 언론을 통해 조직적인 왜곡에 나섰기 때문이다. 일제는 전쟁의 목적이 미국과 유럽의 지배에서 아시아를 해방해 '대동아공영권'을 이루는데 있다고 선전했다.

대구사범생들도 선전 영화를 의무적으로 보았다. 〈제국 해군 승리의 기록帝國海軍勝利の記錄〉을 본 학우들의 반응을 잊을 수 없다. 펄럭이는 욱일기 아래 폭격기와 전투기를 가득 실은 일본 항공모함의 위용은 나룻배를 타고 다니던 조선 민중에게 좌절감을 심어주기에 충분했다.

일제에 부닐며 잇속 챙기는 '명사'들도 줄이어 나타났다. 조선 시단을 대표하던 서정주가 대표적이다. 가령 서정주는 일본의 침략을 '거룩한 전쟁'으로 미화하면서 조선의 젊은이들에게 일본군 총알받이가 되길 부추겼다. '가미가제'로 조선인 첫 전사자가 발생했을 때, 그 '개죽음'을 찬양하는 시를 발표할 정도였다.

바로 그렇기에 조선 민중에게 해방이 임박했음을 최대한 많이 알려야 했고, 그러려면 우리부터 과학적 학습으로 무장할 필요가 있었다. 지리산에서 학습 시간에 이현상 선생의 강연을 처음 들은 순간이 생생하다. 학습장에 우레 박수를 받고 등장한 이현상은 날카롭되 따뜻한 눈매로 둘러본 뒤 말문을 뗐다.

"우리가 지리산에 온 것은 일본제국주의자들로부터 쫓겨서가 아니오. 정반대로 그놈들과 제대로 싸우기 위해서요. 동지들, 유격전이라 하면 누가 떠오르시오."

둘러보던 이현상이 내 눈과 마주칠 때 시선이 멎었다. 나는 대구사범에 유학하기 전에 아버지가 구독했던 신문《동아일보》에서 읽은 '김일성의〈보천보 습격 속보普天堡襲擊續報〉'가 떠올랐다. 대구사범 시절 학습할 때도 논의한 바가 있었다.

"김일성 장군요."

이현상은 미소를 지으며 다시 동지들을 둘러보며 말했다.

"맞소, 보천보에서 김일성 장군은 유격전의 전형을 보여주었소. 보천보 전투가 일어난 지 어느새 칠 년이 흘렀소. 하지만 우리는 그 전투가 조선 민중에게 준 희망을 생생하게 기억하고 있소. 그래서 유격전 하면 많은 젊은이들이 김일성 장군을 떠올리는 것이오."

"하지만 그 후 칠 년이 지났는데 이렇다 할 소식이 들려오지 않습니다."

낭랑한 목소리로 한 청년이 의문을 제기했다.

"그것도 맞소. 김일성 부대의 이후 행적은 엇갈리고 있소. 일제는 자신들이 추격해 이미 김일성 장군을 사살했다고 주장하는가 하면, 국경을 넘어 소련으로 넘어가 소련군에 편입되어 첩보 활동을 벌인다는 주장도 있소. 한 가지 분명한 것은 안타깝게도 김일성 부대의 유격전이 우리에게 더는 희망을 주지 못하고 있다는 엄연한 사실이오.

동지들, 하나 더 짚어야 할 게 있소. 보천보를 습격할 당시 김일성 부대는 비록 독자적인 활동을 할 수 있었다고는 하지만 어디까지나 중국공산당의 지도 아래 있었소. 동지들! 러시아혁명에 러시아공산당이 있었고, 중국의 항일 혁명에 중국공산당이 앞장서고 있듯이, 조선의 혁명운동사에도 당을 세워온 선배들의 피어린 투쟁이 있소. 우리가 지리산에 들어온 것 또한 그 투쟁의 연장선에 있다는 사실을 명심하기 바라오."

이현상 선생의 강연은 막연한 주장이나 미사여구가 전혀

없었다. 담담하게 1919년 3·1봉기 이후 독립 혁명운동을 체계적으로 벌여나갈 조직이 절실하다는 인식이 퍼져간 사실, 그 결과 1925년 4월 17일 경성에서 조선공산당이 결성된 사실, 일제의 검거망에 맞서 당이 6·10만세운동과 옥중 투쟁을 벌인 사실, 박헌영 동지가 세계 각국의 혁명 지도자를 배출한 국제레닌학교를 다니면서도 끊임없이 조선의 젊은이들을 모스크바로 불러들여 혁명가로 육성해온 사실, 고문과 투옥을 이겨내며 불굴의 투쟁을 벌여온 박헌영 동지가 지금도 지하활동을 하고 있는 사실들을 알려주고 그에 기초해 혁명운동을 전망했다.

다혁당 시절에 학습한 내용도 있었지만, 혁명 이론과 실천을 겸비한 이현상 선생으로부터 직접 강연을 듣자 머릿속이 새맑아지는 환희를 느꼈다.

"동지들! 조선의 독립 혁명은 조선인 손으로!"

힘찬 호소로 강연을 마칠 때는 나도 모르게 손이 불끈 어깨 위로 올라갔다. 이현상 선생과 지리산에 모인 사람들은 조선의 민중 속에서 희망을 만들어내야 옳고, 일본군과의 유격전은 얼마든지 가능할뿐더러 전략적으로 승산이 있다고 판단했다.

학습과 토론을 거친 과학적 분석이 거의 적중해왔기에 우리는 미래를 낙관했다. 일본군이 진주만을 기습해 큰 성과를 거뒀을 때도, 미국과 국력 차이가 서른 배가 넘는다는 사실에 근거해 역전은 시간문제라고 전망했는데 현실로 나타났다. 놈들은 쉬쉬했지만 태평양 복판에서 벌어진 미드웨이 해전이 결정적이었다. 조선 민중을 주눅 들게 한 일본의 항공모함 네 척이 한꺼번에 침몰하면서 전세는 그때 이미 기울었다.

실제로 산하 곳곳에서 유격전 준비 단계를 서서히 넘어서고 있었다. 일경 주재소를 습격해 총기를 확보한 거점들이 곰비임비 늘어났다.

지리산, 덕유산, 민주지산, 월악산에 이르는 산줄기는 물론이고 대구 팔공산, 속초 설악산에서도 동지들이 움직이고 있었다. 그런 가운데 경성 영등포에서 조직 활동을 해온 청년이 합류했다. 이현상 선생이 얼굴 가득 미소로 반기는 모습에서 그의 위상을 짐작할 수 있었다. 동지의 이름은 이진선. 나중에 알았는데 박헌영 선생의 측근으로 오빠와 연희전문 철학과 동기생이었다.

세계정세의 변화를 학습하고 토론하던 우리는 조선 해방의 날이 임박했다고 확신했다. 1945년 5월, 일본의 동맹군인 독일이 패망했을 때는 환호에 그치지 않았다. 유격전을 개시

할 시간이 다가온다는 기대감과 긴장감이 지리산 동지들 사이에 가득했다.

13

지리산은 내게 유격 훈련의 아지트만은 아니었다. 아름다운 사랑의 비트였다. 목숨을 건 일상을 보내며 우리의 사랑도 아름답게 익어갔다.

돌하르방은 내가 입산했을 때 동지들 앞에 '약혼자'라고 밝혀 나를 당혹스럽고 뿌듯하게 했다. 그해 가을이 지날 무렵에 이현상 선생은 주례를 서주겠다며 산중 결혼식을 권하기도 했다. 돌하르방도 나도 흔들렸다.

하지만 탐라의 아버지와 어머니께 인사도 시키지 않은 채 살림 차리고 싶지는 않았다. 일본의 패망이 곧 현실로 나타날 것이기에 조금만 참으면 된다고 판단했다. 조선이 해방된 뒤 탐라에서 결혼식을 올리고 싶었다.

돌하르방이 머무는 빗점골과 내 단칸방이 있는 삼점마을은 가까운 거리였기에 얼마든지 자유롭게 오갈 수 있었다. 우리가 연인 사이임을 처음부터 알아서일까. 이따금 둘만의 산책 시간을 갖는 것을 아무도 눈 흘기지 않았다. 오빠의 대학 친구를 비롯해 동지들의 배려에 되레 부담을 느낄 정도였다.

입산하고 가을, 겨울을 보낸 뒤 봄이 찾아온 1945년 4월 5일 아침, 늘 보던 지리산이 화사하게 다가왔다. 연초록으로 물들어가는 산 곳곳에 만발한 진달래가 스물한 살 처녀 가슴을 어지럽혔다. 결혼식 올리라는 선생님의 권고를 정중하게 사양한 자신이 더없이 미워질 정도였다.

싸움이 벌어지면 언제 죽을지 모르는 상황에서 결혼식 연기는 미친 짓 아닐까, 그런 생각이 들 때면 당장이라도 선생님에게 달려가 주례를 서달라고 간청하고 싶었다. 타오르는 내 가슴을 들여다보았을까, 아니면 돌하르방 또한 사랑이 짙어서였을까. 동지들을 위해 산나물을 채취하러 다니던 봄날, 유난히 큰 진달래들이 옹기종기 모여 작은 숲을 이룬 곳에 쉬고 있을 때, 돌하르방이 불쑥 나타났다. 거의 날마다 보면서도 심장이 떨릴 만큼 반가웠다.

돌하르방은 늘 그랬듯이 자연스럽게 내 옆으로 한 걸음 떨어져 앉았지만, 어쩐지 진달래 '꽃숲' 아래서 나도 돌하르방도 불편함을 느끼기 시작했다. 괜스레 멋쩍게 웃으며 눈을 마주친 순간, 우리는 서로의 빛나는 눈빛을 더는 피하지 않았다. 아니, 깊숙이 '반딧불'을 읽었다.

돌하르방이 앉은 채로 디가와 내 입술을 훔칠 때까지 가만히 있었다. 매끄러운 혀가 향기로웠다. 따뜻한 몸이 밀려와 자연스레 풀밭에 누웠다. 돌하르방 몸에 부루퉁이가 내 허벅지에 닿았다. 이마와 볼을 만지던 손이 내 윗옷 단추를 풀었다. 이윽고 옷 사이로 미끄러져 들어와 가슴살을 어루만졌다. 나는 눈을 감은 채 몸을 맡겼다. 두툼한 입술이 내 젖무덤을 찾아 유두를 감쌀 때 나도 모르게 입술이 열리며 희열을 느꼈다. 내려놓았던 내 손은 어느새 돌하르방의 뒷머리를 껴안고 있었다. 아득했다.

돌하르방의 손이 허리를 지날 때, 가까스로 정신을 차렸다. 더 내려가지 못하게 손목을 힘주어 잡았다.

"미안하오."

당황해하는 돌하르방의 눈빛이 애처로웠다. 눈을 돌려 하늘을 보았다. 연붉은 진달래꽃들 사이로 파란 하늘이, 푸르른 창공 사이로 참꽃들이 참 아름다웠다.

꽃과 하늘 사이로 돌하르방의 사랑스러운 얼굴이 바투 보였을 때, 돌하르방의 손목을 잡고 있던 힘이 시나브로 사라져 슬그머니 놓았다. 비�고 싶지 않아 두 손으로 돌하르방의 구더운 얼굴을 감싸며 속삭였다.

"사랑해요."

내 말의 여운은 돌하르방의 뜨거운 입술 사이로 사라졌다. 감은 눈을 다시 살며시 떠 바람에 흔들리는 진달래꽃들을 바라볼 때, 살 속으로 입술보다 더 뜨거운 돌하르방의 몸이 깊숙이 파고 들어왔다. 참을 수 없는 행복감에 내 몸은 마치 산새가 되어 날아가는 듯했다.

그날 이후 진달래 아래 그곳은 사랑의 시공, 농염한 비트가 되었다. 돌하르방과 내가 '꽃숲'으로 이름 지은 작은 수풀에서 시간과 공간은 멎었다. 바로 옆 기스락으로 계곡물이 흘러 더 아늑했다. 흘러가는 물소리는 짐승처럼 서로에게 덤벼드는 몸을 정화했고, 격렬한 사랑을 고요하게 했다.

그렇다고 우리가 해야 할 일을 소홀히 한 것은 결코 아니었다. 독립 혁명 사업에 더 열정을 불태웠다. 학습과 토론도, 산 아래 마을 주민들과의 소통도, 종종 엿장수가 되어 광주까지 먼 거리를 다녀오는 돌하르방의 혁명 사업도 성과를 거둬갔다.

내가 합류하기 전에 이미 지리산을 둘러싸고 삼도에 걸쳐 있는 마을들마다 적어도 한 명 이상의 동지가 활동하고 있었는데, 그다음 마을까지 야학을 확장하는 사업이 전개되었다.

돌하르방이나 동지들 누구든 혁명 사업으로 산을 내려가

돌아올 예정 시각을 여섯 시간 넘길 때는 체포됐다고 간주하는 것이 산중 생활의 규율이었다. 고문으로 근거지가 노출될 수 있기에 빗점골보다 더 깊은 곳으로 옮겨갈 준비를 갖추고, 한 사람은 삼점마을로 내려와 산 아래 동향을 주시했다.

지리산에서 사계절을 보내는 동안 삼점마을까지 일제 순사들이 몰려온 적은 없었다. 의신마을에 순사나 헌병이 왔다는 정보를 들을 때면 그들의 관심을 산 아래 다른 지역으로 돌리는 공작을 펼쳤다.

그런데 4월 17일, 사흘 전에 하산한 돌하르방이 돌아올 예정 시각을 두 시간이나 넘겨 나는 몹시 긴장했다. 마을 뒤편 경사진 기슭에서 밀짚모자를 쓰고 흑염소들을 돌보며 산 아래를 주시했다. 네 시간이 넘어갈 무렵, 애가 끓었다. 체포당했다고 확신이 드는 순간, 산 밑 오솔길에서 소쩍새 소리가 들렸다. 소쩍! 소쩍! 소리가 괴이해 참 수상한 '소쩍새'였지만, 초조하게 타들어가던 내 가슴은 환희로 타올랐다. 돌하르방이 보내는 신호, 아니, 서툰 노래였다.

이윽고 고개티에 돌하르방의 무심한 자태가 나타났다. 반가움에 뛰어 내려가 포옹했다. 서둘러 빗점골에 올라가던 돌하르방은 간절한 눈빛으로 말했다.

"선생님께 보고를 가능한 한 빨리 마칠 테니 꽃숲에서 기다려주오. 그곳으로 바로 가겠소."

돌하르방은 답을 듣지도 않고 이현상이 머무는 산채로 거의 뛰다시피 올라갔다. 날쌘 뒷모습을 바라보며 내 몸은 이미 들뜬 반응을 보였다. 하지만 마음은 달랐다. 너무 쉬운 여자로 보이지 않을까 망설였다. 고심 끝에 알량한 타협책으로 일부러 한 시간 정도 늦게 나타날까 생각했다. 그런데 그 순간에 발걸음은 이미 꽃숲으로 옮겨가고 있었다.

어슴푸레 땅거미가 깔리고 돌하르방이 보고를 마치려면 시간이 남았으리라 여겨 꽃숲 바로 아래 계곡물로 내려섰다. 사위를 둘러본 뒤 옷을 벗었다. 큰 바위들이 에워싸고 물이 흘러가는 쪽으로 비스듬히 자라난 나뭇가지들이 무성한 그곳은 깊이가 허리까지 와서 몸을 씻기에 더할 나위 없이 편했다.

간단히 씻고 물에서 나오려고 일어섰을 때 돌하르방이 바위 뒤에서 나타났다. 나도 모르게 무릎을 굽혀 수면 아래로 몸을 감췄다. 인혁 씨는 가쁜 숨을 쉬면서도 눈 미소를 지으며 윗옷을 벗었다. 바지를 벗을 때 눈 돌리고 싶었지만, 그러기엔 벗은 몸이 너무 아름다웠다. 벌거벗은 그가 거인처럼 한 발 한 발 물속으로 들어왔다. 숨이 막혔지만 나는 인혁 씨의 몸을 촉촉하게 받아들였다.

한바탕 사랑의 물장구를 친 우리는 벗어놓은 옷을 대충 걸치고 꽃숲으로 올라왔다. 풀밭에 앉았을 때, 돌하르방이 주머니에서 뭔가를 꺼냈다. 손바닥에 들어오는 작은 상자였다.

"선물 준비하느라 조금 늦었소."

돌아올 예정 시각이 선물로 늦었다는 말에 규율을 어겼다는 생각은 들지 않았다. 오히려 잔잔한 감동을 느끼며 상자를 받았다.

"내 마음에 비해 너무 초라해서 미안하오. 하지만 꼭 주고 싶었소."

상자를 열었다. 반지였다. 달빛이 어릴 만큼 눈부신 쌍가락지에 내 가슴은 다시 부풀었다.

"어머, 이쁘다."

"구리 반지라오. 내가 끼워줘도 되겠소?"

도근대는 가슴을 진정하며 손가락을 펴 내밀었다.

"가만, 무늬도 있네? 어머, 민들레잖아?"

"민들레를 새겨 달라 했소."

"아, 정말이네. 내가 참 좋아하는 꽃인데…. 둘 다 똑같은 문양이군요."

"마음에 든다니 다행이오."

"민들레는 생명력이 강인하잖아요. 그래서 저만이 아니라 조선 민중이 사랑해온 꽃이라고 들었어요. 무침 만들어 먹는 것도 알죠?"

"맞소, 들에 핀 민중의 꽃이오. 우리 민중의 허기를 채워주기도 했소. 구리에 민들레를 새겨준 이도 우리 조직의 동지라오."

"그래요?"

"미리내는 독립 혁명으로 어떤 세상을 만들고 싶소?"

"음, 그야 민족 차별도 계급 차별도 없는 세상 아닌가요?"

"나도 그렇소. 민족과 계급을 떠나 모든 사람이 마음 놓고 서로 사랑할 수 있는 세상, 그 세상은 그런데 쉽게 오지 않소. 이미 많은 사람들이 그 세상을 만드는 길에 생명을 바쳤소."

"알고 있어요. 그런 생각이 들 때면 새삼 경건해져요."

"민들레는, 미리내가 말했듯이 짓밟아도 죽지 않고 살아나오. 그 작은 꽃이 바람 따라 솜털처럼 생긴 씨앗들을 백 리까지 퍼트릴 정도라오. 우리의 사랑, 혁명 사업도 민들레 꽃씨처럼 사람들 사이에 퍼져야 하오."

"그러고 보니 여러모로 우리 사랑을 상징하는 꽃이군요. 뿌리가 곧고 깊이 내려 일편단심을 뜻하기도 한다지요? 우리의 사랑, 우리의 혁명에 참 걸맞은 반지네요."

"고맙소, 혹이라도 부담을 줄까 싶어 '일편단심' 말은 안 꺼냈는데…."

"고맙긴? 당연한 걸 갖고. 부담은 또 무슨 말이에요?"

"그리 쉬운 건 아니잖소. 더구나 우리 상황에선…. 그런데 미리 말해두지만 구리 반지 광택은 시간이 흐르면 사라지오. 그래서 사람들은 구리거울 닦듯이 자주 문지르는데, 미리내는 그러진 말았으면 하오."

"색도 변하지 않나요?"

"그건 변하는 게 아닌 것 같소. 구리 반지가 주홍색으로, 더 짙은 갈색으로 그러다가 하늘빛 바다를 닮은 파란색으로 산화되려면 긴 세월이 지나야 하오. 구리의 성분은 그대로이니 변한다기보다 연륜이 쌓인다고 보아야 옳지 않겠소?"

"그런가요? 그만큼 우리 사랑도 농익어가겠군요."

"이 반지가 주홍색, 갈색을 지나며 우리의 사랑도 무르익어 마침내 파란색이 될 때면 완숙한 사랑을 이루리라 생각하오. 그렇게 될 때까지 미리내, 당신을 사랑할 거요. 그때까지 우리의 꿈을 민들레 씨앗처럼 퍼트려갑시다."

돌하르방의 굵은 눈동자에 작은 별이 반짝였다.

14

구리 반지를 받고 별빛 고백을 듣자 기쁜 눈물이 몸 깊은 곳에서 샘 솟아올랐다. 돌하르방의 어깨로 얼굴을 기대며 손가락에 낀 쌍가락지를 다시 보았다. 다사롭게 손가락을 에워싼 구리에 달빛과 별빛이 서렸다.

인혁 씨의 입술이 내 이마에 닿았을 때, 나는 고개를 올려 "고마워요" 속삭이고 그의 두툼한 입술을 탐했다. 깊은 입맞춤으로 몸이 달궈지는 느낌이 들 때 인혁 씨가 일어났다. 다시 옷을 벗었다. 달빛 아래 온몸이 바로 구릿빛이었다. 풀잎들 위에 윗옷과 바지를 맞닿아 펼쳤다. 그 위에 인혁 씨가 나를 눕히고 속옷을 벗길 때까지 부끄러움에, 아니 기대감에 쌍가락지만 들여다보았다. 물속보다 더 싱그러운 사랑이 격정으로 이어졌다. 다름 아닌 우리 몸이 쌍가락지 구리였다.

가까스로 정신을 차렸을 때 옆에 누운 인혁 씨가 얕게 코고는 소리가 들렸다. 먼 길을 다녀온 몸으로 사랑을 나눠서라고 짐작했다. 코 고는 소리가 계곡물 흐르는 소리보다 정겨웠다.

잠든 걸 확인한 나는 누운 채로 손을 뻗어 구리 반지를 감상했다. 어느새 밤하늘에도 총총한 별들이 마치 계곡물 수면에 뿌려졌던 돌하르방의 우윳빛 체액처럼 황홀하게 펼쳐져 있었다. 시간과 공간을 초월해 둥둥 떠 있는 듯했다.

이틀 뒤 돌하르방과 점심 식사 때 만났다. 보자마자 눈으로 손가락을 찾았다. 나는 반지를 끼고 있지 않았다. 의신마을로 함께 내려가던 길에 돌하르방은 결혼식 이야기를 꺼냈다. 내놓고 말하지 않았지만 내가 반지를 끼지 않고 있어 서운한 표정이 역력한 돌하르방의 제안을 선뜻 받아주지 못해 미안했다.

"산중 동지들이 거의 다 홀로 살아가는데 우리만 결혼하는 것은 아무래도 부담스러워요. 실은 쌍가락지도 그래서 못 꼈어요. 갑자기 없던 반지를 끼면, 그것도 쌍가락지잖아요, 인혁 씨에 대한 평가도 안 좋아질 수 있거든요. 물론, 주신 상자에 넣어 잘 보관하고 있어요. 올해 안에 일제가 항복할 것 같죠?"

구리 반지 해명에 인혁 씨 표정이 한결 부드러워졌다.

"좋소, 그럼 일제가 항복하고 독립을 찾는다면, 그때 제주에 가서 부모님 모시고 식 올립시다. 다만, 일제의 항복이 올해를 넘기면, 나는 그러지는 않으리라 짐작하는데, 그때는 연말 그믐이라도 좋으니 결혼식 올리면 어떻겠소."

"네, 약속해요. 예물은 별도로 하지 않기로 해요. 보관하고 있는 쌍가락지를 하나씩 나누면 더 의미 있을 거예요."

동지들 가운데 부부도 한 쌍 있긴 했다. 부산에서 노동운동을 벌이다가 학습 조직이 드러나 함께 입산했다. 입산 전에 결혼한 사이였기에 우리 경우와 달랐다. 두 사람은 얼굴이 알려지지 않은 함양 쪽 사업을 맡아 산 중턱에 오두막을 짓고 아랫마을에서 야학을 열며 헌신적으로 일했다. 그렇기에 우리가 연말에 살림을 차린다고 생뚱맞은 일은 아니었다. 언제나 너그러운 이현상 선생이 주례까지 먼저 제안하지 않았던가.

결혼식까지 약속했지만 거기에는 대전제가 있었다. 곧 예정된 유격전에서 살아남아야 했다. 그래서라도 유격 훈련에 적극 참여했다. 어느 날은 삼점마을에서 빗점골까지 가파른 길, 다른 날은 빗점골에서 벽소령까지 된비알을 구보로 오르내렸다. 처음 뛰어오를 때는 심장이 터질 듯 아프기도 했지만, 한 달이 지나며 모든 게 쉬워졌다. 산길을 구보로 다니지 않으면 되레 불편할 정도였다. 동지들 가운데 유도 고단자가 있어, 일제 놈들과의 몸싸움을 대비해 모두 기본기를 익혔다.

유격 훈련에 몰입하면서도 우리는 정기적으로 보름달이 뜰 때면 의신마을 주민들과 더불어 시를 낭송하고 노래를 부르며 즐거운 시간을 가졌다. 흥겹던 시간들과 더불어 모처럼 이진선 동지가 나서서 시인을 증언했던 기억이 새롭다.

"파란 녹이 낀 구리거울 속에/ 내 얼굴이 남아 있는 것은/ 어느 왕조의 유물이기에/ 이다지도 욕될까. 제가 사랑하는 친구 윤동주가 쓴 시 〈참회록〉첫 대목입니다. 친구가 참회록을 쓴 이유는 이른바 '창씨개명' 때문이었습니다. 일본으로 유학 가는 수속을 밟느라 어쩔 수 없이 일본식으로 성을 바꿔 서류에 쓴 직후에 남긴 시이지요. 민족의 지도자연해온 숱한 명사들이 노골적으로 친일의 길로 줄달음치면서도 전혀 부끄럼이 없는 행태에 내 친구 동주를 견주는 것은 모욕일 겁니다. 그런데 바로 그 동주가…."

이진선 동지는 강건했던 평소와 달리 그 순간 울먹였다. 하지만 이내 마음을 추스르고 떨리는 목소리로 말을 이었다.

"하늘을 우러러 한 점 부끄럼이 없기를 노래했던 그 동주가 일본 감옥에서 옥사했다는 비보를 최근 경성에서 온 동지로부터 들었습니다. 참회하며 하늘을 우러러 한 점 부끄럼이 없기를 노래한 동주의 뜻을 이어가려면 우리가 무엇을 해야 할까요. 저는 누구보다 순수했던 내 친구를 죽인 일본제국주의자들과 그들의 앞잡이 친일파들을 용서할 수 없습니다."

이진선 동지의 조용한 선동은 그날 달빛이 부서지는 얼굴마다 결기를 세워주었다. 나도 어쩌면 오빠의 친구였을 수도 있을 시인을 애도하며 '파란 녹이 낀 구리거울'에 구리 반지를 대입했다. 내 사랑의 징표인 구리 반지를 거울로 삼아 날마다 나의 일상을 성찰하며 혁명의 길로 걸어가겠노라고 다짐했다.

일제의 몰락과 조선 해방의 날이 점점 가까워 온다고 판단하던 어느 날, 인혁 씨가 자신이 살아갈 길을 솔직하게 들려주었다.

"조선을 놈들로부터 해방할 때까지는 유격전에 누구보다 앞장서서 싸우겠소. 어쩌면 그 길에서 죽을지도 모르오."

"각오하고 있어요. 하지만 인혁 씨가 일제의 손에 죽는 그런 순간은 오지 않으리라 확신해요. 물론, 설령 그런 순간이 오더라도 우리의 사랑은 영원할 거예요. 놈들과 싸우다가 제가 먼저 죽더라도 마찬가지이겠지요."

"내가 살아 있는 한 미리내가 죽을 일은 없을 거요. 만일 우리가 싸우는 과정에 일제가 패망하고 그때까지 살아남는다면, 어떤 삶을 살까 그런 생각 해보았소?"

"아, 그날이 오면, 인혁 씨와 행복하게 살아야죠. 그 생각 외에 지금 뭐가 떠오르겠어요."

"그렇소. 그런데 말이오. 내가 유격전에서 살아남아 그날을 맞는다면, 해방된 조선에서 조용히 사범학교 출신답게 교사로 살고 싶소."

"이현상 선생은 해방 이후가 더 중요하다고 말씀하실 텐데요?"

"맞소. 하지만 해방이 된 다음에 정치는 내 일이 아닌 것 같소. 미리내가 실망할지 모르겠는데, 대구사범을 다닐 때와 생각이 조금, 아니 많이 달라졌소."

"어떻게요?"

"미리내를 대구사범에서 재회할 때만 해도 혁명에 확고한 신념이 있었소. 제국주의를 낳은 자본주의를 넘어선 세상을 만들려면 노동계급의 혁명이 길이라고 판단했소. 그런데 일어책이나 신문으로 소련을 학습하면서 조금씩 의문이 생기기 시작했소. 혁명을 함께 한 동지들을 비정하게 총살하고, 민중의 사상을 검토한다며 위협하고 더러는 죽음으로 몰아간 작태를 나는 도무지 받아들일 수 없소. 아무래도 나는 그릇이 작은가 보오."

작심하고 할 이야기를 준비한 듯했다. 혹 자신을 사상적으로 배척하진 않을까 우려했던 게 분명했다. 하지만 나는 돌하르방의 고백을 들으며 손뼉을 치고 싶을 정도였다. 내 생각과 한 치의 오차도 없기 때문이다. 기실 그런 의문이 대구사범 졸업반 시절부터 맴돌고 있었지만, 돌하르방을 비롯해 누구에게도 말 건네지 못했다. 내게 실망할까 싶기도 했고, 추상같은 비판이 쏟아지지 않을까 우려도 했다.

나는 애써 침착하게 답했다.

"그건 그릇이 작은 게 아니라 큰 거예요. 아직 그 마음을 온전히 담아낼 그릇이 없는 거지요."

"그렇지는 않소. 역사의 도도한 물결 앞에 얼마나 나는 소심한지 성찰할 때가 많소."

"그러세요? 그럼 저도 기꺼이 소심해지겠어요."

돌하르방의 어둡던 얼굴색이 환해졌다.

"실은 인혁 씨 말을 들으며 어쩜 이리 생각이 같을까 싶었거든요."

"그렇군. 짐작은 했지만 그래도 막상 이야길 들으니 기쁘오. 마저 솔직히 털어놓자면, 해방된 뒤엔 정치 사업에 나설 동지들이 많을 테니까, 나는 새로운 세대들과 만나 그들이 일굴 아름다운 세상을 이야기하고 싶소."

"어쩌면 그게 가장 중요한 현장일 수도 있어요."

"맞소. 아래로부터 착실하게 겨레의 내일을 다져가는 일이니까. 미리내도 생각이 같소?"

"그럼요. 혹시 어디로 가서 일할 건지도 생각해보았어요?"

"물론, 생각했소."

"어디로 가고 싶은가요?"

바짝 조바심이 났다.

"어디겠소? 내가 사랑하는 여인도 교사 꿈을 갖고 있다면, 그 뜻에 기꺼이 따르겠소. 그 선생님과 어서 결혼하고 아이도 갖고 싶거든."

얼굴이 붉어지는 걸 느끼며 그걸 숨기려는 듯이 돌하르방의 말을 덥석 받았다.

"아, 정말 고마워요. 우리 탐라로 가요. 참 아름다운 섬이에요."

"그래요, 놈들을 이 땅에서 몰아내고 꼭 갑시다. 거기서 결혼식도 올리고 미리내 닮은 딸도 낳고, 아이들도 가르치고…."

그 순간 뜨거운 눈길을 마주한 우리는 동시에 말했다.

"유격전에서 우리가 살아남는다면!"

여기서 유격전에서 살아남는 조건은 오늘의 독자들이 읽으면 으레 하는 말처럼 들리겠지만—만일 독자가 실제로 그렇게 느꼈다면 과거를 너무 잔잔하게 회상하며 기록해나간 내 책임이다. 그만큼 내가 지금 너무 안락하게 살고 있다는 뜻이다. 당시의 긴장감을 오래전에 잃어버린 게 사실이다.

세월이 너무 많이 흘렀고, 너무 쉽게 늙고 말았다—당시 우리는 자못 비장했다.

그런데 1945년 8월 15일, 새날은 갑자기 왔다. 기쁜 날임에 틀림없지만, 그날의 빗점골 분위기를 잊을 수 없다. 환호와 탄성이 한순간도 어긋나지 않고 동시에 나타났다. 기쁨과 슬픔이 공존하는 얼굴, 굳이 그 표정을 표현하라면 한마디로 답하고 싶다. 돌하르방. 실제로 그날 돌하르방이 그랬다. 벅찬 환희와 깊은 우려가 담겼다. 기쁜 슬픔, 혹은 슬픈 기쁨이랄까.

학습과 토론을 하며 내린 과학적 분석보다 일본제국주의는 더 빨리 무너졌다. 우리는 미군이 일본 땅에 상륙작전을 벌일 시점을 아무리 빨라도 10월 말로 전망하고 있었다.

이현상 선생은 미군이 11월 1일을 목표로 삼고 있다는 '고급 정보'를 입수했다고 밝혔고, 이에 근거해 우리는 유격전 시점을 10월 1일로 잡고 있었다. 조건은 있었다. 미군이 제주도에 상륙작전을 벌이거나 소련군이 조선 안으로 진격하면 곧바로 유격전을 전개키로 했다.

상황은 8월에 들어서면서 빠르게 변했다. 결정적 돌발 변수는 원자폭탄이었다. 1945년 8월 6일 히로시마에 누구도 예상하지 못한 원폭이 떨어지고, 사흘 뒤에는 소련이 선전포고했다. 독일군을 무찌르고 휴식을 가진 소련군이 밀물처럼 만주로 들어왔다.

이현상 선생은 긴급회의를 열고, 유격전 돌입 태세를 갖췄다. 월악산 유격대는 충주, 민주지산 유격대는 영동을 공격하고, 덕유산 유격대는 지리산 유격대와 더불어 함양을 해방해 두 산을 잇는 '혁명 기지' 건설을 1단계 목표로 세웠다. 함양 팔만 주민 가운데 일본인 사백 명의 주소와 친일파 열세 명의 명단까지 작성했다.

이현상 선생이 직접 지휘할 지리산 유격대는 함양경찰서를 기습해 장악한 뒤, 전원이 총기로 무장하고 군청을 접수키로 했다. 그 과정에서 저항하는 일본인과 악질 친일파는 가차 없이 처단키로 했다.

8월 15일 아침, 이미 사흘 전 소련군이 함경도 웅기에 상륙작전을 감행했고 나진을 점령했다는 정보가 들어왔다. 미군이 제주도나 일본에 상륙한다는 정보는 아직 없었다. 우리는 전열을 가다듬고 8월 20일에 함양을 공격해 해방할 계획을 세웠다. 비장한 마음으로 하산 투쟁을 최종 점검하던 바로 그 순간에 일본이 '무조건 항복'했다는 라디오 방송이 의신마을에서 잡혔다. 동지들 가운데는 계획대로 함양으로 내려가 왜놈들과 앞잡이들을 처단하자는 사람도 있었지만, 내가 보기에도 현명한 길은 아니었다. 지리산과 함양, 덕유산에 이르는 해방구를 건설하는 일보다 더 절박한 과업이 주어졌기 때문이다. 유격전이 아니라 조선 전체를 아우르는 정치 사업이 그것이다. 전승국의 의도대로 전개되지 않으려면 조선 민족을 대변할 조직을 굳건하게 내와야 했다.

저녁 늦게까지 토론을 벌이던 우리는 이현상 선생의 발언을 경청했다. 선생은 우리 각자가 고향으로 돌아가 합법적 활동 공간을 만들 때라고 역설했다. 지하에서 혁명을 지도해 온 박헌영 동지가 서울에 조선의 미래를 책임질 정당을 만들게 확실하다며, '모두가 고루 잘 사는 새 사회'를 건설하려면 아래로부터 지역 조직을 튼튼하게 묶어세워야 한다고 강조했다. 빗점골을 비롯해 지리산 곳곳에 마련한 근거지들은 하동과 구례가 고향인 동지들이 관리하기로 했다.

다음 날, 이현상 선생은 우리와 일일이 악수를 나누고 포옹하며 짐을 싸서 하산하는 동지들을 배웅했다. 열정 넘치는 목소리로 당 창립 대회에서 다시 만나자는 작별의 말을 건넸다. 이윽고 이진선 동지와 우리만 남았다.

이진선 동지는 선생의 명을 기다리고 있다면서 자신은 고향 충주로 가지 못하고 아마도 전주교도소로 가서 김삼룡 동지의 출소를 기다려야 할 것 같다고 말했다. 우리는 이현상 선생과 이진선 동지에게 인사하고 먼저 산을 내려왔다.

이현상 선생은 물론 하산하는 동지들 모두 유격전을 벌이지 못한 아쉬움이 짙었지만, 정직히 말해 나는 기쁨이 훨씬 컸다. 유격전을 치르지 않아도 된다는 안도감이 온몸으로 스며들었다. 무장 항쟁을 시작하면 누구보다 용감했을 돌하르방이 목숨을 잃을 가능성도 그만큼 높았고, 나 또한 일본제국주의의 첨병에 선 누군가를 죽여야 한다는 심적 부담이 은근히 컸다.

돌하르방과 더불어 하산하는 길에 탐라에서 펼쳐질 새로운 삶을 그려보는 것만으로 날아갈듯 상쾌했다. 의신마을을 지나 화개장터로 내려온 뒤 여수에서 배를 기다릴 때까지 유격전을 벌이지 못한 대가가 우리 민족에게 얼마나 클 것인지, 또 내 앞에 어떤 살매가 기다리고 있을지 정말이지 상상조차 못했다.

15

1945년 10월 1일, 탐라 웃모슬개의 우리 집 마당에서 전통 혼례를 치렀다. 쌍가락지를 나누어 구리 반지를 하나씩 손가락에 끼웠다. 돌하르방의 새끼손가락에 꼭 맞아 신기했다. 돌하르방은 한복이 참 잘 어울렸다. 우리는 하늘빛 바다를 닮은 파란색 구리 반지를 끼고 하르방과 할망으로 살아갈 나날에 이르는 긴 세월을 상상하며 가슴 벅찬 행복에 잠겼다.

신혼여행은 딱히 특별하지 않았다. 절울이 아래에 작은 집을 아버지가 마련해주셨다. 허름했지만 오빠와 올케가 예쁘게 꾸며주어 신혼 시절은 물론, 평생 살아도 좋을 집이었다. 우리는 정가로운 집에서 기꺼이 첫날밤을 보내기로 했다.

하객들이 모두 떠나고 돌하르방과 단 둘이 방에 들어온 순간들이 사무치게 그립다. 지리산에서 '첫날' 이후 한 달에 한 번 꼴로 꽃숲을 찾았던 우리는 탐라에 돌아온 뒤 사랑을 나눌 엄두를 내지 못했다. 하루하루 일정이 꽉 짜였지만 그래도 지리산에선 둘 만의 호젓한 시간을 낼 수 있었다. 그런데 고향 마을에선 가능하지 않았다. 부모님을 뵙고 오빠, 새언니를 만나는 즐거움 어딘가 허전했던 이유도 갈망이 커서였다. 기껏해야 절울이가 어두워질 때 불란지들이 춤추는 곳에서 달뜬 입맞춤이 전부였다. 그러기에 마침내 혼례를 다 치르고 빈방으로 들어섰을 때 이미 온몸이 온돌처럼 달아오른 우리는 누가 먼저랄 것 없이 부둥켜안았다. 사랑의 절정을 오르내리며 밤을 거의 지새웠다. 어느새 창문으로 희붐히 새벽이 밝아왔다.

나는 구리 반지가 파랗게 물들어 이윽고 깊은 바다색이 될 때까지 애오라지 돌하르방만 사랑하겠다고 약속했다. 돌하르방이 짓궂게 약속의 징표를 보여달라고 했을 때, 스스럼없이 돌하르방의 벗은 몸 위로 올라갔다. 다시 살아나는 돌하르방의 그곳을 내 속살로 감쌌다.

그 자세로 돌하르방에게 반지 낀 손을 올리라 했다. 내 손을 내려 구리 반지가 서로 맞닿게 했다. 이어 가슴을 의연하게 내밀었다. 시선은 관대하게 돌하르방을 내려다보며 '선언'했다. 지금 이 사랑이 징표라고.

성은 성스럽다고 느꼈기에 아무 부끄럼 없이 허리품으로 돌하르방 몸을 사랑했다. 돌아보면 머뭇거림도 없이 붉은 몸을 서로 나누고 곱한 참 아름다운 시간이었다. 다시는 올 수 없는….

혼례를 치러 돌하르방과 침식을 함께 하는 행복은 구리 반지의 존재로 더 빛났다. 일상에서 사람들 앞에 자랑스럽게 반지를 낄 수 있었다. 신랑의 예물이 구리 반지라는 사실을 안 어머니는 탐탁지 않아 했다. 그걸 동네방네 자랑스레 끼고 다니는 나를 푼수라고 여겼지만, 아버지는 싱그레 미소만 지었다.

우리는 탐라에서 교사 일을 찾을 때까지 당분간 임신을 미루기로 했다. 돌하르방과의 사랑이 절정에 이를 때면 더 강렬하게 그를 받아들이고 싶었지만, 꽃숲에서도 그랬듯이 혼례를 치른 뒤에도 잘 이겨냈다. 절정에서 갑자기 몸을 뺄 때 돌하르방도 나도 한줄기 찬바람처럼 아쉬움이 스쳤다. 그럼에도 새로운 생명을 초대하려면 갖춰야 할 정중한 예의를 우리는 공유했다.

행복을 만끽하던 그 평화롭던 시절, 우리 앞에 시커멓게 다가오는 먹구름이 은근히 불안했다. 하지만 정말이지 그 불안감은 곧이어 먹장구름이 몰고 올 비바람, 아니 피바람에 견주면 한낱 사치였다.

8월 16일 오후에 지리산을 내려와 여수에서 하룻밤을 보내고 이튿날 탐라에 도착한 뒤에야 우리 산하가 삼십팔도선으로 쪼개졌다는 생게망게한 풍문을 들었다. 믿어지지 않았지만 사실로 판명됐다.

일본이 항복하기까지 미국은 자신들이 손잡았던 연합국 소련을 가장 경계했다. 소련군이 삽시간에 만주를 점령하자 미국은 동아시아 대륙에 '교두보' 확보가 급했다. 히로시마에 이어 나가사키에도 원폭을 떨어트린 미국은 조선을 삼팔선으로 분할해 점령하자고 소련에 제안했다.

본디 연합국이 분할 점령할 땅은 독일이 그랬듯이 전범국 일본이어야 마땅했다. 하지만 미군은 원자폭탄 투하로 일본을 온새미로 점령하고는 영향력을 대륙까지 뻗치려 엉뚱하게 조선 땅을 분할했다. 탐라에 도착해 그 사실을 알았을 때 돌하르방의 얼굴에 짙은 어둠이 퍼졌다. 내가 괜찮으냐고 물어볼 정도였다. 그 순간에 돌하르방의 말을 나는 똑똑히 기억하고 있다.

"삼팔선이라니! 참 기막히군. 일본군의 무장을 해제하는 군사적 성격에 지나지 않는다는 말은 우리 경계심을 늦추려는 의도라고 생각하오. 서로 사상과 정치·경제 체제가 다른 미국과 소련이 우리 땅을 가른 건데, 독일과 일본의 패망으로 공동의 적이 사라졌으니 미국과 소련 사이는 갈등이 벌어질 수밖에 없잖소? 저 황당한 삼팔선이 무엇을 불러올지 참으로 걱정이오."

"우리에겐 박헌영 선생도, 이현상 선생도 계시잖아요. 잘 풀어가실 거예요."

"글쎄, 그러길 바라야겠지. 그런데 왜 이리 가슴이 갑갑해 오는 걸까."

"우리, 탐라에서 다음 세대를 잘 키우기로 했죠? 우리 임무에 충실해요."

　그때 돌하르방에게 한 말에 뒤늦게 죄책감을 느끼고 있다. 그 말을 건네던 나 자신도 꺼림칙해서 생생하게 기억하고 있는지도 모르겠다. 그럼에도 당시 나는 탐라에서 펼쳐질 새로운 삶에 부풀었다. 돌하르방과 함께 교사로 일하면, 얼마나 보람차고 찬란한 나날이 곰비임비 이어지겠는가. 우리 둘 사이에 또 얼마나 총명한 아들과 딸이 태어나겠는가. 가슴이 뒤설렐 수밖에 없었다.

　교사 일자리를 찾는 것은 어렵지 않았다. 대구사범을 나오고 옥고까지 치르며 지리산에서 독립운동을 준비한 일까지 친정 가족들이 소문을 내면서, 돌하르방과 나는 과도한 환대와 관심을 받았다.

　서울에서 박헌영 선생을 중심으로 재건된 조선공산당의 제주 지역 조직—제주도가 도로 승격하기 직전이어서 '전남도당 제주위원회'—결성에 나서달라는 제안도 받았다. 돌하르방과 나는 완곡하게 사양했다. 쉽지 않은 결정이었지만, 우리는 정치 사업과는 의도적으로 거리를 두며 교육 사업에 전념할 필요가 있다고 판단했다. 탐라에는 우리가 꼭 나서지 않더라도 당 지역 조직을 책임질 항일 운동가들이 있었기에 마음의 부담을 덜 수 있었다.

긴 고민을 마쳤을 때 돌하르방은 화선지를 준비하더니 먹을 갈아 온 정성을 모아 '敬天愛人(경천애인)'이라고 썼다. 하늘을 우러러 보며 사람들을 사랑하자는 다짐은 돌하르방과 내가 다음 세대를 길러내자며 약속할 때 나누었던 다짐이었다. 수심경천守心敬天, 곧 '하늘을 우러르는 마음'은 내겐 아버지가 들려준 천지신명과 맞닿아 있었다.

마침내 남편의 고향 마을인 산방산 아래에 학교를 개설한다는 소식과 함께 '개교준비위원회'에 참여하라는 제의를 받았다. 우리는 기쁘게 받았다. 학교가 들어설 사계리는 신혼집과도 가까웠다. 우리는 탐라의 교육을 책임질 사람들과 더불어 정기 모임도 꾸렸다.

톺아보면 그 자리는 교사들의 모임이었지만, 뒷날 항쟁의 주역들이 두루 참여하고 있었다. 이승진 교사는 대구사범 시절에 탐라 출신의 나를 따뜻하게 보살펴준 대구포목상의 아들이다. 일본 유학을 다녀온 뒤 중학교에서 일하고 있었다. 언제나 칼로 두부 자르듯이 결론 내는 이승진의 토론 방식에 돌하르방도 나도 부담을 느껴 우리와는 머슬머슬했다. 이승진은 당시 탐라에서 명성 높은 독립 혁명가 강문석의 사위이기도 해서 발언권이 강했다. 정의감으로 무장한 실천은 높이 평가해야 마땅하지만, 자신의 생각과 다르면 거침없이 날선

비판을 해대는 모습에 뜨악할 때가 적지 않았다. 그와 대조적인 교사는 이덕구였다. 웅변조로 이야기하고 선언적으로 앞에 자주 나서는 이승진과 대조적으로 묵묵히 자기 할 일을 수행하는 모습이 돌하르방과 닮았다. 이승진, 그는 이 년 뒤 무장봉기를 주도하고 사령관으로 활동하다가 바닷길로 월북한 김달삼의 본명이다. 그 후임 사령관이 이덕구다.

16

해방 이듬해 2월의 어느 날, 이현상 선생으로부터 연락이 왔다. 지리산에서 함께한 동지들 모두 여수에 모여 해방 반년을 기념하자며 우리 두 사람도 초청했다.

정치의 길과 다른 교육의 길을 걷겠다고 다짐했지만, 동지들이 그립기도 했고 서울 정세도 궁금해 돌하르방과 배를 탔다. 반년이 지날 때까지 정국은 하루가 다르게 소용돌이쳤다.

무엇보다 모스크바 3상회의가 격동을 몰고 왔다. 전승국인 소련과 미국, 영국의 세 외무장관이 합의한 결정은 '조선임시정부 수립'을 약속해 삼팔선을 없앨 수 있는 가장 현실적인 길이었다. 미군과 소련군이 분할 점령한 조선의 분단을 막으려면 어쨌든 두 나라의 합의가 필요한 것은 상식이었다. 임시정부와 합의해 최소 오 년 뒤에는 온전히 삼팔선 이남과 이북을 아우른 우리 정부를 내올 수 있었다. 하지만 친일 반민족 세력은 삼팔선이 사라지고 조선임시정부가 수립될 때 이북에서 이루어진 친일 지주 청산 작업이 이남에까지 파급될까 두려워 결사적으로 반대하고 나섰다. 그들은 소련과 미국이 임시정부를 최대 오 년 동안 후견한다는 조항이 '신탁 통치이자 곧 식민 지배'라며 모스크바 3상회의 합의를 거부했다. 해방 이후 주눅 들어 눈치만 살피던 친일파들은 삼팔선을 없앨 유일한 길인 모스크바 3상 합의에 찬성하는 사람들을 죄다 '민족 반역자'로 몰아세우며 세력을 모아갔다. 참으로 도둑이 매를 든 격이었다.

이현상 선생과 상봉한 곳은 여수에서 선대의 수산업을 물려받아 넉넉하게 살고 있는 동지의 한옥 사랑방이었다. 선생은 조선에서 가장 영향력 큰 합법 정당의 고위 간부인데도 산중 생활 할 때 그대로였다. 다소 말쑥해졌을 뿐 옷차림도 소박했다. 물론, 한마디 한마디는 여전히 신중했고, 좌중을 압도했다.

우리가 일찍 도착해 본격적인 회합 이전에 사사로운 이야기를 나눌 기회가 있었다. 혼례를 치렀다고 '보고'하자 선생은 뜻밖에도 서운함을 농담 속에 내비쳤다.

"아니, 그런 중요한 사업을 벌여놓고 뒤늦게 사후 보고를 한단 말이오?"

"죄송합니다. 많이 망설였지만 너무 바쁘실 것 같아서요. 서울에서 제주 오가시려면 시간이 많이 걸리잖습니까."

"그 핑계로 나도 휴양할 수 있는 것 아니오? 나, 아직 제주도를 밟지 못했소. 서울에 강문석 동지는 뭍과는 풍광이 완연히 다르다고 자랑하던데, 그 동지도 말만 그렇게 하지 나를 데리고 갈 줄은 모르더군. 하하하."

"언제든 오십시오. 누추하지만 독채를 얻었기에 누구에게도 방해받지 않을 수 있습니다."

"강 동지, 아니, 우리 고 동지에게 물어야겠지. 어떻소? 신혼집에 내가 가면 좋겠소?"

"그럼요, 좋다마다요. 영광이지요."

"착한 마음 여전하오. 잘 알겠소. 그런데 혹시나 해서 하는 말이지만 내가 제주도를 가게 된다면, 지역 당을 꾸려가는 동지들과 어울려야 할 테니 우리 신혼의 고 동지는 아무런 걱정 마시오."

"선생님이 탐라에 오실 여유가 있을 만큼 정국이 잘 풀리길 바랄게요."

"고맙소."

내가 이현상 선생과 나누는 대화를 흐뭇하게 바라보던 돌하르방이 다시 나섰다.

"이진선 동지는 오늘 오지 않았습니까?"

"이 동지는 당 기관지 사업하며 박헌영 선생을 가까이 모시고 있어 도저히 시간을 낼 수 없는 상황이오. 아, 우리 이진선 동지도 지난 가을에 혼례를 치렀소. 그러고 보니 지리산에서 정기를 농축했다가 해방되자 모두들 급했던 거 아니오?"

"선생님도…. 그런데 정국은 어떻습니까? 아무래도 이곳은 모든 정보가 늦습니다."

"음, 쉽지 않소. 일제에 부닐던 지주 세력들이 곧바로 미군에 빌붙어 여전히 활개치고 있소. 만약 우리가 그처럼 더러운 짓을 했다면, 어떻게 처신했겠소. 부끄럽고 남세스러워 뼈저린 반성을 하며 그저 죽은 듯 지내지 않았겠소? 그런데 저들의 언행을 보오. 왜 지주들이 수백, 수천 년이나 우리를 지배해왔는지 새삼 깨닫게 되오. 자신들의 이익을 지키는 데엔 수단 방법을 가리지 않소. 아주 치열하고 치밀하오."

그때 다른 동지들이 어디 모였다가 오는 듯 모두 나타났다. 선생은 동지들 한 사람 한 사람을 포옹했다. 선생이 안을 때 눈물을 글썽이는 동지들이 많았다. 생선회를 풍성하게 올린 저녁상을 받아 선생도, 동지들도, 돌하르방도, 나도 오랜만에 호식했다.

이어 열린 회합에서 우리는 삼팔선이 해소될 전망이 보이지 않는 사실, 당 활동이라도 단결해야 옳은데 북쪽 동지들이 서울 중앙당의 지도를 받으려 하지 않는 사실, 미군정이 가장 강력한 정치 세력인 당을 파괴할 '명분 찾기'에 나선 사실, 미군정과 손잡은 친일파들이 '소련 앞잡이'와 '빨갱이' 소탕을 구실로 방어에서 공격으로 전환하고 있는 사실들을 서로 확인하고 공유했다.

그런데 토론 말미에 경북도당의 동지로부터 돌하르방과 내가 당에 가입하지 않았다고 추궁 아닌 추궁을 받았다. 분위기가 어색해지자 이현상 선생이 나섰다.

"우리 두 동지가 당 활동을 하지 않은 데는 이유가 있을 거요. 반드시 답할 의무는 없지만, 그래도 함께했던 지리산 동지들이 모두 알고 싶어 하니 들려줄 수 있겠소?"

우리를 감싸주면서도 당신 또한 궁금한 눈치였다. 돌하르방이 망설이는 듯해 내가 나섰다.

"저희는 교육 사업을 선택했습니다. 아래로부터 기반을 튼

튼히 다지는 데 헌신하려고요."

당 가입 여부를 귀 거칠게 추궁했던 동지가 바로 나섰다.

"아니, 고은하 동무! 그럼 지금 당 활동을 벌이는 우리들은 아래로부터 기반 다지는 걸 소홀히 한다는 말이오? 이 엄중한 시국에 두 동무 같은 사람들조차 한발 물러서 있으니 우리 역량이 다 발휘되지 못한다는 생각은 안 해보았소? 동무가 지금 몸을 바칠 곳은 코흘리개들 학교가 아니라 당이어야하오."

말꼬리 잡는 식의 주장이었지만, 뜻밖에도 이현상 선생이 말없이 고개를 가볍게 끄덕였다. 선생마저 잇따른 추궁을 긍정한다고 판단해서일까. 돌하르방이 기침으로 자세를 갖추곤 진지하게 발언했다.

"선생님도 계시고, 옛 동지들도 모두 모인 자리에서 교육 사업에 전념하겠다는 저희 판단이 엄중히 비판받으리라고는 미처 생각 못 했습니다. 그런데 이야기를 듣다 보니 그럴 수도 있겠다 싶습니다. 그래서 이참에 동지들과 명확하게 토론해보고 싶습니다. 제가 고은하 동지와 결혼했지만, 지금부터는 순전히 저 개인의 생각입니다. 저는 지리산 시절에 해결하지 못한 의문이 하나 있었습니다. 일제 놈들과 싸우는 선행 과제 앞에 꾹꾹 묻어뒀었는데요, 일제가 물러난 지금, 그

의문을 언제까지 묻어둘 수는 없다고 생각했습니다. 사실 그 의문이 제가 당에 가입하지 않은 이유입니다."

이현상의 눈이 반짝였다.

"우리 강인혁 동지는 늘 진지했소. 훌륭한 자질이오. 우린 생사를 함께했던 동지들이니 가리지 말고 그 의문을 제출해보시오."

"고맙습니다. 저는 소련공산당의 혁명 사업에서 이해할 수 없는 대목이 있습니다. 일본 신문에 이미 보도됐고, 처음에는 믿을 수 없었지만 이제 공공연한 사실로 드러난 사건들인데요, 스탈린 동지가 함께 혁명을 일으킨 동지들을 대거 총살한 사실은 동지들도 잘 알고 계시잖습니까? 어떻게 그런 일이 가능합니까? 트로츠키 동지를 추방하고 나서도 결국 도끼로 찍어 죽였습니다. 어찌 그럴 수 있죠?"

좌중의 모든 사람 숨이 멎은 듯했다. 해방 이후 경기도당에서 활동하며 삼팔선 북쪽에서 내려보낸 비선과 접촉이 부쩍 잦아졌다는 동지가 우집으며 답했다.

"강 동무, 영용한 소련공산당을 그따위 풍문만 듣고 함부로 재단하지 마시오. 트로츠키와 같은 종파주의자와 어떻게 스탈린 수령을 비교한단 말이오. 동무의 조금 전 질문은 동무가 기본계급 입장에서 문제를 보고 있지 않기 때문에 나오는 거요. 알다시피 지식분자들은 언제나 어디서나 동요를 많이 하잖소. 쉽게 혁명의 적으로 떨어지고 마는 것과 같은 이치라오. 인류의 스승이신 스탈린 수령은 바로 그 적들을 청산한 것이지 일반 노동자와 농민을 겨냥하진 않거든. 그러니 그따위 인텔리 걱정은 그만해도 좋겠소."

"그렇지 않아요. 우리 혁명운동가들 일각에서도 트로츠키 세력을 어느새 '종파주의'로 부르던데, '종파'라는 이름으로 자신과 다른 의견을 지닌 동지들을 억압하거나 처형하는 것은 옳지 않습니다. 스탈린에 대한 개인숭배를 보십시오. 한 사람을 수령으로 신성화하고 혁명의 적이나 인민의 적으로 혁명 동지들을 살해하는 야만이 앞으로 공산당이 통치하는 국가들에서 얼마든지 일어날 가능성이 있다면 저는 거기에 몸 던질 수 없습니다. 우리에게도 그런 현상이 일어나지 않으리라는 확신이 서지 않기 때문에 저는 당에 가입하지 않았습니다. 하지만 제가 당 사업을 반대하거나 방해할 뜻은 전혀 없습니다. 지금까지 그랬듯이 앞으로도 그렇게 하겠습니다."

그때 앞서 티적거렸던 경북도당 동지가 경기도당 동지와 눈을 맞추더니 책상을 꽝하고 내리치며 나번득였다.

"동무! 지금 뭐하자는 거요. 지리산 시절부터 연애 놀음 하는 걸 우리 모두 눈감아주었더니 제주도에 가서 완전히 회색 분자, 반당·반동분자로 전락한 게 아니오?"

돌하르방도 당당하게 맞받았다.

"바로 동무와 같은 그런 태도가 문제인 거요. 자기 생각과 다른 의견을 표명하면 곧바로 반당·반동분자로 옭아매는 동지 같은 사람들이 민중을 통치하는 자리에 오를 때 어떤 세상이 올지 끔찍하오."

"뭐라? 이 자식이 지금!"

벌떡 일어나 돌하르방에게 덤벼들려는 순간, 이현상 선생이 손뼉을 두 번 쳤다.

"앉으시오! 오랜만에 만난 동지들끼리 이 무슨 소란이오. 자, 우리가 강인혁 동지에게 먼저 물어보았고 동지는 솔직하게 자신의 흉중을 열어 보였소. 동지의 생각에 문제가 있다면, 동지적 자세로 다가가야 하오. 그 점에서 우리 경북도당 동지의 발언이 과했소."

협협한 이현상 선생은 이어 돌하르방에게 서그러진 눈길을 돌렸다.

"강 동지. 동지에 대한 믿음이 다들 강했기에 아마도 배신당한 느낌이 들어 격한 반응이 나오는 것 같소. 이해 바라오. 음, 소련에서 동지가 지적한 일들이 일어났다고 해서, 우리

당에서도 혁명의 동지를 간첩으로 몰아 총살하리라고 걱정하는 건 지나치오. 소련을 타산지석 삼아 우리는 그 길을 답습하지 말자고 경계할 수도 있잖소? 그러니 당 밖에서 비평하지 말고, 강 동지 같은 사람이 당에 들어와 소금이 되어야하오. 그런 일이 우리 당에서는 일어나지 못하도록 말이오."

내가 끼어들었다.

"선생님, 강인혁 동지와 저는 인간에 대한 사랑이 혁명의 밑절미라고 생각합니다. 하지만 인간에 대한 사랑은 차치하고 동지에 대한 사랑조차 전혀 없는 사람들이 오늘의 소련공산당을 만들었다고 생각하는데요. 선생님은 레닌 동지 사후에 소련공산당에서 일어난 일이 우리 당에선 일어나지 않으리라 확신하시는 건가요?"

"인간에 대한 사랑? 또 사랑 타령이오? 우리는 노동계급을 사랑해야 하오."

경기도당 동지가 꼬집고 나섰다.

"제 말뜻은 노동계급을 비롯해 민중을 사랑하는 마음이 사람에 대한 사랑에 터하고 있으면 좋겠다는 제언입니다."

"동무! 불굴의 정신으로 당 활동을 벌여가고 있는 우리를 감히 훈계하는 거요? 당신네 둘은 입당을 거부했으니 그럴 자격조차 없잖소?"

"우리가 의견을 먼저 낸 게 아닙니다. 물음에 우리 생각을 답했을 뿐이지요. 그리고 감히 훈계하지 말라 했는데, 진심으로 훈계할 뜻 없습니다. 다만 지금 훈계는 동지가 하고 있다는 건 알고 계십시오."

"부창부수라더니 참 끼리끼리 노는군."

"말씀 삼가시죠. 뭐하자는 겁니까?"

경기도당 동지가 다시 눈 흡뜨고 나서려 할 때 이현상 선생이 손사래 치며 애써 미소를 그리고 말했다.

"자자, 그만들 하오. 고은하 동지, 사람 일에 어찌 한 치 오차도 없는 확신이 있겠소. 하지만 나는 우리 당의 지도자 박헌영 동지를 믿는다오. 고 동지도 알다시피 박헌영 선생은 국제레닌학교에서 사 년 동안 사회주의 혁명 이론을 학습했고, 모스크바의 상황을 현지에서 몸으로 겪었소. 나는 박헌영 동지가 지금 강인혁 동지나 고은하 동지가 우려하는 바를 모르고 있다고 생각하지 않소. 그러니 함께 혁명 사업을 이뤄갑시다. 지금 우리 앞에는 조선총독부에 충성했다가 재빠르게 미군정 아래 들어간 반민족 세력이 야수적인 발톱을 세우고 있소. 일단 그들과 맞서 싸우는 게 중요하오."

"네, 선생님 말씀 잘 알겠습니다."

돌하르방이 답했다. 옳은 말이었다. 《조선인민보》 기자로 일하는 동지가 수첩을 꺼내 통계를 공유했다. 미군은 서울에 들어와 조선총독부 경찰 조직을 거의 그대로 인수해 군정 경찰로 임명했고, 현재 경찰 간부들의 팔 할이 일제 경찰 놈들이라는 분석에 돌하르방도 나도 충격을 받았다.

험악했던 분위기는 이현상의 권위로 수그러들었지만, 경북도당과 경기도당 동지가 우리를 보는 시선에는 경멸감이 잔뜩 묻어나와 불편했다. 선생님과 동지들이 오랜만에 모인 참에 내일 지리산 아지트를 방문해보자는 데 의기를 모을 때도 우리 두 사람은 희미한 미소를 지을 수밖에 없었다.

새벽 일찍 우리는 이현상 선생에게 건강과 건투를 기원하는 짧은 편지를 남기고 씁쓸히 여수를 떠났다. 배를 타고 여느 때보다 매운 겨울 바닷바람을 맞으며 많은 이야기를 나눴다. 탐라에서는 친일파들이 주눅 들어 있지만, 뭍이 친일파들의 세상으로 이미 바뀌고 있다면 언제 미친바람이 탐라로 불어올지 모른다고 우려했다.

내 가슴으로 불안감이 짙어간다고 느꼈을까, 돌하르방이 내 손을 가만히 거머쥐고 말했다.

"그래도 선생님 말씀을 들어보니 박헌영 동지가 열려 있는 분 같아 마음이 놓이오. 아래로부터 민중 개개인의 생각이 건강하고 민중 사이에 연대도 탄탄하면 어떤 문제도 해결할 수 있지 않겠소? 민중을 믿고 우리 일에 전념합시다."

　나는 손을 맞잡아 동의 뜻을 전했다. 성 고문을 겪으며 인간의 본성에 깊은 회의가 들기도 했지만 우리 민중의 꼭뒤를 누르고 있던 일제가 물러난 마당에 상황이 더 악화되리라 상상할 수는 없었다.

　해방 직후 탐라에 친일파들이 득세하지 못한 것은 그들이 일제강점기에 저지른 악행이 컸던 탓이다. 결사전을 준비하던 일본군은 해안과 오름에 숱한 동굴과 참호를 만들었는데 그 모든 요새가 도파니 민중의 노동력을 착취한 결과였다. 심지어 노인들까지 동원했다. 청년을 총알받이로 내몬 징병, 전쟁 물자를 빙자한 징발이 일상적으로 저질러질 때 일제의 손발 노릇을 한 조선인들은 해방된 조선, 그것도 섬 안에서 하릴없이 움츠러들 수밖에 없었다.

　그런데 해가 바뀌면서 일제에 부닐던 자들이 다시 어깨에 힘을 주기 시작했다. 남과 북을 아우른 조선임시정부 수립을 목표로 한 미소공동위원회가 1946년 5월에 결렬되자 한층 댕댕하게 기세가 올라 볼썽사나웠다. 삼팔선이 해소될 전망이 캄캄해지는 상황이 그들에겐 한줄기 빛이었다.

　민족 앞에 드리운 칠흑의 장막에서 쑹쑹이 이승만은 삼팔선 이남만의 단독정부 수립을 부르댔다. 그런 가운데 전라도에 속해 있던 제주를 분리하면서 도 격상에 맞춘다는 명분으로 섬에 상주하는 경찰 병력을 크게 늘렸다. 경찰 대다수가 일제의 주구 노릇을 했기에 우리는 촉각을 곤추세울 수밖에 없었다.

당시 민중의 고통은 무장 커졌다. 뭍으로, 일본으로 건너갔던 사람들이 돌아오면서 인구는 늘어났는데 농작은 대흉년이었다. 콜레라까지 창궐해 탐라에서만 수백 명이 목숨을 잃었다. 환자가 생기면 집에 돌담을 높이 쌓아 격리했지만, 무서운 속도로 퍼져 우리 이웃 마을까지 들어왔다. 그럼에도 전체 교사 모임을 뒷받침하느라 섬 전역을 돌아다니는 돌하르방이 걱정되어 나는 밤잠을 이루지 못했다.

죽음의 공포가 파도처럼 밀려오면서 아버지가 걸어온 심방의 세계를 깊이 탐구해보고 싶기도 했다. 연희전문 철학과를 나온 오빠가 탐라로 돌아와 아버지의 길을 묵묵히 걷고 있었기에 어떤 세계일까 더 궁금했다. 그래서였을까 오빠가 애지중하는 딸내미가 벙실벙실 웃다가도 내 얼굴과 마주치면 몇 초를 뚫어져라 살피다가 곧장 울음을 터트릴 때 민망하고 어딘가 언짢았다. 아기의 반응이 되풀이되자 올케조차 종종 불안한 눈길을 던져 더 그랬다.

탐라에 들어온 직후에 '귀향의 뜻'을 넌지시 물어보았을 때 오빠는 엷은 미소를 지으며 직답을 피했다. 바람에 실려 보내듯 말했다.

"이름 좋은 하눌타리라는 말 들어보았지? 서양철학이 딱 그렇더구나. 자못 웅장해 보여 들어갔는데 안은 별거 없어."

나는 오빠에게 마르크스 철학은 어떻더냐고 물어보려다가 참았다. 돌하르방도 나도 이미 스탈린주의에서 한 발 빼고 있어서였다. 언젠가 본격적으로 오빠와 이야기를 나눠보자며 마음을 다잡고 있을 때, 콜레라가 한풀 꺾이더니 시나브로 사라졌다.

바깥 활동이 자유로워지면서 나 또한 교사 모임에 몰입하느라 심방의 세계는 다시 멀어졌다. 눈에 보이지 않는 것은 없다고 생각하는 아이들처럼 나 자신 과학의 범위를 넘어서는 차원에 불신이 깔려 있었기에 더 그랬는지도 모르겠다. 과학이란 인간 지식, 더구나 지혜의 아주 작은 영역임을 비로소 깨달은 것은 그로부터 옹근 반세기가 지나 원고지 빈칸에 한 글자 한 글자를 채워가면서다.

17

처음 미군이 조선에 들어와 일본군을 무장해제할 때 민중은 환호했다. 그런데 친일파를 처벌하기는커녕 군정 요직에 기용하고, 토지개혁을 거부하면서도 식량 대책을 세우지 않아 굶어 죽는 사람들이 가파르게 늘어났다. 보건 정책도 전혀 없어 콜레라까지 창궐하자 민중의 마음은 미군정에서 떠날 수밖에 없었다. 일제의 앞잡이로 독립운동가들을 체포한 순사가 해방 정국에 다시 경찰로 날뛰며 독립운동을 한 바로 그 사람을 연행해 고문하는 작태가 삼팔선 이남 여기저기서 벌어졌다. 분노는 걷잡을 수 없이 퍼질 수밖에 없었다. 더구나 친일 세력 청산을 가장 선명하게 주장해온 조선공산당을 미군정이 전격 불법화하며 독립운동으로 옥고를 치렀던 사람들을 마구 구속하고 박헌영 선생에게도 체포령을 내림으로써 타오르던 불길에 기름을 부었다.

1946년 가을 전국에서 총파업이 벌어진 가운데 돌하르방과 다혁당 활동을 벌였던 대구에서 경찰의 발포로 노동자 두 명이 절명했다. 분노한 민중이 거리로 나서자 어기뚱한 미군정은 무자비한 탄압에 나섰다. 사상자가 늘어나 시위는 경상도 전체로 퍼졌고 충청도, 경기도, 강원도, 전라도로 이어졌다. 미군정이 불법화한 조선공산당을 대신할 새로운 정당도 세웠다. 1946년 11월 합법적인 대중정당으로 남조선로동당이 활동에 나섰다.

남로당 제주도당은 돌하르방과 내게 다시 입당 제의를 했다. 우리는 일 년 전과 달리 당이 몰리고 있으므로 힘을 보태야 옳다는 생각도 했지만, 교육 운동가들까지 굳이 당에 가입할 필요는 없다고 판단했다. 물론, 앞서 기술했듯이 당에 '강철 확신'도 없었다.

제주도당은 이듬해 삼일절을 맞아 사회단체들과 기념행사를 기획했다. "친일파 민족반역자 뿌리 뽑기"와 "최고지도자 박헌영 선생 체포령 철회", "민주주의 임시정부 수립 만세!", "민중 경제를 파괴하는 모리배 소탕"과 같은 구호를 내걸었다. 당원은 아니지만 돌하르방과 나는 백분 공감했고, 그날 대회에 참여했다.

1947년 3월 1일, 아침 일찍 집을 떠나 삼일절 기념 대회가 열리는 제주북국민학교에 도착했을 때만 해도 피비린내 나는 '운명의 날'이 열리리라고는 종작도 할 수 없었다. 기념식을 마쳤을 때 돌하르방과 내 마음은 넉넉해졌다.

"삼만여 명은 되는 것 같죠? 이렇게나 많이 오리라곤 몰랐네."

"대회를 준비한 사람들이 애쓴 것 같소. 미국도 이제 우리의 뜻을 잘 알았을 테니 변화를 기대해봅시다."

나름 희망 섞인 기대를 나누며 평화적으로 가두시위를 벌이는 행렬 끝자락에 가벼운 마음으로 합류했다. 그때 우리가 걸어가는 옆으로 기마경찰이 아슬아슬 스쳐갔다. 조마롭게 바라보았는데 얼마 가지 않아 말굽에 기어이 한 아이가 차였다. 그런데도 경찰은 그대로 말을 몰았다. 현장에 있던 사람들이 누가 먼저랄 것 없이 그 경찰에게 소리 지르며 쫓아갔다. 더러는 돌멩이를 던졌다. 우리도 항의에 동참하러 발걸음을 재촉했다.

그런데 돌연 총성이 요란하게 울렸다. 아이를 말굽으로 치고 간 경찰을 쫓아 경찰서 앞까지 간 사람들이 여기저기 스러졌다. 젊은 남자들이 뛰어들어 피투성이 된 부상자들을 도립병원으로 옮겼다. 우리도 나섰다. 등에 총을 맞은 여성을 돌하르방이 업고, 공포에 질린 채 울고 있는 아이는 내가 안았다. 병원으로 들어가는데 다시 총성이 울렸다. 병원에 있던 경찰이 발포해 우리 옆을 지나던 두 명이 고꾸라졌다. 엎어진 등 밑에서 주르르 피가 흘러 작은 줄기를 이뤘다.

명백한 만행이었다. 그날 젖먹이를 안고 있던 젊은 엄마를 비롯해 여섯 명이 숨졌다. 그럼에도 당국은 민심 수습에 나서지 않았다. 외려 경찰서 앞 발포가 정당했다고 강변했다. 새빨간 거짓말이다. 내 두 눈으로 바로 옆에서 목격했다.

나는 기마경찰이 부러 아이 쪽으로 말을 몰았다고는 생각하지 않는다. 아이가 행렬에서 조금 벗어나 길 쪽으로 나가 있었던 것도 사실이기 때문이다. 그럼에도 말굽에 아이가 차였다면 곧장 말에서 내려 병원으로 데려가겠다고 말해야 옳았다. 두려움에 그 기회를 놓쳤다면, 경찰서로 들어간 뒤에라도 문 앞에 얼굴을 드러내고 자신의 실수를 인정하며 해명해야 순리였다. 그것도 싫다면 최소한 발포는 하지 말았어야했다. 죽은 사람 여섯 가운데 다섯 명이 등에 총을 맞았다.

갈수록 태산이었다. 경찰은 곧장 저녁 일곱 시부터 다음날 아침 여섯 시까지 통행금지령을 내렸다. 다음 날엔 학생과 주민을 줄줄이 연행하기 시작했다. 총을 쏜 경찰들과 연행하는 경찰들이 뭍에서 왔다는 사실이 알려지면서 섬 전체가 술렁였다.

진상조사단을 꾸리자는 최소한의 요구조차 경찰이 거부하자 분노는 눈덩이처럼 커졌다. 아무런 무기도 없이 매나니인 민중에게 유일한 무기는 연대였다. 섬 전체가 전면 파업을 하자는 움직임이 일었다. 민중이 적극 호응했다.

우리의 요구는 단순했다. 발포 책임자 및 발포 경관을 문

책하라, 희생자 유가족과 부상자의 기본 생활을 보장하라, 친일 경찰을 청산하라는 지극히 상식적인 수준의 것이었다.

친일 경찰 청산 요구가 자신들을 위협한다고 판단한 걸까. 서울에 있는 경찰 수뇌부들은 탐라를 아예 '붉은 섬'으로 몰아갔다. 뭍에서 외지 경찰들이 속속 들어왔다. 경찰 병력을 크게 늘린 경무부장 조병옥은 '파업 주모자 일망타진'을 명령했다.

대대적인 검거 선풍이 몰아쳤다. 굴비 엮듯 연행한 주민들을 뭍에서 온 경찰이 고문한다는 소식도 퍼졌다. 파업에 참여했다는 이유로 교사들까지 마구잡이로 체포해갔다. 이승진, 그러니까 '김달삼'이 일하던 대정중학교는 교사들을 연행한 뒤 그 자리를 이북 출신으로 메웠다.

제주도와 아무런 연고도 없이 서울에서 임명되어 온 도지사는 서북청년단원들을 거느리고 왔다. 경호를 맡긴다는 명분이었다. 곧이어 관공서에서 파업에 참여한 사람들이 죄다 파면당했다. 검거 선풍은 끝없이 불어왔다. 심지어 초대 도지사를 지낸 이까지 잡아 가뒀다. 서북청년단의 검은 마수가 서서히 발톱을 세워갔다.

서북청년단이 처음 제주에 나타났을 때 돌하르방도 나도 그 실체를 정확히 몰랐다. 하지만 곧 그들이 삼팔선 이북의 지주나 친일파 집안 출신으로, 토지개혁과 친일 청산 과정에서 남쪽으로 도망 온 사람들임을 알 수 있었다.

친일 지주 집안에 태어나 일제강점기에도 내내 온갖 향락을 누리던 그들은 갑자기 소작인들과 평등해져 직접 농사를 지어야 한다는 현실을 받아들이지 못했다. 가당찮게도 소작인들이 자기들을 배신했다며 치를 떨었다. 가까스로 삼팔선을 넘어왔는데, 남쪽에서도 친일파 청산과 토지개혁을 요구하는 민중운동이 활활 타오르자 불안감과 적개심이 동시에 커졌다. 바로 그들을 노회한 친일 세력이 끌어들여 적극 이용했다.

'붉은 섬' 제주를 평정한답시고 들어오기 시작한 서북청년단은 제주읍에서 친일파 청산을 주도하는 사람들 집을 습격해 닥치는 대로 부수고 가족들을 폭행하며 '신고식'을 했다. 경찰은 말로는 수사한다고 밝혔지만 의지가 도무지 없었다.

친일 경찰들의 횡포에 서북청년단의 공공연한 테러가 더해지며 1947년 '아름다운 섬'의 가을은 핏빛 공포로 물들어 갔다. 뭍에서 들려오는 소식도 무장 험악했다. 중국 대륙에서 온몸으로 일제와 맞서 줄기차게 독립 투쟁을 벌인 김원봉 장군마저 친일 경찰 노덕술에게 끌려가 수모를 당했다는 말을 듣고 나도 돌하르방도 푸르르 몸을 떨었다.

서리를 밟거든 그 뒤에 얼음이 올 것을 각오하라는 옛말을
건성으로 여겼던 나는 그 대가를 누구보다 혹독하게 치러야
했다.

18

지리산에서 해방을 맞던 그날, 나는 아주 조금 '그'를 생각
했다. 망나니 박병도. 그가 아직 대구에 있든 다른 곳으로
옮겼든 몰매를 맞거나 시퍼런 낫에 성기를 잘려 죽었으리
라 짐작했다. 아니 소망했다. 그놈이 유린한 조선의 처녀들
이 얼마나 많았던가. 설령 용케 숨었더라도 해방된 조선에
서 언젠가 마땅히 벌 받으리라 확신하며 그만 잊자고 다짐
했다.

　뭍을 떠나 아름다운 섬, 탐라로 돌아와 조용히 교사 부부
로 살아가던 내가 두 해도 더 지나, 그것도 경찰서에서 망나
니를 다시 만나리라곤 꿈에도 생각하지 못했다.

　미군정의 대대적인 검거 선풍이 잦아들던 10월의 어느 날,
뉘우치며 자숙할 섬에 미군을 등에 업고 되레 화장걸음 치
는 친일파들로 시국은 몹시 뒤숭숭했지만 나는 그래도 교단

에서 행복했다. 세상이 거꾸로 될수록 다음 세대를 똑바르게 길러내야 한다고 다짐하며 초록 칠판에 하얀 백묵으로 '경천애인'을 쓰고 아이들에게 최대한 쉽게 풀이해주었다. 설명은 들을 생각도 없이 '애인'이라는 말에 키득키득 소곤대는 아이들을 보면서, 작은 가슴에 퍼져가는 사랑의 설레는 기대감을 읽을 수 있어 뭉클했다. 그래도 하늘을 우러르며 사람을 사랑해야 한다는 설명을 마치 빨려들 듯이 듣는 아이들의 눈동자에서 땅거미 진 절울이의 불란지를 발견하며 새삼 교육이 얼마나 아름답고 즐거운 노동인가를 절감했다.

정확히 그 지점에서 돌연 교실 문이 열리더니 경찰이 들이닥쳤다. 아이들은 겁에 질려 눈만 동그랗게 뜨고 내가 교실 밖으로 끌려가기까지 아무 말도 하지 못했다. 학교 밖을 지배하는 야만이 어느새 아이들까지 겁박하고 있는 사실에 새삼 아픔이 밀려왔다. 복도를 질질 끌려가면서 삼 년 전 대구에서 일어난 사건과 어금버금해 과연 내가 해방된 나라에 살고 있나 의문마저 들었다.

경찰서로 들어가면서도 나는 삼 년 전과 얼마나 비슷한 일, 아니 더 끔찍한 일이 벌어질지 상상도 못했다. 경찰은 나를 취조실에 두고 나갔다. 나는 사뭇 의연하게 앉아 있었다. 지금은 일제의 식민지가 아니다, 나는 당원도 아니다, 교사 일에만 몰입해왔다고 스스로 확인하니 마음마저 평화로웠다. 더구나 내 나라 아닌가.

그 순간, 그가 들어왔다. 선뜩했다. 바로 망나니 아닌가.

"이거 참 오랜만이군. 설마 나를 잊지는 않았겠지?"

"아니!"

평정을 잃었다. 온몸이 푸들푸들 떨렸다.

"와, 역시 잊지 않았군, 하긴 어떻게 첫 남자를 잊겠어. 응?"

"뭐라? 네놈이… 감히…."

"감히? 무슨 뜻이야? 어떻게 네 첫 남자를 자처하느냐는 거야? 아니면 어떻게 여기 있느냐는 거야? 흐흐, 첫 남자가 맞잖아. 그리고 여기에 빨갱이들이 많다기에 자원해 왔지. 그러니까 날 이 섬으로 강인혁이 불러들인 셈이야. 해방 뒤 섬에 들어온 사람들을 조사하다가 너와 강인혁 이름을 발견했어. 고은하라는 이름에 얼마나 반가웠는지 몰라. 그런데 얼굴이 왜 그래? 반가운 기색이 전혀 없잖아. 첫 남자에게 이래도 되는 거야?"

"닥쳐, 나는 망나니 놈에게 조사받을 수 없다."

그 말과 함께 나는 고래고래 소리 질렀다. 수사관을 바꿔 달라, 이놈은 악질 왜놈 경찰이다 외쳤다. 야지랑스럽게 조소만 보내던 망나니가 손사래 치며 말했다.

"실컷 소리쳐봐. 그래 봐야 네 목만 아플 걸?"

"이런 나쁜 놈!"

"이제 그만 닥쳐. 그렇지 않아도 너를 보면 반가움과 함께 분노가 치밀어 오르거든. 너 결혼했다며? 그 빨갱이 놈과?"

"네놈은 친일파 청산하자면 다 빨갱이니?"

"그놈은 벌써 튀었어. 아마 지금은 한라산 꼭대기 백록담까지 달아나 숨었겠지. 그래 봐야, 죽은 목숨이야."

"미쳤구나?"

"미쳤다? 흐흐. 그럴지도 모르지. 네 몸을 그놈이 올라탄 상상만 해도 열불이 나거든? 그런데 이 박병도가 지금 널 이렇게 부드럽게 대하고 있잖아? 왜 그러겠어?"

어이가 없어 그를 물끄러미 바라보았다.

"이 박병도가, 천하의 박병도가 참말로 미치겠어. 그동안 내가 널 얼마나 보고 싶어 했는지 알아? 그런데 도망가서 빨갱이 놈과 결혼까지 해? 돌아버리겠군. 대체 그놈과 얼마나 붙어먹은 거야?"

"아무런 죄도 없는 나를 이렇게 수갑 채워도 되는 거냐! 빨리 풀어!"

"수갑? 아, 그거 몰랐군. 풀어줄게. 단, 네 죄는 들려주지."

망나니가 일어나 다가오며 말했다.

"네 죄는 내 호의를 무시하고 도망간 거야. 어때? 그 벌을 받아야 양심적이겠지?"

눈빛이 빠르게 변했다. 수갑을 풀어주는 척하다가 옷 속에 손을 넣어 젖가슴을 거머쥐었다. 순간, 숨이 막혀 말이 나오지 않았다. 망나니의 눈빛은 이미 사람의 눈이 아니었다. 가슴에서 손을 빼자마자 심문실 구석에 놓인 철제 침대에 나를 던지듯 눕혔다. 수갑 찬 두 손을 위로 올리더니 침대 난간대에 걸었다.

"이놈!"

망나니는 치마를 들어 올리고 어느새 속옷을 내렸다.

"무슨 짓이냐, 이놈! 나는 결혼한 여자란 말이다."

"흐흐. 그래? 남편 있는 여자를 손에 넣는 게 남자로서 가장 보람인 걸 모르나?"

망나니는 재빨리 혁대를 풀고 제복 바지를 훌러덩 벗어 던졌다. 속옷은 없었다. 상의는 입고 군화까지 신은 채 아랫도리만 벌거벗은 놈의 모습은 추하기 이를 데 없었다. 사타구니에 돌출된 흉기를 제 손으로 흔들어대며 새롱거렸다.

"빨갱이 놈이 내가 찍어둔 몸을 얼마나 길들였는지 확인을 해야겠군."

"하긴 그놈은 어리석게도 친일파 청산한답시고 네 몸을 아껴주지도 않았을 거야. 안 그래?"

"외롭지 않았어? 봐, 이 박병도의 연장을. 우람하지 않아? 느껴보면 황홀할 거야."

망나니는 야불대며 내 몸을 마구 더듬었다. 독사가 몸속으로 들어오려 머리를 요리조리 흔들어대는 느낌에 진저리치며 떨었다.

"호, 벌써 몸이 달아오르나 보군. 좋아."

"제발, 이러지 마, 안 돼!"

"곧 좋아할 거야."

"이 악독한 놈. 네가 인간이냐!"

설마, 설마 했지만 놈은 기어이 흉기를 들이밀었다. 있는 그대로 진실을 기록하는 과정에서 트라우마를 치유할 수 있다기에 쓰고 있으나 그 추잡한 짓을 더는 글로 옮기지 않으련다. 개망나니는 흠흠한 눈웃음으로 내 몸을 훑으며 바지를 다시 입을 때도 실떡거렸다.

"남편 있는 여자를 갖는다는 그 말, 내가 지어낸 게 아니야. 대영웅 칭기즈칸이 남긴 금언이지. 아무도 그를 변태나 파렴치한이라고 생각하지 않잖아? 너와 내가 딛고 있는 인간 세상의 현실이야. 그러니 지금이라도 마음 고쳐먹어. 아름다운 여자가 더 강한 사내와 사는 것은 만고의 진리서는.

네 몸은 훌륭해. 반주그레한 얼굴, 탐스러운 몸 구석구석, 모두 예술이야. 더는 너를 놓치고 싶지 않아. 아니지. 절대로 놓치지 않겠어. 당장 오늘부터 평생 내 옆에 살 생각해. 너는 내 운명이야.

그리고 그 반지, 그거 구리 아닌가? 설마 그게 결혼 예물은 아니겠지? 만일 그렇다면 그놈이 널 얼마나 싸구려 취급하는지 알아둬야 할 거야. 사내들은 여자를 진정으로 사랑하면 절대 돈을 아끼지 않거든. 내가 너에게 아주 큰 다이아몬드 반지를 선물해주지. 기대해도 좋아. 너 스스로 그따위 구리 반지는 버리고 말거야."

혼자 북 치고 장구 치던 개망나니는 제 흥에 겨워 아예 오늘부터 자신의 집으로 나를 데려가겠다며 직접 미군 지프차를 몰았다. 차 안에서 개망나니는 "잠깐 네가 살던 집에 들를 테니 간단한 옷들만 챙겨 나와"라고 말했다. 이어 "이제 더는 도망갈 수 없어, 너는 확실히 내 것이 되었잖아", "이런 것이 인연이라는 거야, 아니 연분이지", "나 박병도가 널 평생 호강시켜주겠어", "강인혁과 살면 미래가 없다니까", "그놈은 이미 줄행랑을 놓았어"라고 덜퍽부렸다.

박병도의 부하가 학교에서 나를 체포할 때, 그는 돌하르방이 일하는 학교를 덮쳤다. 하지만 체포에 실패했다. 곧장 급습한 우리 집도 비어 있어 돌하르방이 이미 한라산으로 도주했다고 판단했을 터다. 돌하르방이 수갑을 들고 교실까지 들어온 경찰과 맞서 유도로 눕히고 담을 넘어 급히 피신한 것은 맞다. 하지만 내가 연행된 사실을 들은 남편은 다시 웃모슬개로 잠입했다.

우리 집 마루 아래에 한 달 전 파놓은 지하에서 체포망을 벗어난 교사들과 으밀아밀 대책을 논의하고 있었다. 그러다가 밖에 지프가 서고 인기척이 나자 몸을 숨기고 상황을 주시했다. 개망나니는 내 몸을 가졌다는 달뜬 기분으로 휘파람을 불어대며 망연자실한 나를 무시한 채 집 여기저기를 살펴보았다. 이윽고 벽에 걸려 있던 '경천애인' 액자를 훑어보다가 작은 글자로 적어놓은 '강인혁'을 보더니 한껏 조롱했다.

"경천애인? 제 마누라조차 건사 못 하는 주제에 놀고 있군."

목소리와 발자국 소리로 내가 경찰 한 명과 단 둘이 집에 들어온 사실을 확인한 돌하르방은 조심조심 지하에서 나왔다. 그는 '경천애인' 글자를 헐뜯느라 방심하고 있던 개망나니 뒤로 살금살금 다가섰다. 인기척을 낸 뒤 돌아보는 개망나니를 단숨에 메쳤다. 곧바로 뛰쳐나온 교사들이 몽둥이로 몰매를 가했다.

코피로 범벅이 된 개망나니가 공포에 질려 둘레를 살폈다. 돌하르방이 침착하게 물었다.

"못 보던 얼굴인데? 언제 들어온 거야."

"…."

"계급장을 보아 하니 해방 전부터 순사질 했겠군?"

나를 흘끗 바라본 뒤 개망나니가 답했다.

"해방 전에 평양에 살았고 논밭 관리하느라 바빠 경찰 따윈 할 이유가 없었다."

대구에서 내게 저지른 일을 감추려는 의도였다. 하지만 그 거짓말도 죽을 꾀였다.

"오, 그래? 평양에서 지주로 살았다면 그럼 네놈이 바로 뭍에서 기어든 서북청년단 출신 경찰이구나?"

개망나니가 찔끔했다. 그러자 동료 교사들이 다그쳤다.

"서북청년단이면 고문깨나 했겠어. 게다가 저 계급장까지 달려고 얼마나 악독하게 굴었을까. 틀림없네. 후환을 없앱시다."

돌하르방은 망설였다. 남편의 너그러운 성격을 잘 알기에 정신을 가까스로 수습한 나도 거들었다.

"처단해요."

남편은 뜻밖이란 눈빛을 던졌다. 그 순간, 나도 모르게 술술 말이 나왔다.

"내 앞에 심문받던 사람들이 저놈 방에 들어가서 줄줄이 비명을 질러댔어요. 아주 악질 경찰이에요."

재빠르고 교활하게 대응하는 스스로가 경악스러웠다. 눈방울 굴리던 개망나니가 나와 돌하르방을 번갈아 바라보더니 코피를 훔치며 내게 말했다.

"이봐요. 조금 전 내가 당신을 조사하며 어떻게 했는지 벌써 잊었단 말이오?"

말투가 사뭇 가라앉아 공손한 듯했다. 하지만 저놈이 무슨 말을 하는가 싶어 가슴이 섬뜩했다.

"털끝 하나 손대지 않았잖소. 더구나 내 어린 시절 담임 선생님을 닮아 집까지 곱게 바래다주었는데 날 죽이라고? 이건 아니지. 내가 뭘 잘못했소? 말해보시오."

"…."

"그쪽이 남편이오? 내게 고마워해야 할 거요. 그쪽 아내에게 베푼 호의를 사내라면 마땅히 갚아야 하지 않겠소?"

말문이 막혔다. 그때까지도 아랫배로 독사가 기어든 느낌에 진저리 치고 있었지만, 차마 조금 전에 일어난 일을 남편에게 말할 용기가 없었다. 성 고문 당했다며 놈을 처단하라는 말이 다시 목까지 올라왔다. 그럼에도 돌하르방 동료들이 있는 자리라는 핑계로 꾹 눌렀다. 그 짧은 순간, 놈을 죽이자는 말을 하자고 몇 번이나 결심했던가. 또 얼마나 그 말이 목구멍에 걸렸던가. 내게는 기나긴 시간이었지만 물리적 시간으론 몹시 짧아 어느새 놈은 용서까지 받고 있었다.

"좋다. 네가 약속을 지킬 수 있다면 살려주겠다."

"약속하오. 말해보시오."

"너도 사내고 나도 사내로서 약속이다."

"사내라면 그쪽보다 내가 더 사내일 거요."

엉거능측한 개망나니는 이미 여유를 부리기 시작했다. 돌하르방은 빙시레 웃으며 받아주었다.

"널 그대로 두고 갈 테니 내일 오전 중에 곧장 우리 섬을 떠나라."

"…."

"왜? 싫으냐?"

"아니오, 떠나겠소."

"너라면 삼팔선을 다시 넘을 수 있을 거야. 이제부턴 네 손으로 직접 일하며 살아야겠지. 네가 지주 아들이라 토지개혁에 반발하는 것도 이해할 수는 있다. 하지만 잘 생각해라. 지

196

주들이 놀고먹으며 땀 흘려 일한 소작인들 등골은 물론, 아내나 딸까지 멋대로 취해온 그 기나긴 세월은 이제 끝장내야 옳지. 민주주의 세상이 왔으니까! 조상 대대로 누려온 특혜와 패악을 성찰하고 지금부터라도 너의 인생을 가치 있게 만들려면 내 충고 고깝게 듣지 마. 내 말 이해하나?"

"이보게. 자네 왜 그러나? 서북청년단 놈들은 말이야, 쇠귀에 경 읽기라네. 저놈은 이미 우리 얼굴도 다 보았어. 자네 아내를 무사히 보내주었다고 그렇게 유해진 건가?"

몽둥이 든 교사가 내게 의혹의 눈길을 던지며 말했다. 나는 다시 뜨악해 움츠러들었다. 개망나니에 대한 분노 못지않게 남편이 진상을 알면 안 된다는 생각이 나를 짓누르고 있었다. 움찔한 개망나니가 남편에게 잽싸게 간살까지 떨었다.

"참말로 선하신 분이시오. 일러주신 말씀대로 내 반드시 농사짓고 살겠소."

머리까지 숙여 인사를 하면서 나를 흘끗 바라보았다. 어느새 퉁퉁 부어오른 눈두덩 아래로 능멸하는 웃음을 머금었다. 곧바로 고개를 든 개망나니는 힘주어 거듭 다짐했다.

"거짓말 아니오! 듣다 보니 참말로 내 생각이 짧았소. 지금부터라도 사람답게 살고 싶어졌소."

"고맙소."

남편은 심지어 손을 내밀었다. 굳게 악수했다.

"속으면 안 되네, 풀어주자마자 부하들을 소집해 우리를 추격할 거라고 장담하네."

"믿어주시오. 나는 약속을 저버리는 사람이 아니외다. 진정으로 이 순간 반성하고 있소. 풀어주면 바로 사표를 내고 제주항으로 가서 이십사 시간, 아니 열두 시간 안에 이곳을 떠나겠소."

남편은 결국 개망나니를 풀어주었다. 반대했던 교사들이 혀를 차며 서둘러 이곳을 뜨자고 말했을 때도 망설였다.

"그를 믿어봅시다."

"그럼, 자네는 그자를 믿고 그냥 여기 있게나. 하지만 자네 아내는 어떻게 하고?"

그 말에 돌하르방 마음이 흔들렸다. 식량을 모두 챙겨 집을 나섰다. 어둠을 타고 산방산 가까이 갔을 때, 우리 집 쪽에서 저마다 손전등을 든 경찰들이 여기저기를 비추었다. 호루라기도 소란스레 울렸다. 돌하르방이 신음하듯 말했다.

"미안하오. 내가 저지른 과오에 어떤 책임도 지겠소."

하지만 아니다. 그게 어찌 돌하르방의 과오란 말인가. 씻을 수 없는 나의 과오였다. 내 몸은, 아니 내 마음은 그날 얼마나 추했던가. 개망나니를 무릎 꿇린 바로 그 순간에 내가 진실만 밝혔어도 그는 살아남지 못했을 터다. 그랬다면, 아, 그랬다면….

19

절울이 아래 신혼집에서 내가 모르쇠 놓은 진실은 그러나 묻히지 않았다. 다시 그날로 돌아가 보자.

우리 일행은 경찰 추격을 분산하자며 흩어졌다. 돌하르방과 나는 허점을 노려 안덕계곡으로 숨어들었다. 그곳에서 이틀을 보낸 뒤 아버지와 친근한 심방의 중개로 한라산 중턱 외진 곳에 자리한 무녀 집에 머물렀다. 무녀와 홀어미가 된 딸, 세 살 된 아들이 살고 있었다. 아이 아버지는 군경비대에 들어갔는데 콜레라가 창궐할 때 숨졌다.

우리는 폐 끼치지 않으려고 최선을 다했다. 산 생활에 익숙한 돌하르방은 입산한 동료들과 회의가 없는 날이면 늘 사냥을 해왔다. 나는 안살림을 도왔다.

산속에서 스산한 가을을 보내며 잘그락거리던 마음을 가까스로 치유하고 새 출발을 다짐할 때였다. 저녁상 앞에 앉아 숟가락을 떴는데 갑작스레 구토가 몰려왔다. 당황해 입을 가렸다. 곧 괜찮아져 잼처 숟가락을 들자 구역질이 재차 밀려왔다. 왜 이럴까 싶을 때, 무녀의 딸이 간파했다.

"어머, 아이가 들어섰나 보네요. 두 분 축하해요."

벼락이 정수리를 때렸다. 멍한 상황에서도 곧장 남편을 보았다. 어느새 가여운 얼굴이 새하얗게 변해 핏기 하나 없었다. 무녀는 말없이 숟가락을 움직였다. 무녀 딸이 돌하르방을 보며 은근히 나무랐다.

"기뻐하세요. 아무리 세상이 어려워도 아기는 축복이잖아요."

"아, 네, 그럼요."

내가 묻은 진실은 그렇게 부르터나와 온몸으로 존재를 드러냈다. 잔인하게, 나 여기 있노라고.

개망나니가 나를 범했을 때를 빠르게 짚어보니 가임기였다. 그 뒤 생리를 하지 않은 사실도 불현듯 엄습해왔다. 검거 선풍이 불며 동료들이 무시로 연행되던 시기에 남편과 나는 거의 사랑을 나누지 못했다. 그나마 절정의 순간에 언제나 그랬듯이 몸을 빼지 않았던가.

남편은 절망하는 내게 아무것도 캐묻지 않았다. 그날 밤, 잠들기 전에 다짐하듯이 무게 실은 말을 건넸을 따름이다.

"음, 아무래도… 그날 같소."

등을 보이고 모로 누워 있던 나는 심장이 쿵쾅거렸다. 남편은 애써 담담하게 말하려 했지만 무겁게 이어졌다.

"그날 미처 몸을 다 빼지 못했소. 괜찮으리라 판단해서 말하지 않았는데… 그때 임신한 듯하오."

"아직 임신인지 아닌지도 몰라요."

"그렇지. 그런데 임신이 사실이어도 걱정하지 마오. 당신의 몸에 새로운 생명이 자라다니 얼마나 큰 축복이오. 어떻게 해서든 우리 아기와 당신이 행복하게 살아갈 수 있도록 최선을 다하겠소."

울컥 눈물이 쏟아져 흘러내렸다. 몸을 다 빼지 못했다는 남편의 말이 나를 위로하려는 거짓이라는 생각이 들자 걷잡을 수 없이 심란했다. 소리는 가까스로 죽였지만 갈쌍이던 눈물은 이미 베개를 흥건하게 적셨다. 앞으로 남편 얼굴을 어떻게 볼까 싶어 차라리 죽고 싶었다. 개망나니의 자식이 내 배 속에서 자라고 있다는 사실, 더구나 그 아기는 내 자식이기도 하다는 진실을 도저히 받아들일 수 없었다. 남편에게 그날 일어난 일을 모두 고백하자며 얼마나 숱하게 작심하고 다가갔던가. 하지만 또 얼마나 변심하고 모르쇠 놨던가. 홀로 있을 때면 울다가 웃고, 웃다가 울음을 터뜨리기 일쑤였다.

간절한 기대도 보란 듯이 물거품이 되었다. 배가 부풀기 시작했다. 내 몸 안에 새로운 생명이 존재한다는 벅찬 기쁨과 그 아이의 아버지가 개망나니라는 깊은 절망이 내내 시계추처럼 오갔다. 이제 나에게 남은 단 하나의 실낱 희망은 남편이 미처 다 몸을 빼지 못했다고 한 '증언'이다. 그것이 거짓임을 잘 알면서도 나는 어쩌면 진실일지 모른다고 애써 믿으려 했다. 그래서 남편이 내게 먹이겠다며 사슴을 사냥해 왔을 때 고맙다며 개감스레 위장에 쏟아붓기도 했다. 그렇게 뻔뻔하게 나는, 우리는, 배 속에서 자라는 태아를 보며 1947년 가을, 겨울을 보내고 봄을 맞았다. 산 아래 세상은 무장 험하게 변해갔다.

미군정은 삼팔선 이남만의 '단독 정부'를 수립하는 절차를 밟아갔다. 이에 맞서 남쪽 전역에서 총파업이 벌어졌지만 미군정과 이승만은 콧방귀도 뀌지 않았다. 경찰은 단정 수립에 반대하는 사람들을 줄줄이 연행해 고문했다.

제주에서도 만행은 극심했다. 1948년 초에 경찰에 끌려간 청년 세 명이 고문으로 잇따라 숨졌다. 시신은 곤봉과 돌로 찍히고 총구멍이 나 처참했다. 산 아래서 잔혹한 고문 소식이 끊임없이 들려왔다. 머리카락을 묶어 천장에 매달고 송곳으로 불알을 찔러 죽였다는 말을 들었을 때, 내 배 속에서 자라는 아기의 아비라는 인간이 감춰 새삼 치를 떨었다. 그날 밤, 철제 침대에 알몸으로 꽁꽁 묶인 박병도에게 다가가 그의 불알을 송곳으로 찌르고 또 찌르는 꿈을 꾸다가 깨어났다.

곤봉과 돌에 찍히고 총구멍이 난 시신이 발견된 지 닷새째 되는 날, 1948년 4월 3일 마침내 무장봉기가 일어났다. 연초부터 산중에서 무장봉기가 논의될 때, 돌하르방은 신중론을 폈지만 당원이 아니기에 발언권이 약할 수밖에 없었다. 무장봉기를 가장 강력히 주장한 사람은 이승진이었다. 경찰의 고문과 살해가 이어지자 도당 내 반대론자들의 입지가 좁아졌다. 봉기의 과녁은 악질 경찰과 서북청년단이었다. 그날 새벽 두 시에 우리도 지시에 따라 봉화를 올렸다. 한라산 중턱마다 붉은 봉화가 타오르면서 삼백 명이 넘는 무장대가 경찰지서와 서북청년단을 공격했다. 돌하르방은 내 출산이 임박했다는 이유로 가담하지 않았다.

무장대가 내려가고 먼동이 틀 무렵에 우리는 집 바로 뒤에 무녀가 신성시하는 큰 바위 위로 올라갔다. 멀리 산 아래에서 총성들이 들려왔고, 검은 연기도 여기저기서 올라왔다. 돌하르방이 무겁게 입을 열었다.

"당신에게는 내 생각을 분명히 밝히고 싶소. 나도 경찰과 서북청년단을 증오하오. 용서할 수 없소. 하지만 우리의 무장봉기가 어떤 피바람을 몰아올지 생각하지 않을 수 없소. 이승진은 경찰과 서북청년단만 공격하니까 군경비대와 미군은 나서지 않을 거라고 한사코 주장하는데, 그건 아니오. 미군정이 방관할 리가 없잖소? 그렇다면 우리의 선택이 과연 최선인지 짚을 수밖에 없소."

"알아요. 이미 산 아래로 무장대가 내려갔으니 군경비대와 미군이 나서지 않기만을 바랄 수밖에요. 당신 안 가길 잘했어요. 당신은 어떤 경우든 사람을 죽일 수 없는 사람이니까요."

우리는 근심에 가득 차 산 아래를 내려다보았다. 그날 거기서 남편에게 감히 내색할 수 없었지만, 아기가 배 속에서 꿈틀거리며 여기저기를 찼다. 몸 안에서 자라는 새로운 생명에 신비로움을 느끼면서도, 바로 그 '애비'의 숨통을 저 무장대가 단칼에 끊어주기를 간절히 바라는 내가 얼마나 비참했던가.

미군정은 무장봉기대의 순진한 전망을 비웃기라도 하듯이 곧바로 대응에 나섰다. 무장대가 미군이나 군경비대를 전혀 공격하지 않는데도 제주비상경비사령부를 설치했다. 서울에서 온 사령관은 무장대 봉기를 '폭동'으로 규정했다.

"이번 폭동은 선량한 도민들이 아니라 육지에서 들어온 악질 불량배들이 일으킨 것입니다. 그들 대다수는 잔악한 살인을 하는 백정들입니다."

라디오로 그 말을 들은 우리는 터무니없는 날조에 분노했다. 뭍에서 온 악질 불량배들은 바로 그들 아닌가. 왜놈의 앞잡이들과 흉악범들이 경찰 옷을 입고 우리 도민들을 개·돼지로 여기지 않았던가.

비상사령부 설치와 동시에 서북청년단이 본격적으로 들어왔다. 사령부는 무장봉기에 중국 공산군 출신이 개입됐다는 날조도 서슴지 않았다. 마침내 제주에 주둔하던 군경비대와 미군에게도 '폭동 진압'을 명령했다. 하지만 대화로 해결해야 한다는 도내 여론도 높아 군경비대 책임자와 무장대 이승진 사이에 평화 협상이 열리기도 했다. 돌하르방은 '마지막 기회'라며 타결을 간절히 소망했다.

전투를 중지하고 무장 해제와 하산이 이뤄지면 주모자들의 신병을 보장한다는 합의가 전해졌을 때 돌하르방도 나도 안도의 한숨을 쉬었다. 그러나 합의에 불만을 가진 서북청년단이 마을에 불을 질러 유혈 충돌을 유발했다. 군경비대와의 합의에 따라 하산하던 무장대에게 경찰은 총격을 가했다. 결국 '평화 합의'는 한낱 휴지 조각이 되었다. 동시에 새로 부임한 미군 사령관은 제주도 서쪽에서 동쪽까지 모조리 휩쓸어버리겠다고 선포했다. 곳곳에서 피의 학살극이 벌어졌다. 그 사실을 미처 모르고 있던 우리도 무녀 집에 갑자기 불어온 광란의 피바람을 피할 수 없었다.

　그날 만삭인 나는 집 뒤에서 남편의 손을 잡고 어정거리며 산책을 하고 있었다. 돌연 집 앞쪽이 소란스러웠다. 돌하르방은 긴급히 큰 바위 뒤로 내 손목을 이끌어 피신했다. 무녀의 목소리가 들렸다.

"나는 심방이오, 여기는 내가 신을 모신 곳이라오."

"신 같은 소리 하고 있네, 무당 주제에."

"썩 물러나지 못할까!"

　그 순간 억센 고함이 들렸다.

"뭐? 썩 물러나지 못할까? 이년이!"

　무녀의 비명과 동시에 울부짖는 소리들이 메아리쳐왔다.

"할머니!"

"어머니!"

　무녀 딸과 아이의 외침에 경찰 두 명의 목소리가 섞였다.

"이 새끼 또 뭐야?"

"이거 놓아요. 놓으란 말이야."

"걔는 제발 살려주세요. 우리는 무장대도 아니란 말입니다. 가만히 있는 사람들에게 왜 이러시는 거예요?"

"무장대? 너 지금 '무장대'라고 말했지? 폭도를 무장대로 부르는 걸 보니 빨갱이 마누라가 틀림없네."

"그러게, 이 얼라도 빨갱이 새끼인 게 분명해."

"아니어요. 걔 아버진 군경비대였어요. 콜레라로 죽었단 말입니다. 진짭니다."

"어, 그러셔? 콜레라 들먹이는 걸 보니 역시 빨갱이가 틀림없어."

"가만, 콜레라로 죽었으면 이 년이 지났잖아. 이거 많이 굶었겠군? 안 그래?"

"우리 이 과부에게 적선해주는 게 어때?"

그 순간 옷 찢는 소리가 들려왔다.

"우리 엄마에게 왜 그러는 거야. 비켜!"

아이가 달려든 듯했다.

"이 새끼가 살려뒀더니."

곧이어 뭔가를 치는 둔탁한 소리가 연이어 들렸다 곧 멎었다. 아이의 아우성도 잠잠했다.

"이놈들, 네놈들이 인간이냐!"

소름 돋는 절규였다. 뺨을 갈기는 소리가 연거푸 들렸다.

"하, 이년 기절했네."

"괜찮아, 실신한 년도 얼마든지 따먹을 수 있어."

"좋아, 그럼 내가 먼저 개시한다."

"빨리 해. 우리도 어두워지기 전에 내려가야지."

"와, 이년, 이 오동통한 사타구니 봐라. 죽인다."

그 순간, 돌하르방이 바위를 돌아 나갔다. 미처 잡을 틈도, 가지 말라고 소리 지를 수도 없었다. 돌하르방은 어느새 묵직한 돌을 손에 들고 가슴에 품었다. 벽에 붙어 마당으로 고개를 살짝 내밀었다. 나는 위험을 직감했다. 주변을 둘러보았다. 크진 않지만 뾰족한 돌멩이가 보였다. 급히 손에 쥐었다. 벽 모서리에 붙어 있던 돌하르방이 빠르게 마당으로 사라졌다. 곧바로 경찰이 소리쳤다.

"어? 뭐야….”

동시에 무언가 깨지는 소리가 났다. 나는 돌하르방이 내다보던 벽으로 사뿐사뿐 뛰어갔다. 마당을 빠끔히 살폈다. 나뒹굴어진 경찰의 머리에서 하얀 뇌수가 꾸역꾸역 밀려나왔다.

평소라면 눈을 질끈 감을 상황인데도 그러지 않았다. 아니, 그럴 수 없었다. 무녀의 실신한 딸을 강간하던 거구의 경찰과 남편이 몸싸움을 벌이고 있었다. 바지를 제대로 올리지 못한 채 돌하르방에게 달려들었는지 성기는 달랑거리고 코는 씩씩대는 꼴이 영락없는 짐승이었다.

거구의 완력에 남편이 밀렸다. 남편은 뒷걸음치다가 앞서 해치운 경찰의 두개골에서 흘러나온 뇌수를 밟으며 미끄러졌다. 거구는 재빠르게 남편 몸에 올라탔다. 두 무릎으로 남편의 두 팔을 누르고 목을 졸랐다. 남편의 두 다리가 파닥거렸다.

나는 공포에 질리면서도 발뒤꿈치를 들고 최대한 보폭을 늘렸다. 거구의 등 뒤로 다가갔다. 지리산에서 유격 훈련을 하지 않았다면 불가능한 일이었다. 놈에게 바투 다가선 뒤 뒤통수를 조준했다. 뾰족한 돌멩이를 힘껏 내리쳤다. 쓰러지지 않았다. 거구가 얼굴을 돌렸다. 험상궂은 눈에 인광이 번쩍였다. 본능이었을까. 곧바로 눈을 겨냥해 돌로 가격했다. 뒤통수를 때릴 때보다 더 힘이 들어갔다. 돌은 믿어지지 않을 만큼 쑥 들어갔다.

"아아악!"

두 손으로 눈에 박힌 돌을 잡으며 비명을 질렀다. 그럼에도 쓰러지진 않았다. 남편은 목 졸린 충격이 컸는지 굼떴다. 모든 게 찰나였다. 거구의 등 뒤로 큰 돌이 눈에 들어왔다. 돌하르방이 경찰을 처치한 그 돌이다. 나는 빠르게 움직였다. 피 묻은 돌을 들었다. 거구가 다시 피 칠갑된 얼굴을 돌렸다.

"이년이 정말…!"

앉은 자세로 거구가 내 멱살을 움켜쥐었다. 숨이 막혔지만, 들고 있기조차 힘든 그 무거운 돌로 거구의 이마를 내리치고 또 내리쳤다.

"죽어! 죽어! 죽으란 말이야!"

조금 전까지도 강간하던 인간은 얼굴의 형체가 사라질 만큼 으깨어졌다. 내가 무슨 일을 저질렀는지 그제야 알았다.

무녀는 총검에 가슴이 찔려 숨졌다. 어린 손자의 머리는 개머리판에 으깨져 있었다. 울음이 나오지 않았다. 돌하르방이 비틀비틀 다가왔다. 목으로 피멍이 빙 둘러가며 퍼지고 있었다. 남편의 가슴에 쓰러지듯 안겼다. 하지만 시간이 많지 않았다. 돌하르방은 실신한 여인의 하의를 올려주라고 한 뒤 그녀를 등에 업었다.

"여길 빨리 피해야 하오."

"할머니와 이 가여운 아이는⋯."

"다음에 꼭 다시 와서 잘 묻어주겠소. 자, 어서! 정신 차려!"

20

사람을 죽이다니, 그것도 조선인을.

　살인을 저지른 그날, 무장대의 비밀 동굴 한 곳을 겨우 찾아 몸을 숨겼지만, 밤새도록 사시나무 되어 파르르 떨고 퍼르르 떨었다. 눈을 감으면 돌이 박힌 피투성이 얼굴이 나타났다. 환상이라고, 놈은 죽었다고 마음을 다잡아도 다시 눈을 붙이면 어김없이 이마가 두개골 속으로 함몰된 거구가 나타났다.

　다음 날 아침에 진통이 왔다. 입산한 간호사가 마침 있었기에 순조롭게 출산했다. 아들이었다. 한 생명을 죽인 몸으로 이십사 시간도 지나지 않아 새로운 생명을 낳은 셈이다. 고통과 환희 속에서도 '살인자의 아기'라는 망측한 생각마저 들었다. 아기를 위해서라도 살인의 기억을 잊자고 다짐했다. 정당방위가 틀림없다고 얼마나 되뇌었던가.

　동굴 안에서 아기 울음이 터지자 은신한 사람들 모두 환한 웃음을 지었다. 하지만 새 생명을 반기기엔 동굴 밖 상황이 급박했다. 울음소리가 자칫 은신처를 드러낼 수도 있기에 긴장감이 바람처럼 퍼졌다.

　'불길한 축복'을 받은 아기는 첫 느낌에 망나니를 닮지 않아 다행이라고 생각했다. 그런데 간호사가 아기를 안고 축하한다며 남편에게 보여주었을 때, 옆모습의 아기 콧잔등이 매부리처럼 휘어 보였다. 그 순간 남편의 얼굴에 바람처럼 스쳐가던 절망감을 나는 놓치지 않았다. 아니, 놓칠 수 없었다. 남편이 마지막까지 희망을 걸고 있었다는 판단이 들자 더 참담했다. 그럼에도 돌하르방은 내게 고생했다며 이마에 맺힌 땀을 훔쳐주었다. 그 다사로운 손놀림은 더없이 부드러웠지만 꾹꾹 허파를 압박하는 아픔으로 파고들었다.

돌하르방은 아기 이름을 '새날'로 부르자 했고 나는 기꺼이 동의했다. 살인을 저지른 산모로서 나 자신 새날을 살아가겠다고 결기를 세운 참이었다. 그 이름으로 남편 또한 악몽을 씻어버리려는 의지를 다졌을까.

새날에게 젖을 물리며 아기의 울음을 나 나름대로 통제해보려고 애썼다. 하지만 뜻대로 되지 않았다. 예측할 수 없는 순간에 울음을 터트리는 아기와 '입산 생활'은 어렵다는 사실을 새삼 깨달았다.

이틀이 지난 아침에 도당의 나이든 당원이 우리 곁으로 머뭇머뭇 다가왔다. 돌하르방이 '선수'를 쳤다.

"아기가 폐를 끼치지 않을까 걱정입니다."

"폐 차원의 문제가 아니라오. 자칫 이곳 동굴 속 동지들의 모든 생명을 위협할 수 있소."

옳은 말이다. 내가 단호하게 나섰다.

"동굴이 발각될 위험을 맞았는데도 아기가 계속 울면 기꺼이 희생시키겠어요. 그러니 당분간만 이해해주세요."

남편은 연민의 눈길로 나를 바라보다가 안색이 어두워지며 말했다.

"심경은 알겠지만, 그래도 그건 아닌 것 같소. 어떻게 어른들 살자고 죄 없는 아기를 희생할 수 있겠소."

따뜻하고 고마운 말이되 현실은 막막했다. 아기를 둔 우리가 갈 곳은 없었다. 산 중턱 아래로는 개망나니와 친일 경찰이 호시탐탐 노렸고, 무시로 울어대는 아기로 인해 산사람들 사이에 머물기도 어려웠다. 그런 가운데 어디서 무슨 말을 들었는지 아버지가 손을 썼다.

아버지는 우리가 머문 곳까지 사람을 보내어 난관을 벗어날 길을 제시했다. 안전하게 하산할 길은 물론, 일본 오사카로 밀항할 배까지 섭외해놓았다. 돌하르방이 밀항을 거절할 수 있다고 보아서일까, 소나기는 피하고 보자며 잠시라도 일본으로 건너가 머물다 돌아오라는 말씀도 하셨단다. 오사카에 살고 있는 숙부를 염두에 둔 생각이라고 짐작했다.

일본으로 밀항은 뜬금없지만, 달리 우리가 선택할 길도 없었다. 하산을 결심하자 동굴 속 사람들은 미안해했다. 나는 그동안 보듬어주어 고맙다고 진심으로 답했다. 서로 안녕을 기원하며 작별했다.

우리는 아버지가 보낸 사람을 따라 삼형제오름에서 창고 천을 타고 안덕계곡으로 내려갔다. 계곡 동굴에서 밤이 오기를 기다리며 새날에게 충분히 젖을 먹였다. 젖꼭지를 물고선 말똥말똥 바라보던 새날의 눈은 너무 맑아서인지 애처로움마저 묻어났다. 내 주관일 뿐이라고 스스로 다독이기도 했지만 옹알이조차 못하던 새날의 그 서러운 눈빛은 두고두고 나를 아프게 했다.

이윽고 새날이 곤히 잠든 것을 확인한 우리는 천천히 황개천까지 내려왔다. 마침내 황개천이 바다로 들어가는 하구에 이르렀다. 어둠 속에 거룻배가 보였다. 바다로 나가면 더 큰 배가 기다리고 있을 터였다. 드디어 살 길이 열렸다고 안도의 한숨을 쉴 때다. 내내 새근새근 잠들어 있던 새날이 울음을 터트렸다.

한밤에 아기 울음소리는 천둥처럼 크게 울렸다. 황망히 새날의 입을 손으로 막았다. 하지만 울음을 그치지 않고 더 발버둥 쳤다. 입을 틀어막을 용기는 없었다. 젖을 물리려 급히 웃옷을 헤쳤다.

갑자기 황개천 다리 위에서 여기저기 손전등이 켜졌다. 호루라기 소리가 요란하게 울렸다. 하얀 불빛에 가장 먼저 거룻배가 드러났다. 전등 빛줄기가 앞뒤로 요란하게 움직였다. 수풀에 있던 우리 일행을 기어이 비췄다.

새날에게 젖을 물려 울음은 멈췄지만 어느새 경찰들이 나타났다. 맨 앞에 권총을 들고 선 인간은 어둠 속에서도 확연히 개망나니였다. 심장이 쿵쿵 방망이질 쳤다. 목이 막혀왔다.

박병도는 노련했다. 아버지가 화순항에서 굿을 한다며 저녁에 집을 나섰다는 정보를 입수하고 뭔가 수상하다고 직감했다. 경찰들을 따라붙게 했다. 그런데 해안가에서 실제로 굿을 준비하는 아버지 주변에 아무런 특이 동향도 없었다. 허탕을 쳤다며 황개천을 지나 돌아가는 길이었다. 그때 새날이 운 것이다.

박병도의 손전등이 나를 비추다가 젖을 물리던 아기에게 멈췄다. 나는 옆으로 돌아서 아기 눈을 보호했다. 개망나니가 성큼 다가왔다. 질투로 갈퀴눈이 을근댔다.

"산중에서 짐승처럼 쫓기며 살면서도 참 잘도 붙어먹었군. 그새 애까지 낳았어?"

내 앞으로 다가온 개망나니가 다짜고짜 뺨을 갈겼다. 안겨 있던 새날이 무섭게 울기 시작했다. 개망나니에게 달려들던 남편은 경찰들의 폭행에 나뒹굴어졌다. 개망나니가 이죽거렸다.

"그렇게 잘 대해주었는데 감히 날 배신해? 산중에서 저놈과 얼마나 놀아났을까."

개망나니가 권총으로 쿡쿡 내 가슴을 찔렀다. 도저히 분을 참지 못하겠다는 듯이 뒤돌아서더니 울던 새날을 느닷없이 낚아챘다. 순식간에 개망나니 두 손에 새날을 빼앗겼다. 비릿하게 깔뜨는 개망나니에게 공포를 느껴서일까, 아니면 그가 아비임을 본능으로 느껴서일까, 새날의 울음이 잦아들었다. 그 순간 개망나니가 새날을 공중으로 높이 던졌다. 포대기가 벗겨진 채 맨몸으로 떨어지는 아기를 조준해 권총을 쏘았다.

모든 것이 순간이었다. 새날의 작은 머리가 산산이 부서지며 꽃잎처럼 낙하했다.

두 다리가 후들후들 떨리고 정신이 혼미했다. 가슴 옷깃을 여밀 겨를도 없었다. 목이 막혀 아무 말도 나오지 않았는데 어디선가 절규가 들렸다.

"이 짐승 같은 놈, 더는 널 용서할 수 없다."

두 팔을 경찰에 잡힌 남편이 몸부림쳤다. 개망나니가 다가갔다. 남편 이마에 권총을 들이댔다.

"웃기는 건 여전하구나. 뭐? 용서 못 해? 너, 전에도 내게 훈계를 늘어놓았지?"

"제주를 떠나겠다고, 사내로서 약속한다고 다짐하지 않았더냐!"

"사내로서 약속? 이거 참말로 덜 된 놈이구먼. 빨갱이와 무슨 약속을 하나?"

"우리가 당원이 아닌 것은 조사한 네가 누구보다 잘 알고 있을 텐데, 네놈 눈에는 세상이 다 빨갛게만 보이더냐!"

"빨갱이 놈들은 죽는 순간까지 말이 많더군. 딱 지금 네가 그렇잖아?"

"그래 좋다. 말 많은 나는 빨갱이라고 치자. 그런데 저 아기는…, 말도 못 하는 저 아기는, 대체 무슨 죄가 있다고 저리 참혹하게 죽인단 말이냐?"

"순진한 놈, 그 이유를 모르는 넌 인생을 헛살았어."

방아쇠를 당기려 할 때였다. 개망나니가 등지고 있던 수풀에서 누군가 뛰쳐나왔다. 뒤에서 개망나니 목에 칼을 들이댔다. 아버지였다. 굿에 쓰는 구리 칼 끝을 목줄띠에 겨눴다. 아버지는 굿판에서 다진 위엄 있는 목소리로 명령했다.

"총을 땅에 던져. 너희들도 모두!"

개망나니가 어이없다는 듯 빙싯거리자 아버지는 구리 칼 끝에 조금 힘을 주었다. 목에서 피가 방울방울 거품처럼 나오더니 주르르 흘러내렸다.

"총을 던지지 않으면 바로 목줄을 딸 테다."

개망나니는 화들짝 놀라 권총을 내던졌다. 아버지는 마치 굿을 진행하듯 엄하게 말했다.

"모두들 총을 당장 던지지 않으면, 이 구리 칼이 곧바로 이놈 목구멍까지 파고들 거야!"

"모두, 모두! 총을 내려놓아. 어서!"

개망나니가 더듬거리면서도 다급하게 말했다. 경찰들이 총을 던졌다. 아버지는 구리 칼을 움켜쥐고 소리쳤다.

"은하야, 어서 배에 올라!"

"아버지! 저놈들 속에 아버지를 두고 갈 수는 없어요!"

아버지는 나를 외면하고 돌하르방을 보며 고함질렀다.

"자네! 뭐하나. 다 죽고 싶나! 빨리 배에 올라!"

머뭇거리던 돌하르방이 작심한 듯 내 손을 잡고 배 쪽으로 끌었다. 아버지의 운명이 눈앞에 아른거렸으나 내 발걸음은 어느새 옮겨가고 있었다.

우리가 올라타자 얼굴을 수건으로 가리고 배에 엎드려 있던 사공이 일어났다. 힘차게 거룻배를 저었다. 바다로 나가며 손을 올려 인사했다. 아버지도 손을 흔들려고 올렸다. 그 순간, 박병도가 구리 칼 든 손을 재빠르게 밀치며 팔꿈치로 뒤에 있는 아버지를 가격했다. 쓰러지는 아버지를 보며 심장이 멎는 듯했다. 돌하르방이 다급하게 소리쳤다.

"빨리요. 빨리! 전 속력으로 가요."

곧이어 총소리가 볶아댔다. 거룻배 바로 앞으로 총알들이 떨어지며 물방울을 튕겨 올렸다.

21

몸이 갈기갈기 찢기는 징벌조차 차라리 안온할 고통의 나날
이 이어졌다. 지금 톺아보아도 그때 미치지 않은 것이 기적
처럼 다가온다.

1948년 8월 15일, 대한민국 정부가 세워지는 그날 새벽에
나는 참극을 뒤로 한 채 돌하르방과 오사카로 밀항했다. 일
본으로 쫓겨 가는 배 위에서 아기를 잃은 슬픔에 나는 넋이
나갔다. 보통학교 들어갈 무렵에 아버지가 들려준 쉬맹이 설
화가 떠오른 것도 그 배를 타고 가면서였다.

모기가 몸 여러 곳을 물어 여기저기 부어오른 날이었다.
짜증 부리며 긁어댈 때, 싱그레 미소 짓던 아버지가 물었다.

"너, 모기가 어떻게 생겨났는지 아니?"

가려움을 잠시라도 잊게 해주려는 뜻이었을까. 실제로 아버지의 이야기를 들으며 가려움증은 시나브로 사라졌다.

쉬맹이는 삼천 살 넘게 살아 '수명장자'로 불렸으며 부귀와 권세가 대단했다. 뛰룩뛰룩 살찐 쉬맹이는 가난한 이웃을 돕기는커녕 인색했고 심술까지 부렸다. 끼니조차 때울 수 없는 사람에게 선심이라도 쓰듯 쌀을 고리로 빌려주며 모래를 섞어 넣을 정도였다. 심지어 늙은 부모가 먹는 밥도 아까워 하루 한 끼만 주었다. 병사들과 사나운 개, 말 들을 거느리고 하늘에 있는 천지왕까지 시들방귀로 여겼다.

마침내 천지왕이 쉬맹이를 벌하려고 땅으로 내려왔다. 쉬맹이는 포박당하자 자해까지 하며 발악했다. 연민을 느낀 천지왕은 너그럽게 그를 살려주고 떠났다. 천지왕이 떠난 뒤 쉬맹이는 잘못을 뉘우치거나 새 출발 하지 않았다. 되레 악행을 더해갔다. 그러자 천지왕과 인간인 총명 부인 사이에 태어난 아들 소별왕이 나타났다. 소별왕은 쉬맹이를 붙잡자마자 단칼에 목을 자르고 팔과 다리를 절단했다. 그리고 쉬맹이의 살과 뼈를 발라내어 바람에 흩날려 보냈는데 그것들이 모기, 파리, 빈대, 벼룩 따위로 변해 사람들을 괴롭혔다.

설화를 들은 어린 시절의 내게 쉬맹이는 거대한 모기떼로

다가왔고 공포감으로 자리 잡았다. 오사카로 가는 배 위에서 수평선을 바라볼 때 끈질기게 사람들을 괴롭히는 쉬맹이와 개망나니가 겹쳤다.

오사카로 들어가 변두리의 숙부 집을 가까스로 찾은 뒤에도 쉬맹이의 잔영은 떠날 줄을 몰랐다. 아버지의 안위가 우려되고 불길한 예감이 들어 더욱 그랬을 터다. 불행히도 예감은 적중했다.

우리보다 한 달 뒤에 밀항해 온 웃모슬개 사람으로부터 내가 떠나던 밤, 아버지가 개망나니 손에 운명한 소식을 들었다. 거기서 그친 것도 아니었다. 아버지를 죽인 친일 경찰을 응징하겠다며 오빠가 입산하자 서북청년단이 어머니와 새언니를 잡아갔다. 두 사람은 잔혹한 고문을 받은 주검으로, 어린 조카는 등에 총을 맞은 채로 발견됐다는 비보를 들었을 때, 머리를 쥐어뜯으며 묻고 또 물었다. 대체 인생이란 무엇인가.

천지에 가득한 신명? 아버지와 오빠가 소통했고, 조상 대대로 우리 가문이 섬겨온 신명은 어찌 이리 무심한가? 도대체 내가 무슨 거창한 일을 한다고, 무슨 천둥벌거숭이라고 이토록 가혹한 징벌을 내린단 말인가. 묻고 또 물었다. 어떤 차별도 없이 사람과 사람이 마음 놓고 사랑을 나누는 세상을 만들고 싶은 소박한 소망조차 꿈꿀 수 없단 말인가.

나는 숙부 집 골방에 돌 밑 가재처럼 틀어박혔다. 숙부는 일제강점기에 일본에 건너와 당신 나름 튼실하게 기반을 잡고 있었다. 숙부 내외가 연 식당은 조금씩 규모가 커져 조선인들 사이에 제법 소문이 왜자했고, 내가 도착했을 무렵에는 거의 모든 밀항자들이 찾아오는 접선 지점이었다. 피붙은 사람이 나밖에 없다고 판단해서였을까, 숙부는 살뜰하게 우리를 살펴주었다.

숙부가 연결해주어 돌하르방은 곧바로 오사카 조선 학교에 교사 자리를 얻었다. 대구사범을 다니며 옥고를 치른 사실은 오사카 조선인들 사이에서도 '자산'이었다.

일제가 패망한 뒤 귀국하지 않고 생활 기반 때문에 오사카에 머물던 조선인들은 스스로 학교를 세웠다. 지역마다 조선인들의 조직도 만들어 당당하게 권익을 옹호하고 있었다. 조선인들의 활동에 일본공산당만 우호적이었기에 그들과 자연스레 연대를 맺었지만, 조선인들만의 강력한 중앙 조직을 세우자는 공감대가 퍼졌다.

돌하르방은 조선 학교에 나가며 얼굴에 사뭇 생기가 돌기 시작했다. 아무래도 한 다리 건너서일까. 아기는 물론, 친정 식구를 다 잃은 내가 겪는 고통에 무심해 보일 때면 절망스럽고 부아마저 치밀었다.

물론, 내게도 교사 제안이 왔다. 하지만 도저히 스스로를 감당할 수 없어 거절했다. 돌하르방은 학교에 나가는 것이 나를 위해서도 좋다며 강권했지만, 나는 '속물'이라고 비난하며 엄부럭 부렸다. 혁명 사업 이전에 인간이 되라고 악다구니까지 썼다. 그가 슬픔이란 도무지 모르는 냉혈한으로 보이기도 했다.

문밖을 나가지 않던 그 시절, 내 몸은 깨깨 야위어갔다. 왕진 온 의사가 이대로 가면 생명을 잃을 수 있다고 경고했지만, 한가하게 들려 시큰둥했다. 남편이 퇴근하면 내 옆에 있는 사실이 내심 유일한 위안이었는데도, 막상 같이 골방에 있을라치면 버성기며 숨이 막혔다.

다행이랄까. 돌하르방의 퇴근은 늦어졌다. 학교 못지않게 돌하르방이 할 일이 늘고 있었다. 밀항자들은 정기적으로 저녁에 토론 모임을 갖고 탐라―도살자 이승만이 아름다운 섬을 '붉은 섬'으로 몰아 실제 붉은 피로 물들었다―에서 벌어지는 항쟁 소식을 서로 전하고 의견을 나눴다.

어느 날 밤늦게 퇴근한 돌하르방이 골방에 들어와 나를 무시한 채 가방에서 문건을 꺼내 읽었다. 들어보라는 말도 없었다.

"성산포에서 얼굴이 칼에 찢기고 손에 못 박힌 주검을, 정방폭포에선 몸 곳곳에 살점이 도려진 여성 시신을 발견했다. 입산한 남편이 총 맞아 죽었는데도 아내를 연행해 벌거벗기고 날마다 전기 취조 했다. 아들이 행방불명되자 어머니와 두 자매가 끌려 간 마을도 있다. 옷을 벗기고 거꾸로 매달았다. 고춧가루 탄 물을 코와 입에 부었다. 입 다물면 쇠뭉치로 벌려 앞니가 죄다 부러졌다. 창고 안에 마을 사람들을 가두고 마구 구타하면서 남녀를 불러내 성교를 강요했다. 여자의 그곳을 불로 지져, 썩는 냄새가 창고에 가득했다. 또 다른 곳에선 여자들을 강간하고 고구마를 쑤셔댔다."

"그만! 그만해요! 왜? 왜 내 앞에서 그걸 읽어요!"

"똑똑히 들어, 고은하! 당신만 고통을 당했다 착각하지 말고!"

"착각?"

돌 밑에서 집게를 휘젓는 가재처럼 악을 쓰며 남편에 덤벼들다가 멈칫했다. 목소리와 달리 돌하르방 큰 눈 가득 눈물이 그렁그렁했다. 그럼에도 남편은 건조한 음성으로 낭독을 이어갔다.

"성읍에선 남편이 입산하자 만삭의 몸으로 친척 집으로 피신해 출산한 여자를 경찰이 들이닥쳐 끌어냈다. 산모를 벌거

벗긴 다음에 그 마을 여자들을 불러내어 죽창을 건네고 찌르라 강요했다. 아무도 나서지 않자 총으로 쏘아 죽였다. 갓 태어난 아기에게 다가선 경찰은 얼굴에 총을 쏘았다."

"그만! 그만하라잖아!"

피새를 부리며 귀 막았다.

"제주에서 얼마나 많은 이들이 죽었는지 아오? 이미 이만 명이나 학살당했소. 하지만 우린 여기 살아 있소. 고은하답지 않게 진실에 귀 막지 마오. 아픈 체도 이제 그만하오."

"무어라? 아픈 체 그만하라?"

이만 명이라는 말에 가슴이 꿍 내려앉았지만 '아픈 체'라는 말에 발끈했다.

"그래! 그만 티 내란 말이오! 여기 오사카의 밀항자들 가운데 고통 없는 사람 아무도 없소. 보고서 두고 나갈 테니 마저 읽어보오. 그다음에 골방에서 굶어 죽든 말든 그건 마음대로 하오!"

찬바람 일으키며 남편이 방문을 나갔다. 나는 보고서를 꼬기작꼬기작 움켜쥐고 문으로 힘껏 던졌다. 앙가슴으로 슬픔이 해일처럼 밀려왔다. 방문 밖에서 걱정하는 숙부의 쉰 목소리에 이어 "그냥 두세요. 실컷 울게요"라는 남편의 촉촉한 목소리가 들려왔다. 밉상스럽고 야속하면서도 젖은 음성이 나를 차분하게 했다. 켜켜이 맺힌 슬픔이 전해져왔다.

구겨 내던진 보고서를 차근차근 폈다. 한 줄 한 줄 들여다볼 때 남편이 읽어주던 차분한 목소리가 겹쳤음에도—아니, 겹쳐서 더 그랬을까—눈물이 뜨겁게 흘러내렸다. 돌하르방이 읽지 않고 건너뛴 보고서에는 서북청년단 출신 경찰들의 만행이 곰비임비 적혀 있었다.

"서북청년단이 입산자 가족을 지서로 끌고 가 고문하고 마지막엔 한 사람, 한 사람 칼로 등을 찔러 죽였다. 팔십여 명이 죽었는데 젖먹이가 죽은 엄마 옆에서 울자 칼로 아기를 찔러 치켜들었다. 남편이 입산한 젊은 아내를 벗긴 뒤 총구를 난로에 넣어 시뻘겋게 달구어 임신한 몸 아래로 찔러 넣었다. 그러더니 머리에 휘발유를 뿌려 불 질렀다."

눈 부릅뜨고 되풀이해 읽어가며 어느새 더는 흐느끼지 않았다. 아니, 흐느낄 수 없었다. 남편은 오늘도 거실에서 자는 듯 자정 넘도록 들어오지 않았다. 돌하르방의 앉은뱅이책상으로 다가가 쌓여 있는 다른 보고서들을 들춰보았다. 오사카로 온 뒤 토론 모임에서 오간 정보들을 촘촘하게 적어놓은 상황 일지도 있었다. 하나하나 읽어가면서 가슴 깊은 곳으로부터 분노의 불꽃이 차갑게 타올랐다.

친일 세력 청산과 남쪽만의 단독정부 수립에 반대하는 탐라 민중들의 봉기가 대한민국 정부 수립 이후에도 이어지자, 이승만은 여수의 14연대 병력을 제주에 투입해 진압키로 했다. 하지만 병사들은 파병을 거부하고 봉기했다. 1948년 10월 '제주토벌출동거부 병사위원회' 이름으로 발표한 '애국 민중에게 호소함' 제하의 성명서는 "우리는 조선 인민의 아들들이다. 우리는 노동자와 농민의 아들들이다. 모든 애국 동포들이여! 조선 인민의 아들인 우리는 우리 형제를 죽이는 짓을 거부하고 제주도 파병을 거부한다. 우리는 조선 인민의 이익과 행복을 위해 싸우는 진정한 인민의 군대가 되려고 봉기했다"라고 밝히고 '동족상잔 결사반대'를 외쳤다. 청년·학생이 동참하면서 여수 봉기는 순천, 광양, 구례로 퍼졌다.

이승만은 처음에 "공산주의자가 극우 정객들과 결탁한 반국가적 반란"이라며 "혁명의용군사건"이라고 발표했다. '극우 정객'은 김구를 겨냥한 말이다. 국방부는 "소련제국주의의 태평양 진출 정책을 대행하려는 공산당 괴뢰정권의 음모"라고 규정했다. 그런 '논리' 위에서 이승만은 "남녀 아동까지라도 일일이 조사해 불순분자는 다 제거하라"라는 담화를 발표했다. 미국 군사고문단은 자신들이 지휘하는 '반란군토벌 전투사령부'를 광주에 설치했다.

'토벌군'이 봉기군과 첫 전투에서 패배하자 미군과 이승만은 장갑차와 박격포, 경비정, 항공기까지 동원해 육·해·공군 합동으로 초토화 작전에 나섰다. 월등한 화력으로 순천과 여수를 점령하고, '협력자'를 색출한다며 참수와 총살을 자행했다. 두 달여 만에 사천여 명이 목숨을 잃었다.

탐라에서 일어난 참극이 겹쳐 읽기 힘들었지만, 나는 오사카 밀항 뒤 거의 반년 만에 넋이 올랐다. 안락한 오사카 골방에서 홀로 고통스럽다는 듯이 차려준 음식조차 조소해온 내가, 심지어 돌하르방에게 속물이라며 막말을 서슴지 않았던 내가, 출산을 도와주고 힘을 북돋아준 남편을 아기나 친정식구 죽음에 무덤덤한 몹쓸 인간이라는 듯이 피근피근 모질게 대한 내가 더없이 짓쩍었다.

다른 사람의 고통으로 내 고통을 치유하는 꼴이었지만, 나는 그렇게 눈물의 우물에서 벗어날 수 있었다. 뜬눈으로 건 밤 새우다가 날 밝았는지도 몰랐던가 보다. 골방 밖에서 남편이 출근하는 소리가 들렸다. 그렇지 않아도 처숙 집에 숙식하느라 눈치가 보일 텐데, 정작 아내인 나는 착한 사람에게 찜부럭만 냈다.

방문 밖이 조용해진 뒤 골방을 나왔다. 숙모는 내 얼굴을 살피다가 말없이 미소 지었다. 깨끗이 머리를 감고 몸을 씻었다. 그날 저녁 숙모와 함께 밥상을 차렸다. 숙부가 귀가해

달라진 내 모습을 보더니 금세 얼굴이 환해졌다. 먼저 저녁 드시라 하고, 남편을 기다렸다. 오랜만에 단 둘이 밥을 먹고 싶었다.

마침내 돌하르방이 들어왔다. 피로에 지쳐 누렇게 뜬 얼굴은 광대등걸이 되었다. 데꾼데꾼한 눈과 마주칠 때 가슴이 아렸다. 얼마나 속 끓였으면 저럴까. 멍하니 바라보던 남편이 빠르게 위아래를 살피곤 성큼 다가와 안았다. 숙부는 공연히 헛기침을 했지만, 우리는 개의치 않았다. 울컥 치솟는 울음을 참으며 핼쑥하게 여윈 돌하르방 얼굴을 두 손으로 감싸고 울먹였다.

"미안해요, 제가 너무 힘들게 했지요."

22

두 개의 조선이 선포된 '1948년'에서 쫓겨 온 우리는 이듬해 봄을 맞을 무렵에 오사카의 골방에서 서로 부둥켜안고 새 출발을 다짐했다. 새 학기를 맞아서는 교단에 섰다. 돌하르방이 가르치던 소학교였다. 남편은 신설된 중학교로 옮겼다.

소학교 교사로서 조선인 후대를 가르치는 보람 못지않게 일본에 살면서도 뿌리를 잃지 않고 살아가는 동포들에 경의를 느꼈다. 조선인들은 일제가 패망한 뒤 스스로 힘을 모아 학교를 만들고 그것을 지키는 투쟁을 줄기차게 벌였다. 탐라에서 항쟁이 불붙은 1948년 4월에 오사카에서도 조선 학교를 지키려는 투쟁이 벌어진 사실도 학교에 나가면서 비로소 알았다.

일본을 점령한 미군정은 학교를 세운 조선인들이 삼팔선 이남의 '친일파 청산 세력'처럼 자신들에게 비우호적이라고 판단했다. 미군정이 조선 학교 폐교에 나서자 오사카와 고베에 살고 있는 수만 명의 조선인들이 집회와 시위를 벌였다. 그 과정에서 학생이 숨지고 수십여 명이 다쳤다.

일본인과 달리 조선인들의 거센 시위에 놀란 미군정은 조선 학교 폐교 방침을 철회했다. 피를 흘려야 역사는 조금이라도 전진하는 걸까. 소학교 선배 교사들에 따르면 일본에서 미군정이 방침을 번복한 첫 사례였다.

소학교 교사로 일하고 돌하르방을 따라 조선인 토론 모임에 나가면서 나는 무너지던 정신을 추스를 수 있었다. 조선 학교는 모든 교육 과정에서 평등과 협동을 강조했다. 아이들에게 비물질적 가치의 소중함을 일러주며 이웃을 배려하고 공동체에 헌신하라고 가르쳤다. '경천애인'의 신념과 이어져 한결 보람찼다.

그런데 학교에 나가며 스며들던 힘이 밀항자들 모임에 다녀오면 솔래솔래 빠져나갔다. 토론 모임에는 해방 전에 건너와 조직 활동을 해온 동포들도 섞여 있었다. 모임에 서너 차례 참석하면서 지켜만 보던 나는 점점 의문이 들었다.

마침 그날따라 내게 '전혀 발언을 않는다'며 소감이라도 말해보라고 여기저기서 권유했다. 나는 돌하르방을 바라보았다. 남편의 눈빛은 내 마음을 읽은 듯이 '하고 싶은 말 다 하라'고 쓰여 있었다. 침착하자고 다짐했지만, 모임 내내 꾹꾹 누르고 있어서였을까. 참석자들을 둘러보며 말문을 열 때 목소리가 떨렸다.

"정말 많이 배우고 있습니다. 정보를 서로 나누고 봉기 상황을 점검하는 모습도 감동적입니다. 다만, 모여서 이승만과 친일파, 미군정을 욕하는 것에 그친다면 무슨 의미가 있을지 궁금합니다."

돌하르방은 보일락 말락 미소를 지었지만, 귀가 채비를 하던 참석자들은 술렁거렸다.

"제주에서, 여수에서, 지리산에서 죽은 사람들, 죽어가고 있는 사람들, 그 늘어나는 통계만 계속 확인해서 어쩌자는 건지요. 친일파는 나쁜 놈들이다 확인하고 한숨만 쉬고 가야 하나요?"

스스로 발언이 조금 과하다고 생각했다. 아니나 다를까. 곧 면박이 들어왔다.

"동무, 뭐하자는 거요?"

"우리 활동을 얼마나 안다고 함부로 재단하오?"

"동무는 오사카에 온 뒤 지난 육 개월 넘게 뭐하고 있었소? 생급스레 나타나 불평하는데, 그런 평론가들은 널려 있소."

돌하르방은 침묵을 지키고 있었다. 좌장으로 모임을 진행하던 소학교 교장이 나섰다.

"고은하 동무의 발언이 지나쳤지만, 틀에 박힌 우리 토론에 이의를 제기한 건 평가할 만하오. 고 동무는 해방 전에 지리산에 입산한 경력을 지닌 투사요. 동무의 말을 마저 들어봅시다. 그래, 동무는 우리가 무엇을 해야 한다고 생각하오?"

"제주와 여수·순천에서 희생당한 민중 앞에서, 과연 무장봉기가 최선이었는지 냉철하게 짚어야 옳다고 생각합니다."

그 말에 교장의 어조가 달라졌다.

"조금 전 동무가 한 말을 그대로 돌려주고 싶군. 그걸 지금

따지는 것이, 무슨 의미가 있소?"

"그래야 같은 과오를 되풀이하지 않겠지요?"

"고 동무! 지금 남조선에서 싸우는 우리 동지들의 영용한 투쟁을 과오라고 했소?"

"저는 이 모임의 토론 방식에 문제가 있다고 생각합니다. 비웃적대거나 말꼬리 잡아채고 권위주의적 말투로 찍어 누르지 말았으면 합니다. 저도 신중하게 말해야 옳았고 그 점 지금이라도 사과드리겠습니다. 다만, 제가 '과오'라고 말한 것은 영용한 투쟁을 두고 한 말이 아니라 무장봉기가 최선이었는지를 짚어보자는 의미입니다. 우리가 뜻을 이루지 못했으면서도 너무나, 너무나 많은 민중이 학살당해서입니다."

참석자 사이에 일순 적막감이 돌았다.

"이왕 말씀드린 참에 건의 올리겠습니다. 저는 지리산에서 동지들끼리 토론을 할 때는 모두가 평등해야 옳다고 배웠습니다. 오해 없으시도록 다시 제 생각을 간추려보겠습니다. 제주 4월 봉기든 여수 10월 봉기든 처음 일으킨 사람들에게 과오가 있었는지 여부는 그것대로 짚고, 우리 민중의 역사적 투쟁은 정당하게 평가해야 옳다고 봅니다. 그러니까 제 말은, 앞으로 우리가 피비린내 나는 학살을 딛고 놈들에게 궁극적으로 승리하려면, 봉기 결정을 냉철하게 평가해야 옳다는 그 이상도 이하도 아닙니다."

교장은 눈을 감으며 입도 닫았다. 모두 씨그둥했지만 침묵했다. 돌하르방은 짙은 눈빛에 힘을 주어 나를 격려해주었다. 그래도 과연 교장이었다. 회의를 의미 있게 마무리했다.

"고 동무의 토론 훌륭하오. 다음 모임 때 고 동무의 문제 제기를 진지하게 논의해봅시다."

집으로 오는 길에 돌하르방은 내 손을 꼭 쥐고 다사롭게 말했다.

"당신, 오늘 금강석처럼 빛났소."

"대구사범 시절에 어떤 선배로부터 학습한 건데요?"

"어떤 선배인가 궁금하네? 그 정도면 미리내가 몹시 사랑했겠는걸?"

"어디 사랑만 할까? 존경도 하지요."

마침 골목길로 들어서서일까, 돌하르방이 허리를 끌어당겨 깊은 입맞춤을 했다. 그날 이후 토론 모임에서는 사실관계를 하나둘 정리해갔다. 돌하르방은 촘촘하게 항쟁을 기록하며 각주로 자신의 견해도 덧붙였다. 지금 이 긴 증언을 쓰면서 돌하르방이 남긴 기록을 적잖게 인용했다. 물론, 딱히 그 인용이 아니어도 내가 쓴 이 모든 글은 돌하르방과의 공동 집필이라 해야 정확할 터다.

제주든 여수든 중앙당의 지시는 없었다. 봉기가 치밀한 준비도 계획도 없었던 이유다. 가령 4월 3일 봉기 때 제주도당은 9연대를 동원하려 했다. 하지만 연대 안의 중앙당 직속 조직은 지시가 없었다며 거절한 사실이 확인됐다. 각 도당은 하사관 이하만 사업하고 장교들은 중앙당에서 조직했기 때문이다. 이는 중앙당이 무장봉기를 일으킬 때가 아니라고 판단했음을 뜻한다.

심지어 여수 14연대 봉기는 전남도당은 물론, 여수 지역 조직과도 협의가 없었다. 봉기를 계획한 하사관들은 극소수였다. 봉기 즉시 죽인 장교 대다수가 당원이라는 어이없고 원통한 사실도 밝혀졌다. 당과 협의 없이 연대 안의 하사관들이 주도해 같은 당의 동지인 여남은 명의 장교들을 반동이라며 모두 살해한 것이다. 14연대의 봉기는 전 군에 걸쳐 '좌익 색출'을 불러왔다. 그 결과 수백 명이 체포되어 총살당했다. 대부분이 장교여서 큰 손실이었다.

중앙당이 제주와 여수에서 봉기가 일어났을 때 어떻게 대응해야 옳았을까. 여러 문제가 중첩되어 쉽게 답이 나오지 않았다. 그런 가운데 돌하르방의 친구이자 김달삼을 이은 사령관 이덕구가 전사한 소식이 들려왔다. 그날 밤, 돌하르방은 눈물 쏟으며 괴로워했다. 하지만 마냥 슬픔에 잠길 여유도 없었다. 재일 조선인 조직을 끊임없이 탄압하고 조선 학교를 없애려는 일본에 맞서 학교를 지켜내야 했다.

일본은 기어이 1949년 가을에 조선 학교 폐쇄령을 내렸다. 나도 거리로 나섰다. 활동가만이 아니라 교직원과 학부모, 학생까지 동참해 눈시울을 붉혔다. 더러는 저들의 집요한 회유에 넘어갔다. 일본의 공립학교로 전환도 했고, 폐쇄도 했다. 그래도 적잖은 학교를 지켜냈다. 나와 돌하르방이 다니는 학교도 침탈을 막아냈다. 그 과정에서 돌하르방은 벗 이덕구를 잃은 슬픔을 이겨냈다. 학생들에게 민족의식과 민중의식을 일깨우고, 국내 항쟁의 소식들도 기록해갔다.

나는 남편의 비애감을 줄여주려고 최선을 다했다. 종종 돌하르방에게 다가가 창백한 얼굴을 무람없이 가슴에 안았다.

23

1949년 12월 31일이 어두워질 때, 돌하르방이 아이를 갖자고 제안했다. 조선의 상황을 보며 고향으로 돌아가 아이를 낳자고 했던 '약속'을 깨는 까닭이 사뭇 거창하고 자못 씩씩해 나도 모르게 살포시 웃음이 나왔다.

"오늘 밤으로 20세기 전반기가 마감되오. 내일부터 20세기 후반기가 시작되잖소? 희망을 일궈갑시다. 전반기와는 확연히 다른 새로운 시대를 열겠다는 다짐으로 우리 아이를 갖는 게 어떻겠소?"

해방 직후 결혼식을 올리고도 아이는 나라를 세운 뒤에 낳자, 일본으로 건너와서는 조선으로 돌아가 갖자고 약속한 우리는 사랑의 마지막을 언제나 피임으로 마무리해왔다. 조건이 나아진 것은 없었다. 조선 학교 교사로 받는 월급봉투는 얇았고 그나마 나오지 못할 때도 있어 불안했다. 그럼에도 알뜰살뜰 살림을 꾸리면 큰 걱정 없이 세 식구 살 수 있다고 자신했다. 식당이 잘되어 여유가 생겼는지 숙부도 조카를 보고 싶다고 재촉했다.

그날 밤, '의기투합'한 우리는 최상의 절정을 나눴다. 내 안에 있던 그이의 몸이 폭발하듯 부풀면서 달군 살 깊숙이 더 뜨거운 무엇인가가 마그마처럼 스며들었다. 1950년이 열리고 희망으로 20세기 후반기의 첫날을 맞자는 우리의 의지는 그렇게 임신의 축복으로 이어졌다. 하지만 삼팔선으로 찢어진 조선의 운명은 무장 어두워갔다.

개학을 앞두고 김달삼―봉기를 강력히 주장하고 무장대 사령관으로 활동했던 그는 넉 달 뒤에 이북의 해주에서 열린 남조선인민대표자대회에 참석한다며 제주를 떠났다―이 유격대를 이끌고 동해안으로 침투하다가 교전 중에 숨졌다는 소식이 들려왔다. 나는 안타까우면서도 냉정했다. 봉기를 주동한 사람보다 이미 숨겨간 수만 명의 무지렁이 민중의 생명이 더 소중했고 더 애달팠다.

사실, 개망나니 따위를 쓸어버리자는 무장봉기에 나 또한 끌리지 않을 수 없었다. 박병도만큼은 내가 직접 찔러 죽이겠다고 다짐도 했었다. 놈이 우리 동무를 고문하며 바늘로 불알을 찔러 죽였듯이, 똑같은 고통을 겪게 하고도 싶었다.

하지만 지리산에서 학습한 바에 따르면, 무장봉기는 주·객관적 조건이 성숙했을 때 벌여야 옳다. 비록 내 몸이 개망나니에게 만신창이 되었다고 해서, 봉기를 무조건 찬성할 일은 아니었다. 고문과 학살을 밥 먹듯이 저지르며 날뛰는 서북청년단과 친일 경찰의 입지가 자칫 굳어질 수도 있었다. 더구나 실패하면 가담자 전부 생명을 뺏길 수밖에 없다. 따라서 전망이 불확실할 때 봉기는 혁명 역량을 소진하는 모험주의로 떨어지기 십상이다.

김달삼의 죽음으로 울적했던 봄이 끝나갈 무렵에는 희망의 조짐도 보였다. 1950년 5월에 삼팔선 남쪽에서 치른 총선 결과가 그것이었다. 순진한 김구는 노회한 이승만의 손에 이미 암살당했고, 반민족 행위를 조사하던 조직에도 '빨갱이'를 들씌워 대한민국은 '친일파 세상'이 되었다고 단정했다. 그러나 일본 신문에 보도된 총선 결과는 그 판단이 얼마나 성급한 것인가를 입증해주었다. 무소속이 과반을 훨씬 넘겼다. 이승만이 무소속 출마자들을 '위장한 공산주의자들'이라 내놓고 비난했는데도 그랬다.

친일 지주 세력과 이승만 지지는 거의 바닥이었다. 조소앙이 만든 사회당도 국회에 들어갔다. 학살자들에 대한 심판이 분명했다.

"우리가 처음부터 선거를 통한 합법 투쟁을 벌였으면 어땠을까요."

"짚어볼 문제이오. 그런데 어떻소? 삼팔선 남쪽만의 정부 수립에 우리가 선뜻 참여할 수 있었겠소?"

"딴은 어쩔 수 없었죠?"

"애초 조선공산당을 불법화한 것은 미군정이었소. 남조선로동당을 합법적으로 다시 세웠지만 우리가 학습하며 정리했듯이 당 차원에서 제주 항쟁이나 여순 항쟁을 모의하진 않았잖소?"

"당 중앙의 지시도 없이 제주에서 여수에서 봉기를 일으킨 사람들이 어떤 잘못을 저질렀는지 새삼 확인하게 되네요."

"공감하오. 다만 그와 별개로 '정부'나 '국가'라는 이름으로 친일 세력이 저지른 만행을 샅샅이 증언해야 하오. 제주 민중이나 여수 병사들의 정의감과 그것을 실현하려는 의지도 그 차원에서 평가해야 옳다고 보오."

"그럼요. 우리 앞으로 토론 모임에 제출되는 보고서들을 다 모으고 일지도 최대한 상세하게 적어요. 친일 경찰이 해방된 조선에서 설쳐대는 현실에 정면으로 맞서 싸운 민중의 용기, 헌신, 정말 위대해요. 사실 그들의 힘이 없었다면 제주나 여수, 순천에서 항쟁의 불길이 그처럼 거세게 타올랐겠어요?"

"동의하오."

"그래서 아쉬움이 더 짙어져요. 결과론적인 평론일지 모르겠는데 민중의 분노를 담아내 선거로 결집했다면 싶은 거죠. 이번 총선에서도 제주 선거구 셋 가운데 두 곳에서 무소속이 당선됐잖아요. 한 곳도 이승만 쪽은 아니고요."

"일리가 있소. 다만, 제주나 여수에서 봉기가 일어났을 때 당이 단호하게 선을 긋기 어렵지 않았겠소? 앞으로 잘 지켜봅시다. 서울에서 조소앙의 당선으로 사회당도 국회에 들어갔고, 조봉암 같은 이가 국회부의장을 하니까 2대 국회가 활동하기 시작하면 적잖은 변화가 있을 듯하오. 어쩌면 우리 귀국도 빨라질 수 있겠소. 아기가 조선 땅에서 태어나면 좋을 텐데….”

그러나 며칠 만에 상황이 급변했다. 남과 북 사이에 전면전쟁이 벌어졌다는 소식이 벼락처럼 떨어졌다.

“이남에서 북침했다고 하지만, 일본 신문들을 보아도 그렇고 아무래도 이북이 전면 공격 한 것 같소.”

“그렇죠? 벌써 서울 인근까지 진격했다면서요. 그런데 미국이 가만히 있을까요? 미군이 투입되면, 아, 정말이지 우리 산하는 죄다 전쟁터가 될 텐데요.”

“그러게 말이오. 미군이 철수했다고 하지만 바로 코앞인 여기, 일본에 주둔하고 있는데…. 이러다가 대량 학살이 전국적으로 벌어지지 않을까 걱정이오.”

돌하르방의 얼굴은 어두워졌다. 나 또한 불안이 가라앉지 않았다. 정말이지 몸서리쳤다. 탐라에서 벌어진 붉은 학살이 조선 땅 골골샅샅에서 벌어진다면, 피의 강물이 얼마나 넘쳐흐르겠는가.

감정으로야 전면전을 통해서라도 망나니짓을 저지른 수많은 ‘박병도’를 심판하면 좋을 터였다. 하지만 제주나 여수에서 보았듯이 그것이 무장봉기나 전쟁으로 가능한지는 별개의 문제 아닌가. 더구나 남조선의 국회에서 이승만과 친일 세력을 몽땅 합쳐도 소수파가 된 마당에 전면 전쟁이라니….

삼팔선을 넘은 인민군이 서울을 함락하고 파죽지세로 대구와 낙동강까지 다가설 때, 내 예측이 틀렸나 싶었다. 그런데 우려한 대로 미국이 전면 개입하고 나섰다. 가공할 폭탄이 조국의 산하에 무수히 떨어졌다. 투하되면 사위를 죄다 불태운다는 폭탄 이야기도 들렸다. 훗날 베트남 전쟁에서 널리 알려진 네이팜탄이었다. 이미 그때 우리 강산에 셀 수 없을 만큼 네이팜탄이 터져 애먼 민중을, 마을을, 산하를 새까만 숯덩이로 만들었다.

토론 모임을 통해 조국에서 들려오는 전황을 분석하며 우리는 망연자실했다. 특히 학살 소식이 들려올 때 그랬다. 전쟁이 발발하자 이승만은 '전국 요시찰인 전원 즉시구속'을 명령했다. 곧이어 대학살을 저질렀다. 내 고향에서도 미친 학살극을 벌였다. 모슬포 경찰은 '예비검속' 명단을 만들어 사람들을 검거한 뒤 창고에 가뒀다. 밤이 깊어지자 일본군이 탄약고로 쓰던 섯알오름 동굴에 수백 명을 몰아넣고 총을 난사했다.

천벌 받아 마땅한 살인마들에 치가 떨리면서도, 어느새 그 사건에서 위안을 얻는 자신을 발견할 때면 내가 무시무시한 괴물처럼 다가와 섬뜩했다. 고향에서 일어난 학살 소식을 들은 날, 슬픔과 분노로 잠을 이루지 못하면서도 일종의 안도감이랄까, 평온함이랄까 가공스러운 감정이 스멀스멀 퍼졌다. 고백하거니와 그때 나는 다음과 같이 참담한 '계산'을 했다.

'아버지와 어머니, 오빠와 새언니가 그때 설령 죽지 않았더라도, 전쟁으로 예비검속에 걸려 모두 죽었겠구나. 그러니 너무 원통하게 생각하진 말자.'

나 때문에 부모님과 오빠 가족이 몰살당한 부채감을 씻어내려는 검은 '흉계'였다. 내 안의 '괴물'을 발견하고 휘청거릴 때 마침 남편이 귀가했다. 나는 쓰러지듯 안기며 눈물 쏟았다. 어쩌면 그렇게 해서라도 내 가증스러움을 감추려는 깜냥이었을까. 어리둥절한 남편에게 내 안에서 발견한 괴물을 고발했다. 돌하르방은 애처롭게 바라보더니 힘을 주어 또박또박 말했다.

"괜찮소, 괜찮소, 대체 그게 무슨 가증스러운 생각이란 말이오. 흉계는 더더욱 아니라오. 얼마나 당신이 고통을 받고 있는지 잘 알고 있소. 사람이 고통이 심해지면, 몸속에서 그걸 이겨내려고 본능적으로 대처한다고 하오. 사실 이왕 말이 나온 참에 솔직히 말하겠소, 당신 말이 다 맞소. 아주 정확하오. 장인 어르신 내외도, 처남 식구들도 예비검속 명단에 들어갔을 거요."

"우리는 어떻게 됐을까요?"

"물론 빠져나오지 못했겠지?"

"그러니 우린 덤으로 살고 있는 셈이네."

"그거 참 좋은 말이오. 덤으로 살고 있다…. 그래, 살아남은 사람의 의무가 있지 않겠소? 우리 정말 잘 살아야 하오. 그러니 자학 따위는 이제 하지 마오. 곧 출산할 아이에게도 해롭소."

돌하르방이 한 손으로 어깨동무를 하고 다른 손으로 부풀어 오른 배를 다사롭게 어루만져주었다. 그랬다. 듣고 싶은 말이었다. 남편이 그렇게 말해주리라 기대하고 집에 들어설 때 방정을 떨며 울었다!

정말 교활하지 않은가. 독자들이여, 그리고 섯알오름의 캄캄한 동굴에서 원통하게 총살당한 원혼들이여, 그날의 나를 부디 용서하기를….

비통하게 이승을 뜬 부모님과 오빠 내외에게 평생 지녀야 마땅한 부채감을 씻으려고 안달했던 나는 곧이어 부끄럽게도 한 생명의 어머니가 되었다. 두 번째 출산이었지만 그늘이 짙었던 첫 출산과는 아무래도 다를 수밖에 없었다. 내 몸에서 키운 사랑의 결실과 세상에서 만나는 감동에 얼마나 뒤

설레었던가.

임신 무렵에 집채만 한 호랑이가 어슬렁거리며 앞발을 들어 여기저기 치는 태몽을 꿔 확신했는데 예상대로 아들이었다. 세상과 울음으로 인사하는 아기가 눈부시게 씩씩했다. 아기를 안고 덩실덩실 춤을 추던 젊은 돌하르방이 할망이 된 지금도 미치도록 그립다.

첫 아이가 주변 사람들의 걱정과 우려 속에서 태어났다면, 둘째 아이는 모든 이의 축복을 받았다. 한라산 동굴에서 태어나 너무도 짧은 시간을 머물다가 끔찍하게 떠난 새날이 새삼 가여워 남몰래 눈물 흘렸다. 첫 아이 이름 '새날'이 너무 강했다는 생각을 공유한 걸까. 우리는 아기 이름을 소박하게 짓자는 데 합의했다. 아기가 숫진 민중의 한 사람으로 살아가길 소망해 '민' 외자로 붙였다. 강 민. 1950년 10월, 민은 전쟁의 한복판에서 돌하르방과 미리내의 사랑과 희망으로 이 세상에 나와 무럭무럭 자라갔다.

24

전쟁은 무장 암울하게 전개되었다. 미군이 인천으로 상륙하면서 전황은 크게 바뀌었다. 일본 언론은 맥아더를 '명장'으로 추켜세웠다. 탐라에서도 어두운 소식이 전해졌다. 한라산 무장대는 전면전 발발 무렵에 쉰 명 안팎으로 줄어 있었다. 1949년 봄에 결정적 타격을 받고 무장 활동도 뜸했다. 마을의 가족이나 친지로부터 생필품을 보급 받아 겨우 명맥만 유지했다.

그런데 전쟁으로 상황이 달라졌다. 인민군이 목포까지 진격했을 때 무장대 내부에서 갈등이 불거졌다. 지도부는 인민군이 제주도에 상륙한 뒤 하산한다고 결정했는데 강경파가 크게 반발했다. 기다릴 게 아니라 무장봉기를 선도한 영웅적 투쟁을 이어가야 옳다며 허영삼과 김성규가 주도해 지도부를 기습했다. 이튿날에 인민재판을 열고 고승옥을 비롯한 지도부 세 명을 전격 처형했다.

참으로 참담했다. 고승옥은 어린 시절 절울이에서 종종 마주칠 만큼 가까운 이웃 마을에 살았다. 해방 후 제주도에 돌아왔을 때 인민위원회에서 일하던 그와 반갑게 인사 나눴다. 그는 우리 결혼식에도 참석했다. 군경비대로 들어간 고승옥은 내가 제주를 탈출하기 한 달여 전에 탈영해 입산했다.

절울이를 오르내리던 어린 시절 친구의 얼굴이 떠오를수록 그가 동지들 손에 죽은 사실을 그냥 지나치기 어려웠다.

어떻게 노선이 다르다고 동고동락하며 지휘 책임을 맡아온 사령관을 감히 '인민재판'의 이름으로 살해한단 말인가. 스탈린의 악몽을 보는 듯했다. 고승옥의 원혼을 어떻게 위로할지 난감했다. 그가 오사카에 유학했을 때 동창생이 마침 나와 같은 조선 학교에 있었는데 믿을 수 없다며 절레절레 고개를 흔들었다.

고승옥을 처형한 무장대는 곧바로 하산해 경찰을 습격하고 친일파를 죽였다. 피 묻은 사령관 자리에는 허영삼이 앉았다. 무장투쟁을 재개했지만, 그들의 기대와 달리 뭍의 정세는 다시 급변했다. 인천으로 상륙한 미군이 평양까지 점령했다. 중국군이 참전하면서 양상은 미−중 전쟁으로 변해갔다.

맥아더가 조선에 원자폭탄을 대거 투하한다는 소식이 들려와 우리는 아연 긴장했다. 일본 신문은 미군이 중국 영토에는 원폭을 떨어뜨리지 못해도 북조선에는 투하 가능성이 높다고 보도했다. 자칫 불바다가 될 위기였다.

천만다행으로 미치광이 맥아더가 해임되어 한시름 놓았다. 결국 전쟁은 교착 국면을 맞았다. 미국이나 중국, 소련 모두 확전을 원하지 않으면서 '휴전'이 보도되기 시작했다. 남도 북도 미군의 무차별 폭격으로 폐허가 되었는데 결과는

'원위치'된 셈이었다.

휴전이 논의될 때 돌하르방과 나는 한라산과 지리산의 운명을 새삼 걱정하지 않을 수 없었다. 인민군이 제주에 상륙하리라 예상하고 하산 투쟁을 재개한 무장대는 혹독한 시련을 맞을게 분명했다. 고승욱을 처형한 과오를 인정할까. 경찰과 교전 중에 허영삼이 죽고 김성규가 사령관이 되었다는 소식에 이어 제주방송사를 습격한 사건이 오사카에 알려졌다. 무장대가 철수하며 방송사에서 일하는 세 사람을 끌고 입산했는데, 심부름하던 소년까지 모두 땅에 파묻힌 시신으로 발견됐다. 무장대는 서귀포발전소를 불 지르기도 했다.

돌하르방과 나는 유격전의 고갱이는 민심이라고 일찍이 이현상 선생으로부터 배웠기에 씁쓸했다. 실제 선생이 지휘하는 유격대는 민간인을 전혀 죽이지 않았고, 포로로 잡은 경찰이나 군인까지 교양 교육을 한 다음에 풀어준다는 소문이 오사카에도 퍼져 있었다.

다만, 아무리 혁명 정신이 투철하고 용맹해도 조선처럼 좁고 밀림이 없는 땅에서 유격전으로 미군에 맞서기란 어려울 수밖에 없었다. 그 시기, 돌하르방은 이현상 선생에 대한 존경과 애정 때문인지 밤잠을 거의 이루지 못하고 뒤척였다. 퇴근하면 아들의 얼굴을 들여다볼 때 잠깐 밝아지다가도 내

내 어두웠다. 아둔하게도 나는 그 연유를 몇 달이 지나서야 알 수 있었다. 민을 키우느라 토론 모임에 거의 나가지 못하면서 상황을 상세히 파악하지 못한 탓이다. 돌하르방도 내가 걱정할까 봐 일부러 전하지 않았다.

마침내 내게도 들려온 소식은 발밑을 뒤흔든 '대지진'이었다. 박헌영 선생을 비롯한 남로당 출신들의 사상 검토가 이북에서 벌어지고 있다는 것이었다. 토론 모임이나 재일 조선인 조직에도 이상기류가 흐른다고 돌하르방은 덧붙였다.

남편이 근거 없는 이야기를 할 사람이 아니라는 사실을 누구보다 잘 알고 있었지만 설마 했다. 그런데 인민공화국 수립에 적극 참여한 남로당 고위 간부들 체포 소식이 일본 언론에 났다. 박 선생은 연금 상태라는 기사가 이어졌다.

남로당 간부들이 '미 제국주의의 간첩'이라는 발표에 실소마저 나왔다. 곧 진실이 밝혀지리라 기대도 했다. 하지만 정전협정이 체결되고 일주일쯤 지나서일까. 이북이 남로당 간부들을 처형하고 전 재산을 몰수했다는 보도들이 나왔다. 박 선생 체포도 공식 발표됐다.

섬뜩한 보도를 접한 날, 남편과 나는 방학 중이라 하루 내내 집에 있었다. 귀여운 민이 한껏 재롱을 떨었지만, 돌하르방의 굳은 얼굴은 풀리지 않아 안쓰러웠다. 그 어두운 얼굴

아래 얼마나 무서운 생각이 꿈틀거리고 있었는지 전혀 헤아리지 못했다.

다음 날 아침, 돌하르방의 얼굴은 사뭇 환해졌다. 나는 안도감을 느끼며 어느 때보다 정성껏 아침상을 차렸다. 식사를 마친 남편은 고마움을 표하며 설거지를 했다. 차 두 잔을 끓여와 식탁에 앉은 뒤 말문을 뗐다.

"고은하."

은근한 부름에 정신이 번쩍 들었다.

"나를 꼭 도와줄 일이 생겼소. 들어주리라 믿소."

"무슨 일인데… 그래요?"

불길한 예감을 억누르며 조심스레 물었다.

"꼭 들어준다고 약속해주오."

강렬한 눈빛에 가슴이 싸했다.

"결혼할 때 앞으로 모든 걸 상의해 결정키로 했죠? 들어보고 대답할게요."

"음…."

평소답지 않게 여싯여싯 망설이다가 찬찬하게 말꼭지를 뗐다.

"짐작했겠지만, 김일성은 결국 박헌영 선생마저 처형할 게 틀림없소."

"…."

"어떻게 이런 일이 벌어지는지 도통 이해할 수 없구려."

"여수에서 이현상 선생 뵈었을 때, 당신이 스탈린의 숙청에 대해 질문했던 것 기억해요?"

"그랬던가…. 어이없게도 똑같은 일이 벌어지고 있는 게로군."

"당신은 참 안목이 있었던 거예요. 그리 훌륭하니 내가 신랑으로 모셨겠지요?"

모처럼 애교 담아 어둠에 잠긴 남편을 달랬다.

"고맙소. 그런데 알다시피 정전협정에서 지리산과 한라산의 무장대들은 철저히 배제됐소."

뭔가 불길했던 예감의 실체가 고개를 살짝 드러내는 느낌이 들었다. 정전협정을 맺는 과정에서 포로 교환을 놓고 긴 협상 끝에 합의를 보면서 이남의 유격대를 거론조차 않는 이북에 대해 돌하르방과 분노를 나눈 적이 있었다.

"그 이야긴 했잖아요. 이제 잊으세요. 우리가 할 수 있는 일도 없으니까요."

"맞소. 그런데 남로당 간부들이 미제 간첩으로 처형당했다면, 지리산에 계신 이현상 선생의 운명은 어찌되겠소."

"그 걱정을 하셨군요."

"그리고 말이오. '우리가 할 수 있는 일이 없다'는 말도 사실은 옳지 않소."

"무슨 길이 있나요?"

"길을 찾아야 하오."

"…."

"길을 찾으면, 당신이 도와줄 거라 믿소."

"좋아요. 말해보세요."

남편의 치밀한 화법에 넘어간 순간이었다.

"고맙소. 실은 내가 좋은 길을 찾았소."

"뭔데요?"

"이현상 선생을 이곳에 모시는 거요."

"네? 그게… 가능해요?"

"가능하오. 아니, 가능하도록 만들어야겠지."

"설마… 당신 지금…."

"맞소, 당신도 그걸 가능하도록 만들 가장 적격인 사람이 나라고 지금 판단한 거 아니겠소?"

"안 돼요! 미쳤어요?"

"그럴 게 아니라 잘 생각해보오. 이미 휴전되었소. 여기서 부산 거쳐 여수까지 얼마든지 밀항할 수 있고, 부산이든 여수든 내 얼굴을 기억할 사람도 없소. 더구나 나는 지금 수염까지 텁수룩하잖소."

"아니 그럼, 봄부터 수염 기른 게 잠입하려고 한 건가요? 그때부터 혼자 무서운 생각을 했단 말이에요?"

"꼭 그런 건 아니오. 남로당 고위 간부들이 평양에서 간첩 혐의로 체포되었다는 소식을 들은 뒤로는 솔직히 면도할 여유조차 없었소. 학교 안팎에서 함께 일해온 동지들과도 틈이 벌어져 더 그랬소. 그러다가 문득 거울과 마주쳤는데 내가 보아도 다른 사람 같았소. 혹시 요긴할지 모르겠다고 생각해 그냥 깎지 않았을 따름이오. 미리내도 알듯이 쌍계사와 의신마을 거쳐 빗점골에 이르는 모든 골짜기를 나는 손바닥 안처럼 들여다보고 있잖소? 걱정 마오."

"하지만 경찰과 군인 들이 이중삼중으로 지리산을 포위하고 있잖아요!"

"지리산을 어떻게 다 포위할 수 있겠소. 반드시 틈이 있을 거요."

나는 곤히 잠든 민에게 고개를 돌렸다. 남편의 시선을 유도하기 위해서였다. 솔직히 대체 이 사람은 나와 어린 아들을 두고 무슨 짓을 벌이려 하나 싶어 야속했다. 남편이 마음을 읽은 듯했다.

"현지에 가보고 틈이 전혀 안 보이면 접겠소. 하지만 시도

조차 해보지 않는다면, 그래서 선생님이 결국 거기서 죽음을 맞는다면, 그 순간에도 나는 오사카에서 편하게 살고 있다면, 우리 아들 앞에 떳떳한 아비가 될 수 없을 것 같소. 민에게 당당한 아버지이고 싶소."

"당신 지금도 훌륭한 아버지예요. 그리고 당신이나 나, 당원도 아니잖아요. 우리는 스탈린이 하는 짓을 보며 공산당이든 노동당이든 확신이 없어 가입하지도 않았고요. 그런데 왜 새삼 당신이 구하러 간다는 건가요? 그건 섶을 지고 불 속으로 뛰어드는 짓이에요."

"맞아, 그랬소. 교육 사업에 전념하자며 당에 가입하지 않았고, 그 때문에 지금 이렇게 편히 살아 있는 거 아니오?"

"당신은 내가 편히 살아왔다고 생각해요?"

"아, 미안, 미안, 당신이 아니라 내가 그렇다는 거요. 내가 굳이 가려는 이유는 명확하오. 생각해보오. 일제와 조선 땅에서 가장 헌신적으로 싸운 사람들이 정작 해방 후에 남에서든 북에서든 죄다 죽임을 당한다면, 겨레의 미래가 어떻게 되겠소. 외세와 억압에 맞서 정의롭고 평화로운 세상을 이루려는 꿈조차 우리 후손들이 잊어버리지 않겠소? 나는 그걸 방관할 수 없소. 후대들은 마음 놓고 사랑을 나누는 세상에서 살 수 있도록 지금 내가 할 수 있는 일에 최선을 다하고 싫소."

　나는 점점 설득되고 있는 느낌이 싫었다. 아니, 두려웠다.

　"당신이 선생님을 설령 산에서 만난다고 해도 그분은 오사카로 밀항하지 않을 겁니다. 제가 보기엔 지리산이 죽을 자리라고 판단하실 거예요."

　"그 말도 맞소. 바로 이래서 내가 미리내를 사랑하는 거요. 나도 선생님이 그러리라 판단하오. 하지만 설득해보려 하오. 일단 소나기는 피하자고. 선생님이야말로 보존해야 할 혁명 역량이라고…. 그래, 거절하실 수도 있을 거요. 그럼에도, 그럼에도 말이요. 그런 말조차 건네지 않고 여기서 수수방관하고 있으면, 지리산에서 내려온 뒤 내가 보낸 세월에 두고두고 자괴감이 들 것 같소. 그러니 제발 이해해주오. 현지에 가서 상황을 정확히 판단하고 모험은 하지 않을 터, 내 반드시 돌아오리다."

25

그렇게 돌하르방을 떠나보냈다. 막는다고 가지 않을 사람도 아니었지만, 조선 땅에서 일본제국주의와 가장 헌신적으로 싸운 사람들이 정작 해방된 땅에서 모조리 죽임을 당한다면 겨레의 미래가 어두울 수밖에 없다는 말에, 외세와 억압에 맞서 정의롭고 평화로운 세상을 이루려는 꿈조차 후손들이 잊어버릴 수 있다는 우려에, 후대들은 마음 놓고 사랑을 나누는 세상에서 살 수 있도록 지금 주어진 현실에 최선을 다하고 싶다는 진정성에 나 자신이 백분 공감했다.

오사카로 들어오는 밀항선은 적지 않았고, 다시 돌아가는 배에 얼마든지 탈 수 있었다. 나는 여투어 둔 돈을 모두 털어 건넸다. 때로는 돈이 목숨을 살릴 수도 있어서다.

"토벌대 군경들은 정신적 무장이라곤 전혀 없을 거야. 포위망도 엉성할 게 틀림없어. 걱정 마오. 당신 혼자 두고 눈 감을 내가 아니니까."

작별하는 순간까지 나를 다독였다. 이현상 선생이 은신하고 있으리라 예상한 빗점골은 물 흐르는 계곡이 깊어 얼마든지 살길을 찾을 수 있다고 자신했다.

돌하르방이 밀항하고 이틀 지나서다. 일본 신문에 '남조선 빨치산 사령관 이현상 사살'이 보도됐다. 선생의 얼굴을 떠올리며 경악과 슬픔에 사로잡혔다. 다만, 돌하르방이 아직 구출에 나서진 않았을 시점이라고 짐작해 일말의 안도감을 느꼈다. 그래도 혹시 몰라 쿵쾅거리는 심장을 다독이며 기사를 샅샅이 훑어보았다. 함께 '사살'된 사람들이 누구인지 재일 조선인 조직에도 문의했다.

기사와 정보망을 종합하면 돌하르방은 무사해 보였다. 선생의 죽음이 믿어지지 않을수록 남편의 안위가 걱정돼 숱한 건밤을 보냈다. 일주일이 지나 돌하르방의 편지를 받을 때까지 그랬다.

편지 봉투에 찍힌 우체국 소인은 부산도 여수도 아니었다. 오사카였다. 밀항자 편에 편지를 동봉했으리라 짐작하면서도 왜 편지만 보내고 돌아오지 않는지 퍼뜩 의문이 들었다. 그럼에도 반가움에 서둘러 봉투를 뜯었다. 돌하르방의 강건한 영혼이 담긴 육필 편지를 지금도 나는 제주 상황 일지들과 함께 갈무리해두고 있다.

내 사랑 미리내.

근심이 많았으리라 짐작하오. 편지를 쓰고 있듯이, 나는 무사하고 건강하오. 이미 일본에도 소식이 전해졌겠지만, 이현상 선생님은 장렬하게 운명하셨소. 일제와 맞서 싸운 불굴의 혁명가를 경찰과 군인 들이 저마다 제가 죽였노라고 떠들어대지만, 진실은 그렇지 않소. 선생님은 사실상 자살의 길을 선택한 듯하오.

부산을 거쳐 하동까지 무사히 들어가 쌍계사 스님을 찾았소. 다행히 아직도 주지를 맡고 계시더이다. 스님은 얼마 전에 선향한 빨치산을 만나보라고 했소. 그가 선생님의 호위병 출신으로 토벌대에 합류했다는 말에 손사래 쳤지만, 스님은 다 뜻이 있어 토벌대에 들어간 것이라며 만남을 주선했소.

딱히 뾰족한 방법이 없어 모험을 했다오. 자정을 넘어 주지 스님 방에서 마침 토벌대 복무를 교대하고 하루 휴식하던 그를 만났소. 나 못지않게 그도 경계하긴 마찬가지였소. 내가 먼저 이현상 선생과의 인연과 그 뒤 걸어온 길을 간략히 설명해주자 그제야 뜨거운 눈길을 보내더군. 이야기 나누다가 그의 아버지가 마산에서 혁명운동을 벌인 사실을 알게 되어 혹시 해서 물어보았는데 그도 신문 《붉은 배》를 알고 있었소. 그러니까 선친과 그의 아버지가 함께 혁명운동을 벌인 동지였던 셈이오. 아버지 세대가 함께 탔던 '붉은 배'에 우리도 타고 있다는 운명을 인식한 우리는 서로를 부둥켜안았다오.

우리는 이현상 선생이 무사히 하산해 일단 일본으로 밀항해 다음 사업을 모색해야 옳다는 데 합의했소. 그는 지금껏 자신이 토벌대를 엉뚱한 쪽으로 끌고 다녔다고 했소. 이어 내일 토벌대가 의신마을로 올라간다며 해가 진 뒤에 자신이 토벌대의 경계를 산 위쪽으로 집중시킬 테니 나더러 산 아래쪽 깊은 골짜기를 타고 올라가라고 권했소. 나도 밤에 그 골짜기가 틈이라고 생각하고 있었는데 그의 판단도 같았소. 다만 선생을 모시고 하산하는 길은 판단이 달랐소. 현재 토벌대의 여건으로 볼 때, 빗점골 반대쪽인 뱀사골이 부실하니 그곳으로 활로를 뚫으라고 했소.

진정성이 느껴졌지만 나로서는 뱀사골 쪽 정보가 부족해 망설였다오. 사실상 사지로 들어가는 모험이라 그랬는지도 모르겠소. 고심 끝에 밤을 기다려 결행하자고 준비하고 있는데, 오후에 화개장터까지 소문이 퍼져왔소. 이현상 선생을 사살했다는 거였소. 심장이 차가워왔다오. 믿을 수 없었지만, 사실이었소. 불굴의 독립 혁명가 주검을 질질 끌며 모욕해대던 저들의 치기 어린 작태까지 적고 싶진 않소. 분노가 치밀어 올라 참을 수 없기 때문이오.

나는 도저히 그냥 철수할 수는 없었소. 양복으로 갈아입고 다시 쌍계사로 올라가 앞서 말한 호위병을 찾았는데 마침 망연자실해 있는 그를 볼 수 있었소. 그에게 놀라운 진실을 듣게 되었소.

빗점골 위에 사령관의 아지트가 있다는 사실은 숱한 전향자들을 통해 이미 토벌대에 알려졌을 터이므로 선생님이 거기서 곧장 아래쪽으로 내려오지는 않으리라 확신했다 하오. 밤에는 일부러 애먼 숲에 사격해 매복조의 위치도 노출시켰다고 했소. 그래서 병력도 빗점골 쪽으로 집결해놓았는데, 선생님이 바로 그 길로, 그것도 아주 천천히 내려왔다고 하오. 그가 이현상 사령관이 죽음의 길을 부러 선택했다고 확신하는 이유라오. 그는 화개장터에서 구해온 막걸리를 취하도록 마시고는 사실상 자신이 선생님을 죽인 것이 아니냐며 괴로워했소.

사랑하는 미리내, 당신도 선생이 '사람은 자신이 죽을 자리를 찾으면 행복하다'는 말을 종종했던 사실을 기억하고 있으리라 생각하오. 노출된 길로 하산한 것은 사실상 자살을 선택한 결단으로 풀이할 수밖에 없다는 호위병의 말이 옳아 보이오. 죽을 자리를 찾았다고 했지만, 그리고 그것은 행복이라고 말했지만, 나는 위대한 혁명가의 마지막 결단이 얼마나 고독했을까 싶어 통곡했다오.

하지만 오래 머무르며 추모할 수는 없었소. 화개장터에는 나를 알아보는 사람이 오갈 가능성이 높다고 판단했소. 선생의 호위병이 절망에 사로잡혀 작별하기 힘들었지만 다시 만나기를 기약할 수밖에 없었소.

오사카로 돌아갈 밀항선을 알아보던 중에 여수에서 제주

로 가는 배편 검문이 그저 표를 검색하는 수준임을 알게 되었소. 그것은 제주 무장대의 투쟁이 그만큼 실패했다는 사실을 입증하는 비보라 가슴 아팠다오. 동시에 그렇다면 제주도를 들렀다가 가자는 생각이 퍼뜩 들었소. 다소 꺼림칙하긴 했지만, 한라산 입산자들이 하산하면 과거를 불문하고 도민으로 살아갈 수 있게 보장해준다는 말도 직접 확인해보고 싶었소.

나의 영원한 사랑 미리내.

탐라행을 결심한 까닭은 내가 우정과 사랑을 나눈 두 사람에 대한 의무를 다하기 위해서라오. 이덕구 동지의 죽음을 오사카에서 알았을 때 내가 얼마나 참담했던가를 기억하오? 사실 이 동지야말로 일본에서 살았소. 제주에서 태어났지만 소학교부터 모두 일본에서 졸업하고 대학에 다니다가 징집됐다오. 해방이 되자 형제들이 살고 있는 오사카로 오지 않고 고향 제주로 돌아왔소. 동갑인 그와 교사 모임에서 만나 의기투합했던 시간들을 미리내도 지켜보았잖소. 나는 그가 중학생들에게 역사와 지리를 어떻게 잘 가르칠 수 있을까 고심하며 공부하는 모습을 숱하게 보았소. 그는 내가 지리산에서 유격전을 준비했다는 이야기를 듣고 자신이 일본 관동군에 복무한 사실에 용서를 구하기도 했소. 부끄러움을 씻기 위해서라도 더 열정을 다해 교사로 일하겠다고 다짐도 했소.

그런데 어떻소. 정작 우리는 오사카로 피신—물론, 갓난아기를 기르며 무장대 활동을 할 수 없었던 상황과 무장봉기에 전적으로 동의하지 못한 사상적 이유가 있었지만, 어쨌든 결과적·객관적으로는 친일파들이 휘두르는 폭력 앞에 '도망'이라 할 수밖에 없소—했고, 그는 탐라에 남아 유격대 31지대장을 거쳐 사령관이 되었소.

오사카에 살고 있는 이 동지의 친형이 전했듯 그의 시신은 '전시'되어 모욕당했을 뿐만 아니라 가녀린 아내와 아들, 딸 모두 놈들의 손에 학살당했소. 다섯 살, 두 살 그 귀여운 아이들에게 총을 쏜 경찰 놈들을 생각하면 정말이지 이가 갈리오.

구경꾼들 속에서 참담한 심경으로 이현상 선생의 주검 앞에 머리 숙이다가 이덕구 동지의 최후가 겹쳐졌소. 선생님과 이 동지의 죽음 앞에서 살아 있는 내가 있을 곳은 오사카 조선 학교가 아니라는 확신이 들었소.

짐작했겠지만 탐라행을 결심케 한 또 한 사람은 내 사랑 고은하라오. 모든 일에 당신과 내 생각은 같았소. 당신은 선생님의 훼손당한 주검 앞에서 이덕구 동지를 떠올린 나를 충분히, 어쩌면 나보다 정확히 이해할 것이오. 그래서라오. 귀국해 탐라에서 교사로 일할 가능성을 타진하겠소.

무장대가 사실상 무너졌고 토벌대의 서슬도 많이 누그러졌다고 하니 우리가 떠날 때와 달리 안전하리라 판단하오. 저들이 말하는 '귀순'이라는 용어가 마음에 들지 않지만, 어쨌든 입산해서 총을 든 무장대까지 자발적으로 산에서 내려오면, '건전한 도민'으로 생활할 수 있게 보장해준다고 하오.

만일 그 말이 사실이라면 미리내와 내가 이제는 탐라로 돌아와도 큰 문제가 되진 않을 성싶소. 설령 '귀순' 서약서를 쓰라 해도 나는 기꺼이 받아들이려 하오.

사랑하는 미리내, 살아남은 우리가 마땅히, 그리고 반드시 해야 할 일이 있소. 탐라 민중들의 피어린 투쟁이 '소련 제국주의의 사주를 받은 폭동'이라느니 '남로당 중앙의 지령'이라느니 떠들어대면서 자신들의 친일 행적에 전혀 뉘우침이 없는 반민족 세력에게 우리가 왜 총과 돌, 죽창을 들 수밖에 없었는가를 증언해야 옳다고 생각하오.

제주 항쟁도 여순 항쟁도 남로당 중앙의 지시가 아니라 현지에서 울분에 찬 민중의 결단이었다는 진실, 그 결행이 비록 '모험주의'라는 비판을 받을 수 있겠지만, 그렇게 하지 않고는 참을 수 없을 만큼 친일 반민족 세력이 해방된 조선에서 되레 거들먹거리며 고문과 강간으로 우리 생명을 위협한 저 명확한 진실을 또박또박 알려야 하지 않겠소?

그래서 우리는 귀향해야 하오. 새로운 세대에게 진실을 가르쳐야 하오. 정치적 이념이나 계급투쟁의 문제가 아니라 민족적 양심의 문제, 인간다움의 문제였다고 말이오. 정의롭지 못한 세상에 평화란 가능하지 않다는 진실도 증언해야 하오.

그러니 걱정 마오. 지금 제주에는 군 훈련소가 대규모로 설치되고 중국군 포로수용소도 만들어져 사람이 크게 늘어났소. 뭍에선 온 피란민도 많소.

나는 엿과 좌판을 구입해 밀짚모자 쓴 엿장수가 되어 있다오. 한라산은 물론, 산간 지역 가까운 마을도 방문—이덕구 동지가 전사한 곳에 가서 술 한 잔 올리고 싶지만 당신과 민이를 생각해 꾹 참겠소. 약속하오—하지 않고 오직 해안 지역의 안전한 곳으로 다니며 엿을 팔고 교사로 활동하는 벗들을 만날 생각이오.

자, 이제 내 모습이 그려지오? 저 삼점마을 들머리에서 밀짚모자 쓰고 엿장수로 올라오던 내 모습이? 우리 그날 '꽃숲'을 찾았잖소. 탐라에서 상황을 파악하고 곧바로 돌아가 희소식을 전하겠소. 내 마음은 이미 사랑하는 당신과 귀염둥이 민이 곁에 가 있다오. 내 손에 낀 구리 반지를 걸고 맹세하오. 이 반지가 파랗게 될 때까지 당신과 함께 살 거요. 사랑하고 존경하오. 나의 미리내.

26

탐라에 들어간 돌하르방은 연락이 끊겼다. 나는 시간이 갈수록 초조했다. 무소식이 희소식이라고 다졌지만 악몽이 밤마다 이어졌다.

파도에 귀 기울이며 바닷가를 걸었다. 그러다가 시신을 발견했다. 둘러보니 시신 위로 절벽이 치솟아 있었다. 엎드린 주검을 바로 눕혔다. 아, 그런데… 시신의 얼굴은 다름 아닌 나였다. 소스라치게 놀랐지만 억울하게 죽은 사인을 밝혀야 한다며 내가 직접 해부했다. 칼로 가슴을 열었을 때, 무거운 돌이 나왔다. '이럴 수가' 하며 칼을 놓고 피 묻은 돌을 꺼내 들었다. 돌 앞면을 보다가 깜짝 놀랐다. 돌하르방 아닌가.

꿈에서 본인이 죽으면 길몽이라는 말을 어디선가 들어 그나마 마음이 놓였다. 하지만 불안감은 무장 커져 조선인 조직을 통해 이른바 '귀순 공작'을 알아보았다. 경찰은 산 중턱에서 확성기로 귀순을 권고했을 뿐만 아니라 항공기로 전단까지 살포했고 이미 귀순한 무장대나 부모형제를 동원했다. 제주도의회도 "귀순하면 생명은 국가에서 보장하며, 여생은 도의회가 책임진다. 무의미한 항전을 버리고 향토 평화 건설에 동참하라"라는 권고문을 마을마다 게시하고 한라산 곳곳에 뿌렸다. 경찰국장 이름으로도 살포되었다. 정보를 찾을수록 돌하르방의 신변이 안전할 듯싶었다.

새 학기가 열리자 조선 학교 교사 회의에서 교장은 기다렸다는 듯이 체포된 박헌영 선생과 처형된 남로당 고위간부들을 '미제 간첩'으로 비난했다. 견디기 어려웠다. 돌하르방이 얼마나 고심하고 고통받았을지 짐작이 갔다.

삼 년 넘도록 숱한 생명과 산하를 파괴한 전쟁에 대해 "미제와 싸워 승리했다"라는 평가도 납득하기 어려웠다. 우리를 착취했던 일본이 벌을 받기는커녕 되레 남과 북의 전쟁 특수로 경제를 재건하는 광경을 보며 억장이 무너지고 있었기에 '승전'이라는 평가가 더 생뚱맞았다.

애타게 기다리던 남편 소식을 들은 것은 편지를 받고 한 달여 지나서였다. 엿장수로 사흘에 걸쳐 탐라 서부 지역을 돌아다니고 모슬포에서 오사카로 밀항할 배를 계약한 남편은 마지막 날 절울이 숲에 은신했다.

배를 주선한 사람은 사계초등학교 학부모로 동서가 입산자였다. 돌하르방이 절울이에서 머물던 날의 자초지종은 전향한 무장대원의 외사촌이 들려주었다. '귀순'해서 동지들 학살에 동원된 무장대원은 심적 괴로움으로 술독에 빠졌고, 술만 취하면 돌하르방 이야기를 소가 되새김질하듯 외사촌에게 들려주었단다. 그 외사촌이 오사카로 밀항해 왔을 때, 남편의 행방을 수소문하던 나와 연락이 닿았다. 그로부터 그날의 순간순간들을 알 수 있었다.

돌하르방은 땅거미가 내려앉을 때 절울이 숲에서 나왔다. 그곳이 어디인지 물어보지 않았지만, 돌하르방이 내게 불란지를 건네준 숲이라고 확신했다. 수풀에 은신한 내내 절울이에 인적이 없었고, 이제 곧 밀항할 배를 탄다는 안도감으로 방심했을까. 모슬포항으로 가려고 절울이 벼룻길을 걷는데 갑자기 강한 불빛들이 돌하르방의 얼굴을 쏘아댔다.

"꼼짝 마! 손 올려!"

어둠 속에서 총구를 앞세운 세 명이 돌하르방에게 다가갔다. 그 뒤로 걸쭉한 쉰 목소리가 들렸다.

"와, 이거 오랜만이군. 털복숭이 됐다고 내가 모를 줄 알았나?"

돌하르방이 눈이 부셔 손으로 가리자 그가 더했다.

"어때, 이 모든 게 낯익은 무대 같지 않은가? 한밤중에 조선을 등지고 도망치는 네놈 꼴이 오 년 전과 어쩜 이리 똑같으냔 말이다. 그때도 잠복근무를 하다가 네놈에게 빛을 밝혔지."

"아니… 너는?"

"오, 이거 영광인 걸? 자네처럼 똑똑한 혁명가가 나를 다 기억해주고?"

"네가 아직도 이 섬에?"

"너희 연놈 덕분이지. 그날 너희들을 놓친 탓에 징계받았 거든. 토벌대가 한 명도 없을 때까지 이 섬을 떠나지 않겠다 고 서약했어. 지금 보니 그때 징계 먹은 게 천만다행이야. 이 렇게 널 다시 보니 사필귀정이란 말이 떠오르는군."

"사필귀정? 그때나 지금이나 똑같구나. 네가 무슨 일을 하 는지 알고는 있는 거냐?"

"시건방진 놈! 어디, 그래 물어보자. 내가 지금 무슨 일을 해야 하는데?"

"오래전에 널 살려주며 말한 대로 조용히 고향에 돌아가 자숙하며 살아."

"뭐? 살려줘? 고향에 돌아가 살아? 너야말로 물정 모르고 떠드는군. 네놈이 말하기 전에, 이미 그렇게 했지. 천황께서 항복 선언을 발표한 날, 옷을 벗고 고향으로 돌아갔단 말이 지. 자숙하며 살려고 했더니 소련 놈에 빌붙은 김일성 세상 이 오던데? 조상 대대로 물려받은 땅을 송두리째 빼앗아 머 슴들에게 나누어주곤 나는 다른 지역으로 떠나라더군. 그곳 에 가서 거기 소작인들과 똑같이 나눈 땅 하나를 받아 일하라는 거야. 머리 조아리던 머슴 놈이 감히 내게 반말로 찍찍 대질 않나, 눈 부라리며 친일파라고 쏘아붙이는 놈까지 있더 군. 엉덩이 돌려가며 꼬리 치던 계집년들도 내 면전에서 콧 방귀를 뀌어대고. 어떤가? 네놈이 나라면 가만히 자숙하며 살겠어?"

"다시 말해줄 테니 잘 들어라. 네가 땅을 빼앗겨 그러나 본 데, 조상 대대로 네 선조들이 소작인을 얼마나 착취했는지 생각해봐라. 그런 세상은 이제 끝내야 해. 민주주의 시대가 열렸잖아. 너도 당당하게 네 손으로 노동하며 살아야 옳아."

"호, 그래? 남의 땅 빼앗는 놈들이 말은 늘 그럴듯하게 하 더군. 민주주의? 노동하며 살라? 넌 무슨 노동 하는데? 나? 지금 일하잖아. 열심히! 너 같은 빨갱이 연놈들이 밤마다 떡 치던 지난 오 년도 나는 이곳 타향에서 좆뺑이 치고 있었어. 자, 말이 나왔으니 이제 본론으로 가지. 그년 어디 있나?"

"문제를 자꾸 넓히지 말고, 상황을 간명하게 짚자. 나도 아 내도 여기 고향에서 교사로 일하고 싶어. 귀순하면 살아갈 수 있게 해준다기에 정말 그러한지 내가 먼저 알아보러 온 거다."

"와, 억수로 살고 싶은가 보네? 네놈 주둥이에서 '귀순'이 라는 말이 다 나오다니."

"정말이다."

"아니지, 아니지, 네놈이 모르는 게 있어. 넌 자진해 귀순 뜻을 밝힌 게 분명 아니거든? 지금도 숨어 있다가 발각된 거란 말야."

"오해다. 귀순할 마음 이미 오래전에 굳혔어. 지금 당장이라도 얼마든지 서명할 수 있어. 아내와 함께 귀순하려고 뭍으로 가려는 길이었을 뿐이야."

"호? 그러셔? 아내와 상의한다? 좋아, 하지만 하나 더 알려주지. 폭도를 현장에서 잡았을 때, 반항하면 즉결 처분할 수 있지. 그러니 말 돌리지 말고 지금부터 묻는 말에만 대답해! 그년 지금 어디 있나?"

"폭도? 반항? 내가 무슨 반항을 한다는 거냐?"

"심문에 응하지 않는 것, 그게 반항이다. 자, 말해, 그년도 섬에 들어와 있지?"

"나만 들어왔다."

"그럴 리 없어! 너흰 노상 붙어 다녔잖아. 말해!"

"가자, 경찰서로!"

"안되겠군."

박병도가 권총을 돌하르방 오른쪽 발등에 겨냥하더니 곧바로 방아쇠를 당겼다. 돌하르방의 비명이 절울이를 울렸다.

"말해! 어디 있나?"

곧이어 왼쪽 발등에도 총을 쏘았다.

"자, 다음은 대갈통이다. 어디야!"

"그날 마산으로 탈출한 뒤부터… 지금까지 어디 있었는지… 내게 단 한마디도 들을 수 없을 거다."

고통 속에서도 돌하르방은 '마산'을 언급하며 내가 있는 곳을 은폐했다. 두 발등에선 선뜩선뜩 피가 흘러나왔다.

"그럼 지금은 마산에 없다는 거야? 있다는 거야?"

"경찰서로… 가자. 나 귀순하겠어."

"말 앉겠다는 거지? 좋아. 마침 구덩이가 보이네. 너희들 저길 조금 더 파."

경찰 한 명이 메고 있던 가방에서 야전삽을 꺼냈다. 세 명이 교대로 삽질을 하자 구덩이는 순식간에 가슴까지 들어갈 정도가 됐다.

"그만! 이놈을 거기 던져."

구덩이 속으로 팽개쳐진 돌하르방이 소리쳤다.

"왜 이러는 거냐! 경찰서로 가자!"

박병도는 돌하르방의 항변을 무시하고 경찰들에게 냉랭하게 명령했다.

"흙을 덮어!"

"이놈!"

"뭐? 이놈? 이런 싸가지 없는 놈 보게. 네놈이 내 상전이라도 되는 줄 알아? 어디서 함부로 수능이를 놀려!"

얼굴이 험상궂게 변한 박병도는 허리까지 묻힌 돌하르방에게 다가가 군화로 걷어찼다. 그래도 분이 풀리지 않는지 혁대에서 단도를 꺼내 돌하르방의 오른팔과 왼팔 팔뚝 근육을 차례로 쑤시고 뺐다. 단도가 불빛에 비치자 검붉은 피가 뚝뚝 떨어졌다. 삽질을 멈춘 경찰들에게 지시했다.

"내가 찌른 데까지 흙으로 덮어."

돌하르방은 가슴까지 두 팔과 함께 파묻혔다. 박병도는 파묻은 흙을 꾹꾹 밟으며 말했다.

"마지막으로 묻겠다, 고은하 있는 곳을 대."

돌하르방은 발등과 팔뚝의 고통을 참으며 말했다.

"이렇게 죽일 셈이냐? 너도 하나뿐인 인생인데 그렇게 살지 마라."

"이거 참, 웃기는 놈이로군. 이 상황에서도 훈계질이 나오든?"

박병도가 군화 신은 발을 들어 돌하르방 머리 위로 올리고 마치 땅이라도 다지듯 이리저리 짓밟으며 말했다.

"내 인생 걱정 말고, 곧 죽을 네놈 인생이나 걱정해. 밤이 늦었으니 내일 다시 오겠다. 차분하게 생각해봐."

박병도는 경찰들에게 철수를 명했다. 지켜보던 경찰 한 명이 이의를 제기했다.

"저렇게 놓고 가면 피를 많이 흘려 죽습니다. 지서로 데려가 심문하죠?"

"이 새끼가! 귀순자 주제에? 오냐오냐 해줬더니 너도 죽고 싶어?"

박병도는 득달같이 권총을 이마에 들이댔다. '귀순자'가 곧바로 무릎을 꿇으며 용서를 구했다. 경찰들을 앞세우고 철수하던 박병도는 열 걸음도 안 가 고통으로 신음하는 돌하르방에게 돌아왔다. 쭈그리고 앉아 손으로 돌하르방 수염을 움켜쥐고 이죽거렸다.

"네 마누라 비밀 알려줄까? 넌, 고은하가 처녀인 줄 알았지? 천만에 이미 대구에서 내가 발가벗겼어. 가랑이 구멍 속까지 죄다 감상했지. 너희 연놈이 입산하던 그날에도 나랑 떡을 쳤단 말이야. 쫄깃쫄깃하더군. 그년이 마구 질러대던 신음을 네놈이 들었어야 했는데. 한 번도 아니었어."

이어 손가락을 두 개 펴 돌하르방 눈앞에 대고 흔들었다. 돌하르방이 나지막하게 말했다.

"비밀? 은하와 나 사이엔 그런 게 없다."

"그년이 말했다고? 그럼에도 그년을 끼고 살아? 그러고도 사내놈이냐? 호, 잘됐네. 사내 망신시키는 놈은 죽여버리는 게 낫지. 단, 죽기 전에 진실을 알아둬. 고은하는 내 여자야. 너와 떡칠 때도 여기 내 연장을 생각했을걸?"

박병도가 오른손으로 돌하르방 머리칼을 잡고 아래위로 흔들며 왼손으로는 제 사타구니를 가리켰다. 돌하르방은 조금도 동요하지 않았다.

"가여운 놈. 추잡한 짐승 짓으로 여자가 네 것이 됐을 거라 생각해? 네놈은 사랑이 뭔지를 전혀 몰라. 성이 얼마나 성스러운 것인지도 모르고, 그저 짐승처럼 성기만 소유하려 들지. 그렇게도 짐승처럼 살고 싶어? 은하는 너의 개망나니짓 다 잊었어. 사람은 길 지나가다가 똥도 밟거든. 신발에 묻은 똥이 '이제 너는 내 거야'라고 주장하면 얼마나 웃길까. 곧장 신발에서 씻겨나갈 텐데 말이야."

박병도가 씩씩 거리며 뺨을 갈겼다. 돌하르방이 왼쪽 뺨을 강하게 들이대며 말을 이었다.

"짐승 아닌 인간으로 태어났다면, 죽기 전에 적어도 사랑이 무엇인지 알 수 있기를 진심으로 바라마. 그러려면 지금의 너를 넘어서야 할 거야. 사랑은 성기를 소유하는 게 아니거든. 인간에게 성기는 사랑의 매체 가운데 하나일 뿐이야."

"호, 그러셔? 이놈이 또 나를 가르치려 드네?"

"언젠가 내 말이 사무칠 거다. 마지막으로 남자 대 남자로서 너에게 부탁하마. 네놈이 진정 은하를 사랑한다면, 그래서 이렇게 나를 죽일 정도라면, 너는 그 여자를 찾지도 괴롭히지도 마."

고요한 밤에 두 사람이 나눈 대화는 열 걸음 넘어 살풍경을 민망하게 바라보던 경찰들에게도 들렸다. 뺨을 더 때리려고 한껏 높이 들었던 박병도의 손이 슬그머니 내려갔다. 박병도는 일어나 말없이 돌아섰다.

다음 날 동살 트는 아침, 박병도와 경찰들이 다시 그곳을 찾았을 때 모두 놀라 멈춰 섰다. 벼룻길에서 등을 꼿꼿하게 편 돌하르방이 얼굴을 똑바로 든 채 큰 눈으로 바라보고 있었다. 멀리 수평선에서 떠오르는 해가 형제섬 사이로 붉은 햇살을 보내 돌하르방을 다사롭게 어루만져주었다. 다가가 살펴보자 가슴까지 파묻힌 몸은 허리까지 올라왔다. 칼에 찔려 묻힌 두 팔뚝도 나와 있었다. 열 손가락 손톱은 하나도 남아 있지 않았다. 몸과 두 팔은 피범벅이고 허리를 에워싼 흙도 피로 축축했다. 사랑하는 사람과 역사의 진실을 지키겠다는 결연한 의지로 끝내 감지 못하고 되레 부릅뜬 눈 탓일까. 돋을볕이 피로 젖은 몸을 더 붉게 물들여서일까. 서른세 살 돌하르방의 최후 모습은 장엄했다.

잠시 비틀대던 박병도는 서둘러 절울이를 내려가며 신음처럼 "묻어버려"라고 말했다.

돌하르방을 묻을 때 손톱 빠진 손가락 사이로 꼭 거머쥔 무엇이 햇발에 반짝였다. 손을 펴보려고 했지만 어찌나 꽉 쥐었는지 풀어지지 않았다. 가까스로 조금 푼 틈으로 구리 반지가 보였다. 손가락을 다시 닫아주고 파묻었다. 두 눈도 끝내 감기지 않았다.

27

독자 가운데 더러는 어떻게 끔찍한 참극을 담담하게 글로 옮기는지 궁금할지도 모르겠다. 그 의문에는 간명하게 답할 수 있다. 가슴골로 차갑게 흘러내리는 피눈물을 모아 원고지의 작은 정사각형들을 한 칸 한 칸 메워갔노라고. 때로는 한 줄을 쓰고 애수를 견딜 수 없어 다음 한 줄까지 달포 넘게 걸렸다. 그때마다 어스름에 호수를 돌며 불란지 불을 찾았다. 얼마든지 개망나니를 죽일 수 있었음에도 그렇게 하지 못해 서리서리 가슴에 맺힌 한을 풀어가자 다짐했다. 원고지 한 칸 한 칸마다 한을 담으며 나 홀로 '글춤'을 췄다. 진실을 정확히 표현하고자 쓰고 깁고 고치기도 거듭했다.

　남편이 '유고'처럼 남긴 항쟁 보고서들은 처참한 슬픔을 이기는 힘이 되었다. 미처 몰랐지만, 탐라에 수많은 '돌하르방'이 묻혀 있다는 진실을 육필로 증언해주고 있었다. 똑똑히 들으라며 "당신만 고통을 당했다 착각하지 말고!"라 했던 말도 생생한 몸 소리로 텅 빈 가슴을 울려왔다. 숱한 '돌하르방'이 겪은 비극 하나하나가 모두 되살아나 설화로 영글 터다.

　남편을 신고한 사람은 밀항선을 주선해주며 거금을 챙긴 바로 그 학부모였다. 받은 돈을 몰수당하지 않으려고 숨은 곳만 밀고했다.

　착한 성격을 '치명적 단점'으로 기록하는 나 자신이 추레하지만, 사람에 대한 믿음은 현실에 터 잡아야 낭패를 당하지 않는다. 그 사람이 처한 여러 조건도 헤아려야 한다. 돌하르방은 아무리 악인이라도 진실을 들려주면 돌아설 수 있다고 굳게 믿은 사람이었다.

　그러나 진화론에 근거해보더라도 인간은 몸뚱이 속 보이지 않는 깊은 곳에 파충류의 냉혈성과 야수의 잔혹성이 켜켜이 쌓여 있는 존재 아닌가. 그 혼탁하고 어두운 기운을 진저리치며 깨달은 나는 스탈린주의가 얼마나 위험한 망상인가도 절감할 수밖에 없었다.

그럼에도 망나니 손에 남편이 죽은 사실은 도무지 실감이 나지 않았다. 차라리 꿈이 더 실감 났다. 미처 앞에서 밝히지 못했지만 개망나니가 꿈에 나타난 것은 첫 고문을 당한 뒤부터다. 삼점마을에 머물 때도 그를 피해 도망 다니다가 잡히는 순간에 비명을 지르며 잠을 깬 적이 잦았다. 오사카로 밀항하며 악몽은 부쩍 늘어 남편의 죽음 직후 극심했다. 험한 악몽이 날마다 나타나 나중에는 이건 꿈이라고 의식하며 깨어나기도 했다. 하지만 그렇게 깨어난 것까지 꿈의 연속일 때가 잦았다. 꿈속의 꿈에서 나는 겁탈하는 개망나니의 목을 은장도로 찔러 피가 분수처럼 쏟아지는 순간 눈을 떴다. 온몸이 식은땀으로 젖은 채 그래도 꿈이라 다행이라 여겼는데 돌연 목을 철사로 꿰맨 개망나니가 나타나 달려들었다.

그 순간 실제로 깨어났다. 옆에서 잠자던 민은 어느새 일어나 앉은 채로 울고 있었다. 수없이 되풀이된 악몽이었다. 그때마다 민을 괴롭혔다. 나는 쇠꼬챙이처럼 말라갔다.

나와 민을 괴롭힌 그 악몽은 내 몸에 돌하르방이 들어와 있다는 직감이 들면서 시나브로 사라졌다. 돌하르방이 내 안에 안전하게 머물고 있다는 확신과 더불어 현실에서 아들 민을 홀로 키우려면 어기차야 한다고 되새겼다. 숙부에게 마냥

기댈 수는 없는 일이었다. 조선 학교 교사도 더는 하고 싶지 않았다.

조선 학교에 호구지책을 맡기면 정신적 독립성, 아니 그 이전에 아들을 온전히 지킬 수 없다는 우려가 점점 짙어졌다. 그런 고민으로 조선 학교 일을 마치고 슬픔과 회의에 사로잡혀 귀가할 때였다. 버스 옆자리에 앉은 여성이 펼쳐든 신문에서 '간호사 양성' 기사를 보았다. 간호사가 부족해 한시적으로 단기 과정을 개설한다는 대목이 눈에 들어왔다. 버스에서 내려 가판대에서 그 신문을 구입했다. 기사를 꼼꼼히 읽으며 신명의 '계시'라고 생각했다.

여기저기 전화 문의를 한 뒤 숙부를 찾아갔다. 간호사 양성소를 다닐 일 년만 도움을 요청했다. 숙부 집 골방으로 다시 들어오고 낮에는 숙모에게 아이를 맡길 수밖에 없는 사정을 솔직히 털어놓았다. 간호사가 되어 꼭 은혜를 갚겠다고 다짐했다. 숙부 내외로서도 남편 잃고 애 딸린 나를 내내 거둬야 하는 부담을 덜 수 있는 방법이었다.

간호사 양성소에 입학하려면 면접을 보아야 했다. 나는 서둘러 거주 등록을 하면서 일본식 이름을 썼고, 나이도 열 살이나 줄였다. 간호사 양성소에 서른의 나이는 아무래도 너무 많았다. 젊을수록 입소에 유리하다 판단했다.

그렇게 서른 살 고은하는 1954년 새해부터 스무 살의 '기무라 아키코'가 되었다. 과거에는 상상조차 못했을 일본식 이름을 무람없이 쓰고 열 살을 줄여 등록한 까닭은 생계를 해결할 직업을 얻으려는 의도가 일차적이었다. 하지만 그때는 인정하기 싫었더라도 심층에는 더 본능적인 이유가 있었다. 개망나니의 추적에서 아들 민을 지켜야 했다. 아무도 믿을 수 없었다. 오사카 밀항자 모임에도 망나니 경찰의 끄나풀이 잠입하지 않으리란 법은 없지 않은가. 오사카까지 놈이 찾아올 것 같은 공포에서 벗어나려면 박병도가 더는 찾을 수 없도록 아예 나의 실존을 바꿔야 했다.

그런데 바뀐 것은 이름과 나이만이 아니었다. 내 꿈도 실종됐다. 돌하르방과 더불어 자유롭고 평등한 나라, 사랑과 우애가 넘실대는 세상을 이루고자 했던 꿈은 어느새 내 머리에서 하얗게 지워졌다.

톺아보면 그 망각은 어쩌면 살아야 한다는 몸부림이었을지도 모르겠다. 그 당시는 미처 의식하지 못했지만 얼마나 비겁하고 비루한 세월이었던가. 몸 깊숙이 남편이 들어와 있다고 믿었다 하더라도, 당시 그것은 무덤의 의미 이상이 아니었다.

나는 삶에 최선을 다한 돌하르방이 왜 잔혹한 죽음을 맞아야 했는지 도저히 이해할 수 없었다. 돌하르방은 인간과 인류에 대한 믿음이 견고했으면서도 경직되지 않았다. 스탈린주의자가 아니었고 김일성을 지도자로 여기지 않았기에 전향할 아무런 이유가 없었으면서도 친일파 놈들이 강제하던 '전향서'까지 기꺼이 쓰겠다고 나서지 않았던가. 모든 사람이 골고루 잘 사는 세상을 만드는 길에 그 이상 유연할 수 있을까? 그보다 더 최선을 다할 수 있을까?

그럼에도 저들은 내 사랑 돌하르방을 잔인무도하게 죽였다. 나는 천지신명 앞에 하늘 앞에 더는 경건할 수 없었다. 아니, 한껏 조소하고 철저히 잊겠노라 결심했다. 돌하르방의 비극적 죽음이 미리내의 죽음으로 이어지고 그 죽은 자리에 기무라 아키코가 들어선 셈이다.

아키코로 시르죽어 살아간 1954년부터 내 인생은 지루한 가면극으로 점철됐다. 구리 반지도 빼고 애오라지 생업인 간호사 일과 아들 양육에 몰입했다. 민이 유일한 희망이자 내가 존재할 이유였다. 절울이를 오르내리고 지리산에서 체력을 길러서일까, 중환자실의 간호 노동이 격무였지만 내내 몸 건강은 잃지 않았다.

물리적으론 기나긴 세월이되 내면의 시침으로는 아주 짧은 '가면의 계절'은 굳이 기록하고 싶지 않다. 의미 없이 바람처럼 흘러갔을뿐더러 세상과 어떤 소통도 거부하고 기억조차 단절된 시절이다.

다만, 민이를 조선 학교에 보냈기에 재일 조선인 조직의 추이는 살피지 않을 수 없었다. 새 출범한 재일조선인총연합(총련)은 1959년부터 귀국 사업을 벌였다. 토론 모임을 함께했던 많은 이들이 조선민주주의인민공화국으로 귀국했다. 그 시절 귀국자는 수만 명에 이르렀다.

내게도 귀국을 권하는 사람이 나섰지만, 박헌영 선생과 남로당 간부들을 '미제 간첩'으로 총살하고 전 재산을 몰수한 땅이 '조선'으로 다가올 수 없었다. 물론, 내 사상을 드러내지 않고 완곡히 거절했다.

여기서 숙부와 종종 내왕하던 친척 한 사람을 기록하고 싶다. 숙부와 같은 배로 탐라를 떠난 그는 촌수는 멀었지만 가깝게 지낸 친지였다. 숙부를 만나면 노상 "형님"이라 부르며 내게도 살갑게 대했다. 그의 이름은 고경택. 종종 예쁜 딸들을 데려오기도 했는데 내게 "언니"라 부르라 일러주던 기억이 새롭다. 민이보다 나이가 어린 아이한테 '언니' 소리를 들어 웃었던 기억도 난다.

1962년인가에 고경택 가족은 귀국선을 탔다. 숙부가 작별을 앞두고 집으로 불러 환송회를 열어주었을 때, 열 살이 갓

넘은 영희와 영숙의 귀여운 얼굴이 아른거린다. 나중에 알았지만, 고영희는 만수대예술단에 들어갔고 그곳에서 무용을 하다가 김정일 눈에 띄어 결혼했다.

모든 귀국자가 고영희처럼 큰 성공을 이룰 수는 없었다. 오사카에서 자영업으로 제법 돈을 모은 부부가 떠오른다. 총련 고위 간부 집안으로 도쿄 대학에서 수학 박사 학위를 받은 사위를 얻었을 때 부부는 더없이 기뻐했다. 사위와 딸은 조국에 공헌하겠다며 귀국선을 탔다. 딸의 귀국 생활은 처음엔 순탄했다. 남편 집안이 총련 실력자였기에 더 그랬다. 하지만 교수로 일하던 남편은 잘 적응하지 못했다.

재일 동포 귀국자들의 고달픈 삶이 조금씩 알려지며 후회하는 가족이 그에 비례해 늘어났다. 부부의 아들은 불고기집을 경영하며, 부동산에도 손을 대 제법 부를 축적했다. 아들은 제 누이가 사는 평양을 방문하고 돌아오면 슬픔에 잠긴다는 소식도 들었다.

하나 더 기록하고 싶은 사건은 1963년 일본에서 출간된 《제주도인민들의 4·3무장투쟁사》다. 지금도 내 책상 위에 있지만 처음 읽을 때 난감했다. 무장봉기를 실체 이상으로 과장해놓았다. 4월 3일 봉기한 무장대를 삼천여 명으로 부풀린 것은 차라리 '애교'로 넘길 수 있다. 그런데 무장대가 기관총과 대포로 무장했다거나 총알과 수류탄이 무진장이었다는 대목에선 깊은 회의가 들었다.

도대체 무엇 때문에 과장하는 걸까. 있는 그대로만 서술해도 왜 민중이 봉기에 호응했는지, 대한민국 초기의 국가 폭력이 얼마나 야만적이었는지 충분히 공감할 수 있을 터다. 터무니없이 과장해놓고 보면 무수한 민중의 희생이 옳게 조명될 수 없다.

우리 운동에 실체 이상의 과장은 평양의 사업 작풍과 이어져 있다. 민이 읽던 역사 교과서에서 일제와 맞서 오직 김일성 장군의 투쟁만 부각할 뿐 나머지는 죄다 곁가지로 다루거나 언급조차 않는 서술을 보고 충격을 받았다. 김일성의 투쟁을 유치할 만큼 과장해서 선전하며 숱한 '종파주의'를 들먹이는 교육 작풍에 나는 그만 민이의 학교를 옮겨야 할지 진지하게 고심할 수밖에 없었다.

28

미국 이민은 아들 민의 구상이다. 아홉 살 때던가, 학교에서 돌아오는 길에 자신을 조선인이라고 놀려대는 일본 아이 서너 명과 당차게 맞붙었다가 코피가 터졌다. 침통해하던 민이 오히려 귀엽기도 했는데 제 딴에는 심각했나 보았다. 가라테 도장에 다니겠다고 했을 때 한번 말리다가 허락했다. 조선인을 음양으로 차별하는 일본에서 살려면, 가라테를 익혀놓는 것도 나쁘지 않을 성싶었다. 나도 돌하르방과 지리산에서 유도를 배우지 않았던가.

민이 가라테를 배우던 무렵에 역도산은 전후 일본의 영웅으로 전성기를 맞고 있었다. 민에게 역도산이 조선인이라는 사실을 알려주었을 때, 얼굴로 퍼져가던 햇살이란…. 그 역도산이 일본 깡패의 칼에 찔려 죽자 아들은 울며불며 밥도 먹지 않았다.

조선인임을 철저히 숨긴 역도산과는 견줄 수 없을 만큼 너의 아버지가 훌륭하신 분이라고 이야기해줄까 싶었지만 참았다. 어린 아들에게 아버지의 비극을 들려주는 것은 이르다고 판단했다. 그러다가 기회를 놓쳤다. 아들이 가라테 유단자가 되면서 아예 운동 쪽으로 인생을 선택했기 때문이다.

아들에게 실망이 없었다면 거짓이겠지만, 차라리 잘됐다는 생각이 훨씬 짙었다. 아들만은 평범하고 행복한 가정을 꾸리며 삶을 즐겁게 누리길 소망했다.

그런데 민은 서른 살을 앞두고 미국으로 이민가자고 졸라

댔다. 미국에서 가라테 도장을 열면 잘살 수 있다고 주장했다. 뜬금없는 제안에 당황했다. 망설이다가 민에게 아버지가 어떤 분인가를 진지하게 일러주었다. 아버지의 뜻에 나도 언제나 함께했다고 덧붙였다.

민은 충격을 받았다. 며칠 동안 집에 들어오지 않더니, 어느 날 사뭇 환한 표정으로 돌아왔다. 가라테를 접고 태권도를 배우겠다며 씩 웃었다. 당시 남과 북 모두 태권도 보급에 적극이었다. 민이 대견스러웠다. 그렇게 태권도 유단자가 된 민은 서른세 살이 되었을 때 다시 미국행을 제안했다.

"많이 생각해보았어요. 제 나이 때 돌아가신 아버지의 눈으로도 검토해보았고요. 어머니, 한국으로 들어가고 싶진 않으시죠? 일본이나 미국 모두에 호감도 없으시고요. 어머니 입장에서 생각해보았는데요, 어떠세요? 일본은 되고 미국은 안 된다고 예단할 문제는 아닌 것 같아요."

딴은 옳은 말이었다. 가만히 듣고 있자 아들이 씩 웃으며 씩씩하게 말했다.

"가요, 그래도 일본보다는 낫지 않겠어요? 최소한 더 못하진 않을 거예요."

민은 조선인을 차별하는 나라에서 더는 살고 싶지 않다고 하소연했다. 대학 시절에 일본 여자를 사귀다가 그쪽 집안의 완강한 반대로 헤어진 민의 상처가 느껴졌다.

아들 말처럼 일본이나 미국이나 오십보백보 아닌가. 처음 제안할 때와 달리 아들은 미국에서 가라테가 아닌 태권도장을 열겠다지 않은가.

결국 아들과 이민 수속을 밟았다. 신청 서류에 민은 태권도와 가라테 고단자로서 미국인들의 건강과 체력을 높이는 데 기여하고 싶다고 적었다. 나는 간호사로 일해온 경력을 쓰고 그 경험을 밑절미로 미국에서 간병인으로 일하며 복지에 기여할 수 있다고 밝혔다. 최대한 몸을 낮추자는 전략이었지만, 실제로 그렇게 살고 싶었다.

탐욕스러운 미국 지배자들과 달리 병들거나 늙은 미국인에게 내 건강이 허락할 때까지 도움의 손길을 건네자고 이민이 거북했던 마음을 추슬렀다. 1984년 가을에 우리는 미국으로 들어갔다. 광주 민중들을 학살하고 군부 독재를 세습한 남쪽 조국, 사회주의공화국을 아들에게 세습한 북쪽 조국 모두 환멸을 느꼈기에 차라리 태평양을 건너 후련하다는 못된 생각마저 들었다.

민은 워싱턴 디시와 인접한 메릴랜드 주에서 변두리 상가를 임대해 작은 태권도장을 열었다. 간호사 생활을 30년 하며 모은 돈과 퇴직금으로 호숫가에 급매물로 나온 집을 운

좋게 구입했지만, 미국 생활은 쉽지 않았다. 민이 도장을 열 때는 남과 북 사이에 태권도 주도권 경쟁이 한창이었다. 그런데 민은 어느 쪽에도 서길 꺼려 했고, 그 결과 어떤 도움도 받지 못했다. 그래도 작은 도장을 운영하면서 인근 세탁소집 딸과 사귀더니 결혼식을 올렸다. 박정희가 대통령일 때 서울서 이민 온 천주교 집안으로 며느리는 메릴랜드 집 근처에 있는 한인 성당에서 봉사 활동을 했다.

아들이 연 도장은 임대료 내고 나면 가까스로 먹고살 정도였다. 초름했지만 화목하게 살았다. 손녀가 태어나며 더 그랬다. 아들 내외가 이름을 지어달라기에 태어날 때 첫 인상 그대로 '반디'가 어떻겠느냐고 의중을 떠보았다. 반디가 미국식 이름으로도 들려서일까, 며느리가 흔쾌히 받아들였다.

나는 영어를 익히며 병원에서 '파트타임 간호사'로 일했다. 서류상 나이가 쉰 살이었기에 가능했다. 아들 내외에게 부담을 주기 싫었을 뿐만 아니라 언젠가 태권도장을 길목 좋은 곳에 차려주고 싶어 개인 집에서 요청하는 간병인으로도 틈틈이 일했다.

애면글면 십삼 년을 보내다가 대저택에서 아베 노부유키, 바로 개망나니 박병도와 맞닥뜨렸다. 원수는 외나무다리에서 만난다는 선인들의 지혜를 실감했다. 개망나니를 피해 일

292

본식 이름에 열 살 아래로 '변신'했는데, 바로 그 때문에 박병도를 만날 수 있었다.

아들이 이민을 제안했던 일마저 예사롭지 않게 다가왔다. 박병도의 아내가 나이 든 간병인을 찾을 만큼 개망나니의 여전한 성적 일탈도 운명의 재회를 불러왔다. 아니, 이 모든 게 천지를 움직이는 신명의 섭리일까, 그런 생각도 했다.

진실을 알기 전까지 나는 '아키코'로 '아베'에게 일주일 넘도록 최선을 다했다. 머리를 감기고 몸을 닦아주고 성기를 만지며 똥오줌 주머니를 갈아주었으면서도 박병도임을 전혀 몰랐다. 그가 미국에 살고 있으리라 생각할 수 없었을뿐더러 성형수술이 결정적이었다. 매부리코 성형 이야기를 들은 뒤 다시 방으로 들어갈 때는 파들파들 손이 떨리더니 윗니와 아랫니까지 딱딱 맞부딪혔다.

과연 개망나니였다. 코를 수술하고 늙어 병상에 누워 있기에 미처 알아차리지 못했지만 윤곽이 확연히 나타났다. 대체 저 망나니가 왜 미국에서 아베가 되었는가. 우연적 필연인가, 필연적 우연인가. 천지신명의 오묘한 뜻인가, 알 수 없는 그 무엇이 인간을 상대로 저지르는 장난인가.

새겨볼수록 심판의 기회가 분명했다. 얼마나 숱한 시간, 천지신명을 무심하다고 원망했던가. 또 얼마나 더 긴 세월을 아예 망각의 상자에 가둬왔던가. 죽음처럼 깊은 잠에서 깨어나자 아키코 속의 고은하, 아니 미리내가 내내 옥죄어왔던 두꺼운 껍데기를 조각조각 부수며 나타났다.

다음 날 오전, 아래층으로 망나니의 암띤 아내를 찾아가 또박또박 말했다.

"어제 영감님이 두 달 안에 돌아가시면 더 많은 보수를 줄 수 있다고 하셨죠? 무슨 뜻인지 알겠어요."

"고맙군요. 역시 말귀가 밝아요. 결심했어요?"

"그런데 폐쇄회로 촬영기는 모두 철거해주세요."

"네?"

"…."

"음…, 지금 그 말은 내 제안의 의미를 정확히 파악하고 그렇게 되도록 노력하겠다는 뜻으로 받아들여도 되는 건가요?"

나는 말없이 고개를 끄덕였다.

"좋아요. 철거할게요."

"지금 사람을 불러 제가 보는 데서 해결해주세요."

내 말에 차가운 미소를 짓더니 곧장 전화를 걸었다. 폐쇄회로 촬영기는 개망나니의 방은 물론, 내 방에도 천장 장식 전등에 숨어 있었다. 목욕탕에선 문손잡이 속에서 나왔다.

온순하게 생긴 흑인이 와서 철거한 뒤 가려고 할 때 나는 백 달러 팁을 손에 쥐고 그의 눈을 똑바로 바라보며 물었다.

"더는 없는 게 확실하죠?"

확인을 받은 뒤 팁을 건넸다.

폐쇄회로 촬영기를 철거할 때 박병도의 눈은 휘둥그레 커졌다. 목욕탕에서도 나올 때는 어리벙벙했지만, 그것을 철거한다는 사실에 더 놀란 듯했다. 악질 경찰 박병도라면 폐쇄회로 촬영기 철거에 담긴 의미를 짚어보지 않을 수 없을 터였다. 과연 다음 날 망나니답게 역제안을 했다.

"나를 지켜줘. 내가 회복한다면, 아니, 회복 안 돼도 좋아, 이렇게 살아 있게만 해주면 저 여편네가 약속했을 금액의 곱절, 아니 열 배를 주겠어."

잠자코 바라보자 망나니는 아내의 농간으로 재산을 다 물려주는 유언장을 썼고, 변호사나 의사, 심지어 자신이 고용한 경비원조차 자신이 병상에 누운 뒤 그녀 쪽으로 죄다 넘어갔지만, 이 방에는 아내가 모르는 재산이 더 있다는 말을 과시하듯 떠벌였다. 시룽대는 모습이 예전과 똑같았다.

자기 말을 흘려듣는다고 판단해서였을까. 망나니는 비밀번호를 알려주면서 책상에 달린 서랍을 열어보라고 했다. 금고가 나왔다. 금고는 백 달러 지폐를 묶은 다발들로 틈새조차 없이 작찼다. 세 뭉치를 가져오라 한 망나니는 베게 아래 두 개를 넣어달라 하고 남은 한 뭉치를 보며 말했다.

"아키코에게 주는 팁일세."

일만 달러, 내가 멈칫하다가 받자 박병도의 입에서 사뭇 힘이 들어간 목소리가 나왔다.

"해줘."

내 손을 끌었다. 아베의 정체가 박병도라는 사실을 파악했기에 그 몸짓이 더는 연민을 자아내지 않았다. 단호히 손을 빼자 베게 아래 두 뭉치까지 꺼내 가지라고 말했다. 순간, 분노가 치밀면서도 '태권도장'이 아른거렸다. 그런 나 자신이 참담해지면서 망나니의 성기를 터트리기라도 할 듯이 꽉 거머쥐었다. 친일파 청산을 주장하는 청년을 고문하며 성기를 찔러 죽인 만행이 겹쳐져 더 그랬다. 나를 유린한 개망나니 성기를 쿡쿡 찔러 죽이고 싶던 저 옛날의 기억도 떠올랐다.

그런데 내 의도와 전혀 달리 망나니의 성기가 팽창해왔다. 격한 증오감이 엄습하며 떨쳐버리기라도 하듯 잡아챘다. 그 순간 싯누런 정액이 군드러진 술주정뱅이 토사물처럼 역한 냄새를 풍기며 올라왔다. 구토가 밀려와 황급히 돌아서서 내 방으로 돌아왔다. 나도 모르게 울음이 터져 나왔다. 소리를 숨기려 곧장 텔레비전을 켰다.

우연인가. 미국 ABC 방송에서 한국 뉴스가 흘러나왔다. 방송은 한국의 전두환, 노태우 전 대통령에 대한 사면을 보도하고 있었다. 김대중 대통령 당선자가 요청하고 김영삼 대통령이 동의했단다. 두 전직 대통령에 대한 사면 조치는 과거 군사독재자들에 의한 암살 시도와 감옥 생활, 망명으로 점철된 김대중 당선자의 정치 역정을 용서로 마무리 짓는 의미가 있다고 덧붙였다.

오사카에서 가면을 쓰고 간호사로 일하던 내내 조국의 정치 상황에 돌담을 쌓고 살았지만, 가끔 일본 텔레비전이 전하는 소식을 접했다. 대구사범의 수치였던 박정희가 장성이 되어 쿠데타를 일으키고 독재를 펼 때도 애써 잊자고 다짐했다. 박정희가 측근 총에 맞아 죽었다는 소식에도 담담했다.

그런데 군부 쿠데타가 다시 일어나고 이에 항의한 민중을 수백여 명 학살한 뉴스를 보면서 주르르 눈물을 흘렸다. 일본 텔레비전이 비춰준 광주의 핏빛 참상이 꾹꾹 묻어둔 탐라의 그날들을 되살려주었다. 게다가 전두환 정권이 학생운동에 나선 여학생을 성 고문한 사실이 들려와 조국의 운명에 새삼 울분을 삼켰다. 그 사실을 당당히 공개하며 싸운 여학생의 순결한 용기 앞에선 한줄기 뜨거운 회한의 눈물을 흘리기도 했다.

기실 고통을 이겨내려고 얼마나 긴 세월, 조국을 잊자고 주문처럼 되뇌었던가. 6월 대항쟁 소식에 이어 마침내 전두환을 체포해 사형을 선고할 때는 이제 내 조국에도 최소한의 정의가 구현되리라 기대도 했다. 하지만 슬금슬금 무기징역이 되더니 사면으로 풀려나기에 이르렀다. 더구나 조국의 남쪽은 국가 부도를 막으려 자본을 구걸하고, 북쪽은 인민들이 굶어 죽어 식량을 구걸했다.

돌하르방이 조국의 미래를 암울하게 본 전망이 현실화하고 있다는 생각이 든 순간, 해맑은 여대생을 성 고문하고도 되레 피해자가 성을 '혁명 도구'로 삼았다며 훌닦은 만행이 떠올랐다. 전두환의 느끼한 얼굴에 개망나니가 포개졌다.

29

처음 쉬맹이 설화를 아버지에게 들었을 때, 차라리 소별왕이 그를 죽이지 않았다면 세상에 모기와 빈대 따윈 없겠다는 생각이 들었다. 철이 들면서는 하늘에 사는 천지왕이 쉬맹이를 처단하지 않은 까닭을 헤아리기도 했다.

하지만 설화의 교훈이 과연 그것일까. 아니다. 모기나 빈대는 피를 빨아도 사람을 죽이진 않는다. 하지만 개망나니를 비롯한 친일 부라퀴들은 얼마나 숱한 사람의 피를 들이마셔 죽음에 이르게 한 흡혈귀들인가. 모름지기 모기와 빈대에 물리는 성가심은 인간 세상에서 감당해야 옳았다. 비록 우리가 아무런 결함 없는 세상을 만들 수는 없다손 치더라도, 적어도 정치든 경제든 저 혼자만 잘 살려고 다른 사람들을 짓밟는 쉬맹이들만은 용서 또는 방관해선 안 된다.

'아베 노부유키'가 박병도라는 사실을 안 다음 날이었다. 방을 정리하고 있는데 아베가 등 뒤에서 기습하듯 한국어로 불렀다.

"고은하!"

하마터면 나는 뒤돌아볼 뻔했다. 숨을 표 나지 않게 깊이 몰아쉬고 의연하게 돌아서서 일본 말로 툭 물었다.

"지금 뭐라 하셨나요?"

박병도는 물끄러미 바라보더니 얼굴을 도리질했다. 만일 이틀 전에만 아베가 시험했어도 '저를 아시나요?'라고 반응했을 터다. 사뿐사뿐 방을 걸어 나오며 박병도의 기습적 호명에 한편으론 안도감을 느끼면서도 그 집요함에 새삼 분노가 번져갔다. 감정을 숨기며 살아온 지난 세월이 고맙기도 했다. 그 가면의 세월 덕에 표정을 관리할 수 있었다.

개망나니는 예상대로 안달을 치며 같은 짓을 요구했다. 나는 두 손에 힘을 주어 손사래 쳤다. 다음 날에도 오른손가락으로 서랍 금고를 가리키는 개망나니를 모르쇠 놓은 채 병상 옆에 의자를 바투 끌어대고 앉았다. 그가 걸어온 길이 궁금했다. 일본어로 물었다.

"부인 말씀으로는 한국 정계와 경제계에서 명망이 높으신 분이라고 들었습니다. 어떤 일을 하셨는지 들려주세요. 이야기 나누면서 얼마든지 좋은 시간을 보낼 수 있거든요."

개망나니는 선뜻 받아들였다. 아마도 화려한 과거를 들려주는 것이 앞으로 '작업'에 도움되리라 판단했을 법하다. 실제로 기다렸다는 듯이 자랑을 늘어놓았다.

병상의 개망나니가 과시한 회고담을 옮기면, 박병도는 제주에서 저지른 '공로'로 이승만의 훈장을 받고 총경까지 승진했다. 박정희가 쿠데타로 집권한 뒤 대구에서 국회의원을 두 번 했다. 성욕을 채우는 데는 돈이 최고라고 판단해 총경과 의원 시절에 챙긴 돈으로 섬유 공장을 인수했다. 국회의원하며 알게 된 미군 장성의 도움으로 대미 수출 길을 열어 큰돈을 벌었고, 그때 지금 살고 있는 저택도 구입했다.

"돈을 벌자 여자들은 저절로 따라오더군. 그래서 나는 자본주의가 좋아. 인간성에 가장 적합하거든. 수컷끼리 경쟁을 하고 강자가 암컷을 지배하는 체제, 아주 정직한 사회, 위선 없는 세상이지."

예전에 어금버금한 말을 듣던 순간들이 떠올랐다. 가슴부터 소름이 돋더니 온몸으로 퍼졌다.

"그런데 말이야. 문제가 생겼어. 우리 각하께서 돌아가시니까, 빨갱이들이 다시 설치기 시작했지. 기껏 먹여 살려줬더니 공순이, 공돌이 연놈들까지 빨갛게 물들어 대들더군."

"각하라면 박정희…?"

"그럼, 그분이야말로 영도자야. 빨갱이들을 가차 없이 사형대에 세웠지. 당신들 일본 사람들이 조선 놈들과 명태는 두들겨야 맛있다고 했는데, 딱 맞아. 아, 글쎄, 무식한 공돌이 놈들이 파업을 벌이더라고. 배은망덕도 유분수라 했거늘 말이야. 낯짝이 제법 번번해서 각별히 예뻐해준 공순이들까지 돌연 악악대지 뭐야. 내가 탈세를 했다며 검찰에 고발하질 않나. 그래서 나도 더는 참을 수 없었어. 인정사정없이 정면 공격했지."

"인정사정없다면…."

박병도는 조직폭력배를 동원해 파업 노동자들을 쫓아낸 뒤 아예 공장을 폐업하고, 모든 재산을 전격 처분해 미국으로 왔노라고 자랑스레 떠벌였다. 나는 섬유 공장의 노동자

들, 폐업으로 도틀어 실직했을 후손들이 몹시 안타까우면서
도 한편으로 고마웠다. 그 노동자들이 아니었다면, 개망나니
를 여기서 만날 수 없었을 터다.

새삼 모든 게 필연처럼 다가왔고, 그렇다면 필연을 외면할
게 아니라 적극 받아들여야 자유를 누릴 수 있다는 생각이
굳어졌다.

"그래서 일본인 이름으로 바꾼 거군요."

"그렇지. 폐업한 공장의 빨갱이들이 나를 찾는다며 미국까
지 건너와 길길이 날뛰더군. 나는 조선이나 한국이라는 말만
들어도 신물이 나. 게으르고 물러 터지고 그러면서 꼴같잖게
평등 의식만 높지. 인간이란 본래 평등하지 않은 데 말이야."

"한국인들이 물러 터졌어요?"

"일은 잘 저질러. 그런데 도무지 매듭을 짓지 못하는 족속
들이야. 그리고 당신들 일본 민족과는 달라. 가문을 짓밟은
사람을 끝까지 찾아가 응징하지도 못해. 사내든 계집이든 도
무지 복수라는 걸 몰라. 그리 흐리멍덩하게 노상 살아오니
내내 당하며 살 수밖에 없지. 일찌감치 나는 지지리 못난 것
들과 선을 긋고 살아왔어. 나는 대일본제국이 좋았고 지금도
그래. 우리 박정희 대통령도 일본 육군사관학교를 나오고 제
국의 장교였어. 자네도 알지?"

치밀어 오르는 격정을 애써 추스르며 담백하게 물었다.

"잘 알고말고요."

"그 어른은 여러모로 나보다 한 수 위야. 대통령 시절에 날마다 다른 여자를 끼고 잤다지 뭐야. 나는 그분에 견주면 어림없어. 하지만 나는 천수를 누리며 더 오래 인생을 즐겨왔지. 허허허."

더 듣기 어려워 나는 화제를 바꿨다. 아니, 목표에 한 걸음 더 다가섰다.

"그런데 자식들은 무슨 일 하나요?"

이미 그의 아내에게 들었지만, 확인해두고 싶었다. 혹시라도 불시에 찾아올 사람이 있을지 파악해둘 필요도 있었다.

"누릴 것 다 누렸는데 자식 복과 처 복이 없더군. 전처가 낳은 아들은 여기 와서 자동차 경주 하다가 사망했고, 저 사람이 낳은 딸은 마약중독으로 사망했지."

"공연히 물었네요."

"괜찮아. 날 부러움 없는 사람이라 여기겠지만 내게도 그런 슬픔이 있다는 걸 우리 아키코가 알아주었으면 해. 나 몹시 외로운 사람이야. 그러니 신경 좀 써줘. 해달라는 대로 좀 따라주고."

과시하든 연민을 유도하든 개망나니의 궁극적 관심은 성

기에 있었다. 나는 그의 불순한 의도를 십분 활용했다.

"전처는요?"

"자살했어. 호강에 겨운 게지. 사실 전처나 지금 저 계집이나 사랑하지 않았어. 젊었을 때 내가 인기 많았거든. 수많은 여자를 정복했지. 하지만 내가 사랑한 여자는 딱 한 사람이었어."

"…."

"참한 여자였어. 그런데 그만 빨갱이의 감언이설에 넘어가고 말았지. 그 시절에는 빨갱이들이 워낙 설쳤거든. 그 여자가 그쪽 얼굴하고 비슷하게 생겼어. 분위기도 그렇고…."

"그 여자는…, 다른 사람을 사랑한 거군요."

박병도는 딴전을 부렸다.

"내가 그 여자의 머리를 올려줬지. 내가 첫 남자야."

"그래요? 어떻게 알아요."

"내가 확인했지. 숫처녀였어. 그 여자의 몸이 지금도 생생해. 그날 이후 셀 수 없을 만큼 많은 여자를 벗겨보았는데 그날의 감동을 다시는 느끼지 못했지."

인내에 한계가 왔다. 더 참기 어려웠다. 그럼에도 박병도는 신이라도 난 듯 나불댔다.

"내 평생 그 여자만큼 사랑한 여자는 없어. 지순한 사랑이지."

"그래요?"

"그럼, 그 사랑이 그리워."

조용히 한국어로 물었다.

"그 여자를 네가 지순히 사랑했다고?"

박병도는 눈을 끔벅하더니 소스라치게 놀라며 쳐다보았다. 내가 내처 말했다.

"그건 사랑에 대한 모욕 아닐까."

개망나니의 뱀눈이 고리눈으로 부풀었다.

"아니, 당신, 한국말도 할 수 있나?"

"박병도, 나 모르겠어?"

멍청한 눈빛에 입이 헤벌어져 쳐다보았다.

"아직도 몰라? 하긴 머리에 든 게 전혀 없으니까 모를 수도 있겠지. 자, 잘 살펴봐. 누가 보이니?"

묶고 있던 머리칼을 풀었다. 그렇게 나는 기나긴 가면극에 마침내 마침표를 찍었다.

"어… 어…."

"믿어지지 않겠지? 그런데 어쩌나, 내가 바로 고은하야."

"…."

"분명히 새겨둬. 네가 정말 나를 사랑했다고 생각해? 그것도 지순하게? 어디. 이 고은하 앞에서 다시 한 번 입 놀려보시지?"

"아, 어쩐지…. 아키코라며…?"

"왜 아키코냐고? 너도 아베잖아? 이제 너도 가면을 벗어. 박병도, 네가 지금껏 저지른 죄 알고 있어? 얼마나 많은 사람을 죽였는지 알아? 내 남편, 아버지, 그리고 아기도 죽였지. 결국 어머니와 오빠 내외도 어린 조카도…. 너는 살 가치가 눈곱만큼도 없는 개망나니야."

"네가 어떻게…."

"어떻게 여기 있느냐고? 나도 곰곰 생각해보았는데 바로 네가 불러온 거야. 이런 걸 필연이라고 하지. 표정을 보니 지금 나를 무서워하는군. 과연 눈치는 빨라."

"고은하, 나는 당신 어머니나 오빠 내외, 어린 조카를 죽인 적이 없어. 그리고…, 진심으로 널 사랑했어."

"진심? 사랑? 네 입에 어울리지 않는 말이야. 그리고 네가 우리 아버지를 죽이지 않았다면, 오빠가 입산했을 리도 없어. 네가 죽인 거나 다름없지. 하나 묻자, 내 남편과 아버지를 왜 죽였지?"

내심 용서할 빌미를 찾고 싶어 물었는지도 모르겠다. 하지만 박병도는 너무나 확고해 어느새 목소리까지 변했다.

"고은하, 너는 그런 부류가 아니지만 빨갱이들을 용서할 순 없어."

"용서? 대체 네가 말하는 빨갱이는 누구지?"

"가만히 질서를 따르지 않고 말 많은 놈들이야. 조상 대대로 먹고살게 해줬더니 되레 자기들을 착취했다고 떠들며 토지를 빼앗질 않나. 내가 공장을 세우고 월급을 줘 먹여 살렸더니 온갖 선동으로 경영에 참여하겠다고 하더군. 무식한 놈들이 말이야. 공장을 뺏겠다는 속셈이지 뭐겠어? 아주 사악한 놈들이야. 빨갱이 중에 빨갱이가 강인혁이잖아. 그놈은 내가 사랑하는 너까지 빼앗았어."

아무런 뉘우침도 성찰도 없이 소락소락 내뱉었다.

"살려주려고 기회를 줬는데, 정말 개망나니로군. 아기도 무참히 죽였지? 그 아기도 빨갱이니?"

"빨갱이 씨앗은 두고두고 후환이 될 수 있거든."

"후환?"

"그래, 그 갓난아기, 영락없이 강인혁 놈을 빼닮았더군."

"넌 크게 실수한 거야. 박병도, 내 아기를 죽인 놈을 내가 어쩔 것 같아?"

"난 널 잘 알아. 너는 사람을 해칠 수 없어. 본질적으로 빨갱이일 수 없거든. 그때라도 다 잊고 나랑 살았어야 했어. 그랬다면 다 늙어서도 이렇게 간병인 따위나 하며 고생하진 않지."

"너, 박병도! 내 가족뿐만 아니라 숱한 사람들을 죽였지? 얼마나 될까. 백 명? 게다가 얼마나 많은 여자를 강간했지?"

"그건 강간이 아니라⋯."

"닥쳐! 그러고 나서도 너는 노동자들을 착취만 해왔어. 그도 부족해 돈 다 싸들고 아예 미국으로 도망쳤니? 이렇게 찔 꺽눈에 불수가 될 때까지 질펀하게 성 놀음이나 해댔고?"

"아, 아직도 넌⋯ 빨갱이 남편 놈 영향을 벗어나지 못했구나."

"빨갱이? 네가 오해하나 본데 세상은 좌우가 있는 게 아니야. 미숙한 사람과 성숙한 사람이 있을 뿐이지. 하나뿐인 인생 저 혼자만 잘 살려는 미숙한 사람과 다른 사람들과 더불어 잘 살고 싶은 성숙한 사람. 그래. 내 남편, 강인혁은 너 따위 미숙하고 비열한 사내와 달라. 평화와 사랑이 넘실대는 세상을 만들려고 최선을 다한 따뜻하고 성숙한 남자지."

"사내란 다 똑같다는 걸 넌 그 나이가 되어서도 모르는군. 세상은 미숙한 인간과 성숙한 인간이 있을 뿐이라고? 천만에 넌 세상을 몰라. 세상은 욕망에 정직한 인간과 내숭 떠는 인간만 있을 뿐이야."

"내가 세상을 모른다고? 너에겐 연민조차 아까워. 내 남편을 불법으로 살해한 죄만으로도 널 충분히 심판할 수 있지만, 마치 세상을 다 안다는 듯이 떠벌이는 너에게 하나 알려주지. 네가 저지른 죄 목록에 연쇄살인죄, 연쇄강간죄에 더해 존속살인죄가 있는 거 아니?"

"…."

"궁금하지?"

박병도가 의아한 눈빛을 보냈다.

"잘 들어. 네가 총을 쏘아 죽인 아기 얼굴도 아직 기억한다며? 아기가 인혁 씨를 빼닮았다고 했던가?"

울컥했지만 목소리를 가다듬어 물었다. 개망나니가 어리둥절 바라보았다.

"네놈이 총으로 산산조각 낸 그 아기, 아비가 누군지 아느냐?"

비웃던 박병도가 갑자기 경직된 얼굴로 쏘아보았다. 탐욕으로 빛바랜 눈에 공포가 번져갔다.

"그래, 네 눈도 조금은 열리는가 보군."

"아니… 그럼…."

"그럼, 바로 너, 네가 그 아기 아비야. 제 자식을 세상에서 가장 참혹하게 죽인 놈, 너야. 이런 버러지만도 못한 인간."

"아…, 아…."

"그래도 나는 잘 키우려고 했어. 내 아들이기도 하니까. 고맙게도 우리 그이도 받아들여 주었지. 그 사람, 너와는 차원이 다른 사람이야. 근데 너는…, 넌…, 네놈이 저질러 세상에 온 아기도, 그리고 강간범 자식까지 기꺼이 자기 아들로 인내하며 받아들인 인혁 씨도 무참히 죽였어, 이 악마."

"왜…, 왜?"

"왜 이야기하지 않았냐고? 네가 말할 시간이라도 줬니? 죽기 전에 네놈이 걸어온 길을 짚어봐. 외세와 권력에 빌붙어 살인과 고문을 밥 먹듯 했지. 얼마 전까지도 부당하게 축적한 돈다발로 돈 없는 젊은 여자들 짓밟아왔지? 네 구접스러운 욕심을 채우려고 숱한 사람을 죽여온 네가 어떻게 구원받을 수 있을까? 천지신명도 용서 못 할 거야. 모든 사람을 하늘로 대하라고 배웠지만, 혼탁한 기운으로 꽉 차 있는 너에게도 하늘이 있을까? 자, 창밖에 파란 하늘 보이느냐? 네놈이 맑은 기운을 느낄 마지막 기회다. 잘못을 진정으로 깨닫기 바라마."

나는 박병도의 두 손을 거칠게 잡았다. 병상에서 단숨에 끌어내렸다. 맥없이 바닥으로 떨어졌다. 방문을 열었다. 질질 끌고 나왔다. 계단 앞까지 왔다. 축 늘어진 개망나니의 멱살을 잡아 일으켰다. 하얗게 질린 얼굴을 보며 말했다.

"민족과 민중의 이름으로 너에게 언도한다. 사형! 그리고
전 재산 몰수!"

30

가면을 벗고 사뭇 호기롭게 판결을 내렸지만, 개망나니의
눈이 물기를 머금을 때 흔들렸다. 내가 지금 뭘 하는 걸까.
개망나니 멱살을 놓았다. 박병도가 뿌리 뽑힌 나무처럼 쓰
러지자 나는 가슴이 우둔대며 가엾다는 생각마저 들었다.

굳이 죽여야 할까, 이미 벌 받은 건 아닌가, 과연 내가 사
람을 죽일 권리가 있을까. 한라산에서 내가 저지른 살인은
어쩔 수 없었지만 지금은 다르지 않은가.

아니다. 감상에 젖지 말자, 천지신명이 마련한 기회를 놓
치지 말자고 다잡았다. 그럼에도 새삼 온갖 상념이 절울이
물결처럼 밀려왔다. 바닥에 팽개쳐진 개망나니가 꼼지락대
며 비릿한 미소를 지었다.

"고은하. 알았어. 내 아들을 낳아주었군. 내가… 대체… 뭘
한 거야."

"뭘 하긴, 애먼 사람들을 마구 죽이다가 제 아들까지 죽인 거지."

"나를… 어쩌려고… 그래?"

"너에게 지금 사형을 집행하려는 거야. 그런데 바보처럼 망설여지네."

개망나니가 내 시선을 따라 바로 옆으로 내려가는 계단을 보았다.

"그래, 바로 저곳이 너의 단두대야."

"잠깐만, 잠깐만 시간을 줘."

답하지 않고 얼굴을 두 손에 파묻었다. 어젯밤 내린 결단을 되새겨보았다. 전두환의 등장과 석방은 모두 필연 아닌가. 과거에는 일제와 군부에 빌붙어 권력으로 여성을 짓밟은 자들이 지금은 돈으로, 자본으로 숱한 여성의 몸을 유린하고 있지 않은가.

조국이 둘이나 되지만 민족 해방을 위해 가장 헌신한 사람들을 남이든 북이든 잔인하게 죽인 상황에서, 박병도 따위를 아무도 심판할 수 없다면 얼마나 많은 쉬맹이가 앞으로도 들끓겠는가. 두 조국 곳곳에서 쉬맹이들이 떵떵대고 있지 않은가. 내가 지금 박병도 한 사람을 처형한다고 저 도도한 탁류가 바뀔 수 있을까. 하지만 바로 그렇기에 처단하자고 작심했으면서도, 막상 벼름벼름하던 순간이 성큼 다가오자 살인의 공포가 모기떼처럼 밀려왔다.

심장마저 방망이질 쳐 얼굴을 감싼 손을 내렸을 때, 박병도는 어느새 덧옷 주머니 속을 안간힘으로 뒤적이고 있었다. 머릿살이 팽팽하게 당겨지며 정신이 번쩍 들었다.

"비상 신호기 찾는구나. 왜 나를 신고하려고?"

"…."

얼굴에 조금이나마 감돌던 핏기가 사라지자 영락없는 송장이었다. 누르기만 하면 경호원과 곧장 무선으로 연결되는 기기를 덧옷 주머니에서 발견한 것은 간병 둘째 날이었다. 조금 전 병상의 개망나니와 대화하며 슬쩍 그것을 빼놓지 않았다면 큰 낭패를 당할 뻔했다.

잠깐이나마 가엾게 여겨 망설이던 나 자신에 실소를 머금으며 결심을 굳혔다. 반민족적, 아니 반인간적 범죄를 저지르고도 뉘우침이라곤 전혀 없는 피고를 심판대에 세울 법정이 남에도, 북에도, 지구 어디에도 없다면 나라도 기꺼이 나서겠노라고. 이건 사사로운 보복이나 복수가 아니라 해원과 정의라고. 설익어 어쭙잖은 화합이 아니라 농익어 진정 어린 화해로 가는 길목이라고.

미련을 떨치듯 개망나니의 두 팔을 잡아 일으켰다. 계단

난간에 기대어 세우며 차분하게 말했다. 해원하되 상생할 마지막 기회는 주자며 어젯밤 다짐했던 대로다.

"박병도. 네가 정말 뉘우친다면, 저 계단 아래로 스스로 몸을 던져. 그게 애먼 사람들을 숱하게 죽인 개망나니짓을 참회할 마지막 기회야. 너 죽는다고 지금 슬픔에 잠길 사람 아무도 없으니까 편히 결단해."

"경찰에 신고할 생각은 전혀 없어. 제발 살려줘."

"그래? 그럼 비상 신호기는 왜 찾았지? 끝까지 교활할 셈이냐? 자, 마지막 권고니까 잘 판단해. 너 스스로… 벌 받아."

"이러지 마. 경찰이 아니야. 내 사설 경호원에게 연락하려던 거야. 나는 널 잘 알아. 너는 날 못 죽여. 돈은 얼마든지 있어. 충분히 보상할게."

"…."

"정말야. 달라는 대로 다 줄게. 널 사랑해."

"잘 들어, 너 스스로 계단 밑으로 떨어지라는 건 정말로 너에게 준 마지막 기회였어. 네가 만일 그렇게 하겠다고 나서면 모든 걸 용서할 생각이었지. 널 병상에 다시 눕혀주고 조용히 떠나려고 했어."

"실은 막 그러겠다 말하려 했거든. 정말이야. 믿어줘."

"마지막까지 성찰이란 조금도 없는 악마. 고마워, 번민을 말끔히 가시게 해줘서."

쉬맹이에게 진저리 치며 물러선 천지왕, 아무런 뉘우침 없는 쉬맹이의 목을 단숨에 벤 소별왕이 동시에 떠올랐다.

"정말이야. 그 아기가 내 아들이라는 사실을 들었을 때부터 모든 게 혼란스러워졌어. 아기만이 아니라 내가 죽인 사람들의 얼굴이 주마등처럼 스쳤어. 믿어줘. 사설 경호원을 찾으려 한 것도 너와 더 시간을 갖고 싶어서이지 널 경찰에 넘기려 한 게 아니야."

"비열하고 역겨운 인간! 아기가 네 아들이라는 말에 선승처럼 단숨에 깨달음이라도 얻었다는 거냐? 네놈은 아기를 입에 담을 자격도 없어. 더욱이 나는 아무 사람이나 믿은 남편만큼 착한 사람도 아니야. 잘 들어. 너는 나와 마주치지 않았으면 생의 마지막 순간까지 게걸스럽게 욕망을 좇았겠지. 아무런 죄의식 없이 말이야. 나를 만나 구원받을 기회가 있었는데도 완강히 거부하면 내가 어떻게 해야 옳을까. 조금 전까지만 해도 너를 꼭 죽이겠다고 결심하진 않았어. 하지만 이 길밖에 없군. 너를 위해서도 말이야."

개망나니를 계단 앞으로 바투 끌자 다급하게 말했다.

"가만…, 가만!"

더는 들을 이유가 없었다. 개망나니를 세우느라 잡고 있던 두 팔을 더듬어 내려왔다. 두 손목을 쥐었을 때, 새하얗게 질린 개망나니가 목소리를 높였다.

"책상에서 오른쪽으로 네 번째 책장, 일곱 번째 칸에 책을 비우면 금고가 나올 거야. 비밀번호는 471004. 잊지 마. 내가 널 가진 날이야. 꼭 열어서 가져가. 서랍 금고 속에 있는 돈도 모두…. 넌… 내 거야."

허둥지둥 나불대는 말을 끊고 나직이 말했다.

"다음 생이 너에게 있다면, 그때는 부디 착하게 살기를…."

개망나니의 손목을 쥐고 있던 두 손을 위로 올려 힘차게 뿌리쳤다. 개망나니 몸이 공중에 뜨는 순간, 박병도의 급박한 외마디가 귀에 환청처럼 들어왔다.

"이건, 내 선택이야!"

쉬맹이는 허공에서 잠깐 허우적대다가 이내 가파른 계단으로 떨어지며 고꾸라졌다. 곧장 아래로 튕기듯 굴러갔다. 쿵 덩 쿵 덩 쿵더쿵 쿵쿵 쿵.

내가 두 손을 뿌리치던 찰나에 그의 손가락 끝도 퉁기듯이 내 손을 뿌리쳤다 싶은 감촉이 마지막 말과 함께 심장에 여운을 남기며 꿈틀댔다. '이건 내 선택'이란 말이 은은한 메아리처럼 울렸다. 나는 짐짓 우아하게 시적시적 계단을 내려갔다. 심장은 쿵당쿵당 울렸다. 쉬맹이를 살폈다. 머리가 어깨에 붙을 만큼 목이 꺾였다. 옷 사이로 드러난 성기도 파열되었다. 숨은 이미 멎어 있었다. 입에서 피거품 일며 솟아나는 피가 일 미터, 이 미터를 흘러갈 때, 다시 계단을 올랐다.

애써 차분하게 금고 돈을 가방에 넣었다. 박병도가 가져가라 말해서만이 아니다. 반민족 행위와 노동 착취로 형성한 재산의 환수는 정의 실현이기에 '전 재산 몰수'라고 쉬맹이에게 또박또박 알렸다. 하지만 그도 나도 그의 재산을 환수할 국가가 없음을 알고 있었다. 돈을 가방에 넣다가 박병도의 마지막 말, '이건 내 선택이야'가 귓전을 맴돌아 망설였다. 동시에 아들 내외가 떠올랐다. 모두 가져가라 했던 말이 부담을 덜어주었다.

방을 나가려는 찰나에 박병도의 말이 잼처 상기됐다. 책장으로 가서 금고를 찾고 비밀번호를 눌렀다. 작은 상자가 나왔다. 가방 속에 넣고 계단을 내려갔다. 피는 그사이 바닥을 흥건하게 적셨다. 개망나니의 아내가 일러둔 병원 전화번호를 찾아 눌렀다. 곧바로 주치의 목소리가 나왔다. 환자가 계단에서 굴렀다며 구급차를 요구했다.

구급차가 오고 나도 함께 올랐다. 병원으로 가면서 혼란스러웠다. 내가 그를 죽인 것인가? 그가 죽음을 선택한 것인가? 혹시라도 그를 죽이게 될 상황까지 짚어보고 그럴 때를 대비해서 어젯밤 알리바이를 만들어두긴 했다.

'환자 아베는 휠체어 없이 걸어보겠다 우겼고, 한사코 만류했는데 부축해달라고 했다. 환자를 부축해 일어나 걷자 그의 오른손이 허리에서 아래로 내려오며 더듬었다. 승강기까지 걸어가는데 그의 손은 점점 노골화되어 엉덩이로 내려와 더듬기 시작했다. 본능적으로 그의 손을 뿌리쳤는데 그곳이 공교롭게도 층계 앞이었다.'

하지만 어떻게 해야 하나. 병원에 도착하면, 환자가 계단 앞에서 스스로 몸을 던졌다고 말해야 하나? 흰 담요 사이로 삐죽이 나와 있는 손가락을 보자 퉁기는 듯했던 마지막 감촉이 새삼 선연하게 밀려와 더더욱 갈피를 잡을 수 없었다.

병원에 도착하자 주치의가 문 앞까지 나와 있었다. 직접 응급실로 데려갔다. 조금 뒤 간호사가 나오더니 환자는 도착할 때 이미 사망했다며 가족에겐 주치의가 직접 연락했다고 설명했다. 내가 숨을 몰아쉬자 간호사가 절망의 한숨으로 느꼈는지 위로의 말을 전했다.

얼마나 지났을까. 박병도 아내가 긴 밍크코트를 입고 병원에 나타났다. 열린 코트 사이로 가슴골이 훤히 드러났고 속옷이라 해도 좋을 크기의 가죽치마가 보였다. 백인과 뒹굴

다가 온 듯 목 옆에 붉은 입술 자국이 선명했다. 보일락 말락 냉정한 미소를 그리며 나를 흘끗 보았다. 사고 경위는 전혀 묻지 않았다. 만일 묻더라도 어떻게 답해야 옳을지 나 자신 종잡을 수 없었다. 그녀는 곧장 주치의 방으로 들어가더니 나올 줄 몰랐다.

간호사들은 주치의 방에서 신음 소리가 들린다며 수군댔지만 난 설마 했다. 아무튼 사망진단서는 아주 쉽게 나왔다.

집으로 돌아온 나는 아들 내외에게 목돈을 내밀며 서둘러 분가하라고 통보했다. 반디를 위해서라도 함께 살 수 없다고 판단했다. 아들 가족을 등 떠밀어 내보내자 한결 개운했다. 더 일찍 개망나니를 만나지 못한 사실에 부아마저 치밀었다. 돌하르방의 서른세 해 생애와 달리 쉬맹이는 돈방석에서 일흔일곱 해를 누리지 않았던가.

하지만 들뜬 기쁨은 시나브로 가라앉았다. 빈 공간으로 공허감이 밀물처럼 들어왔다. 박병도의 마지막 말과 감촉이 되돌이표 따라 떠올랐다. 지나치게 되새겨서였을까. 종국에는 실제 그가 한 말이 아니라 환청이 아닐까, 실제 감촉이 아니라 그렇게 믿고 싶은 감각이 아닐까 의문이 밀려오기도 했다.

고개를 흔들며 마음을 다부지게 추슬렀지만, 악몽에 고열이 이어졌다. 밤마다 목이 달랑달랑 붙은 쉬맹이가 찾아와 내 목을 졸랐다. 그러던 어느 날 목을 조르려던 박병도의 앞을 검은 옷 입은 누군가가 가로막았다. 쏘아보던 개망나니는 뒷걸음질 치다 사라졌다. 얼마나 안도했던가. 다가가자 '검은 옷'이 돌아보았다. 아, 돌하르방이다 싶을 때 깨어났다.

다음 날 밤에도 '달랑달랑 망나니'가 찾아왔다. 하지만 사뭇 달랐다. 머뭇머뭇 다가와 슬픈 눈으로 작은 상자를 내밀었다. 내가 받지 않고 '검은 옷'을 찾아 두리번거리자 쉬맹이 몸에서 피리 소리가 들렸다. 그의 축축한 두 눈에서 갑자기 뱀들이 구물구물 기어 나왔다. 비명을 지르고 깨어났다.

장대비가 창문을 때리며 쏟아지고 있었다. 가쁜 숨을 몰아쉬다가 문득 꼭 가져가라던 상자가 생각났다. 박병도의 집에서 짐을 꾸려 들고 온 가방을 거실 구석에 던져놓은 기억이 났다. 엉금엉금 기어가 가방을 열고 살펴보았다. 가방 밑바닥 모서리에 작은 상자가 보였다. 무심코 상자를 열자 반짝했다.

다이아몬드 오 캐럿 반지다. 죽음 직전까지 비밀번호를 알려주던 박병도가 떠올랐다. 내가 악마라고 판단한 인간에게 처음이자 마지막으로 저 나름의 진정성을 얼핏 느꼈다.

물론, 나는 다이아몬드 반지를 끼지 않았다. 다이아 반지를 살피다가 오랜 세월 잊고 살았던 구리 반지를 불현듯 상기했다.

아키코 가면을 쓴 1954년, 시나브로 윤택을 잃어가던 고동색 반지를 상자에 넣었다. 1944년부터 1953년까지 옹근 십 년의 삶도 함께 담았다. 어린 아들 키우는 데 몰입하자며 검은 상자를 하얀 실로 칭칭 감았다. 미국으로 건너올 때 손가방에 넣어 들고 올 만큼 소중히 여겨왔지만, 동여맨 실을 풀지는 않았다. 도근거리는 심장 소리를 들으며 엉킨 실타래를 풀었다. 마침내 상자를 열었다.

고동색 반지는 어느새 푸르스름해 나도 모르게 탄성을 울렸다. 파란 많은 십 년과 더불어 오랜 세월 상자에 갇혔음에도 발효라도 한 것일까. 민들레 문양 안쪽으로 한 군데만 남기고 두루 파랬다. 자연이 빚어낸 하늘색 반지의 아름다움에 매혹당해 가슴이 뒤설렜다. 손가락에 끼고 팔을 조금 위쪽으로 곧게 펴 구리 반지를 보았다.

그 순간 머리 꼭뒤 어딘가에서 섬광이 번쩍했다. 팔을 펴 올린 채로 얼어붙었다. 파란 구리 반지 낀 손을 고요히 아래위로 움직였다. 까부랑번개가 몸을 훑고 가서인가. 문득 춤을 추고 싶었다. 어디선가 희미하게 장구 소리가 들려왔다.

끌레기치송

영개울림. 애오라지 한 차례 본 아버지의 굿. 대구사범에서
방학을 맞아 집에 왔을 때다. 몰래 아버지를 발맘발맘 따라
가 보자기로 얼굴을 가리고 먼발치서 지켜보았다.

어느 순간 아버지는 죽은 이의 영혼이 되어 울면서 가슴에
맺힌 한을 자손들에게 풀어냈다. 저 섧게 우는 사람이 죽은
이인지 내 아버지인지 나조차 혼란스러워 되우 신비로웠다.
자손들은 심방이 불러온 죽은 아버지의 울음에 통곡으로 답
했다.

짐작했겠지만 이 기록은 울음이다. 내 울음과 아홉 영혼의
울음이 소통했다고 써야 마땅하겠지만 그럴 수 없다. 참으로

함께 울었는가. 그 물음에 선뜻 그렇다고 답할 수 없다.

구리 반지 끼고 서툰 춤을 춘 그날, 아래층에서 붉은 술을 머금었을 때다. 개망나니의 두 손목을 잡고 위로 올렸다가 뿌리친 장면이 이미 춤이었다는 생각이 들었다.

잔을 비우고 다시 이 층으로 올라오자 책상에 걸터앉아 나를 선겹들게 한 이는 돌하르방이었다. 말없이 큰 눈 가득 미소만 그렸다. 커다란 눈동자에 다른 존재가 비쳐 소스라쳤다. 돌아보자 영혼들과 잡귀들이 떠돌고 있었다.

소통은 없었다. 소리쳐 말 건네도 창백하게 바라만 보다가 어느새 사라지는 나날이 이어졌다. 목 부러진 귀신, 눈에 돌 박힌 잡귀는 불쑥불쑥 나타나 조소의 낯빛으로 사위를 떠돌았다. 노량으로 방 안을 돌아다니다가 어느 순간 보이지 않았다. 그렇게 출몰을 되풀이했다.

속수무책이었다. 내겐 일곱 영혼과 소통하는 울음도, 두 잡귀에 휘두를 '신칼'도 없었다. 생전의 아버지와 오빠에게 그 깊은 세계를 탐문하지 못한 사실로 절망에 잠기곤 했다.

그럼에도 이 기록은 회한이나 절망의 고백이 아니다. 자백이나 죄의식의 토로도 아니다. 마피아식 보복이나 사무라이식 복수의 기록은 더욱 아니다. 신칼과 더불어 신명의 기록이다. 밀항할 때도 보물처럼 챙긴 투박한 현무암 조각상, 돌하르방의 육필 편지와 제주 항쟁 보고서들을 책상 위에 두고 원고를 썼다. 다 쓴 뒤에도 깁고 다듬으며 한 발 한 발 내 가슴의 동굴로 들어갔다.

가면의 세월 내내 가슴에 꼭꼭 숨은 신명이 글을 쓰며 지펴 오르기 시작했다. 두터운 지각이 갈라지며 터져 나오는 생명력으로 무수한 고통의 기억을 되살리는 아픔을 이겨냈다. 식민지에 이어 분단으로 고통받는 조국에 대한 사랑도 첫사랑의 추억과 더불어 새록새록 부활했다.

구리 반지도 민들레 문양 안쪽으로 한 군데 남은 곳까지 파란 빛깔이 온새미로 퍼졌다. 색채도 은은해져 마침내 하늘빛 바다색이 되었다. 그래서일까. 가슴에서 찾은 신명을 독자들과 공유하겠다는 생각이 점점 짙어갔다. 공명 없는 신명은 온전한 신명일 수 없다.

마침 서울에서 열리는 학술 회의에 참석하러 가는 반디—고맙게도 잘 커주어 미국 대학에서 학위를 받고 조교수로 강단에 섰다—에게 갈무리해두었던 원고를 건네며 출판사를 알아보라 했다. 애초 내 생전에 꼭 출간하리라며 적어간 것은 아니었다. 오랜 세월 부러 모르쇠 잡은 조국의 소식을 인터넷으로 검색하다가 촛불을 들고 박정희의 딸을 권좌에서 몰아낸 아들·손녀 세대와 만났을 때 반가웠다. 어쩌면 이제 출간할 수 있지 않을까, 그리운 탐라에도 가볼 수 있지 않을까.

환상은 없다. 4·3항쟁을 두고 여전히 빨갱이 타령을 하거나 '서북청년단' 재건 소식이 들려와서만은 아니다. 친일파 후손들이 지배 세력을 형성하고 있어서만도 아니다.

가장 나를 분노케 하는 사람은 마치 '진정한 화해주의자'라도 되는 듯이 무장대도 토벌대도 다 문제라는 따위의 양비론을 들먹이는 윤똑똑이 지식인들이다. 그들에게 돌하르방의 이름으로 꼭 묻고 싶다. 과연 얼마나 진실을 알고 있는가를. 진실을 공유할 수 있어야 화해가, 아니 그 이전에 용서가 가능하지 않은가를. 어쭙잖은 화해나 양비론은 애먼 민중을 폭도로 몰아 학살한 쪽에 서 있다는 객관적 고백이 아닌가를. 북은 물론 남도 여전히 우리 역사의 진실을 소통하지 않고 있잖은가를.

살인 공소시효가 지나서야 비겁하게 밝힌다는 오해는 사양하겠다. 내가 살고 있는 미국은 살인에 공소시효가 없다. 이 기록이 출판되면 혹 일급 살인범으로 기소될지 모르겠다. 감수하련다. 이라크를 침략한 조지 부시가 살인범으로 기소되지 않는 위선과 기만의 법치국가에 살고 있더라도, 당당히 법정에 서겠다.

단순한 살인극을 넘어 학살극을 저지르고도 성찰이라곤 도무지 없는 쑹쑹이들, 뭇사람을 해친 대가로 권세와 부귀를 누리는 넥타이 맨 쉬맹이들, 게걸스레 성욕을 좇아 지금 이 순간도 민중의 건강한 딸들을 유린하는 개망나니들, 워싱턴과 지구촌 곳곳에 똬리 틀고 있는 그들을 세계 자본주의 법정에서 낱낱이 증언하겠다. 기꺼이 마귀할멈 되어 고무래로 긁어내겠다.

서울에 간 반디는 나흘 뒤 내게 전자우편으로 짧게 소식을 전했다.

"할머니의 파란만장한 수기를 읽어서인지 남한의 첫인상은 애잔했어요. 학술발표회장에서 근현대사의 진실을 탐색해 소설에 담아온 교수를 만났습니다. 뒤풀이에서 할머니 이야기를 꺼내자 눈물을 글썽이더군요. 다음 날 연구실로 찾아가 원고를 건넸습니다. 할머니, 존경합니다. 저, 앞으로 할머니와 살고 싶어요. 오래오래 사셔야 해요."

이 기록에서 반디 이야기는 부러 담지 않았다. 곁가지처럼 소개하기엔 너무 아깝다. 눈에 넣어도 아프지 않다는 말을 반디로 인해 실감했다. 반디와 함께 살고 싶다는 욕심을 내기엔 남은 시간이 봄바람 앞의 잔설이다.

욕심을 낸다면 언젠가 북녘 독자들과 만나고 싶다. 조국을 찾겠노라 맹세한 돌하르방과 내가 조국을 둘이나 가졌지만 어느 나라에서도 살 수 없었던 까닭을, 두 조국을 새 조국으로 창조할 까닭을 담담하게 들려주고 싶다. 남쪽만이 아니라 북쪽에서도 이곳 미국으로 탈출해 애면글면 살아가는 후손을 마주칠 때는 구순을 넘은 내 삶이 욕되어 더욱 착잡하다.

일제와 가장 헌신적으로 싸웠지만 정작 놈들이 쫓겨난 뒤 남과 북 모두에서 죽임을 당한 사람들을 되살려내는 데, 외세와 억압에 맞서 정의롭고 평화로운 세상을 기필코 이루려는 꿈을 우리 후손들이 되찾아내는 데, 하여 두 조국을 짓누르고 있는 저 혼탁하고 어두운 기운에 맞서 맑은 촛불을 밝히는 데, 나의 수호신 돌하르방을 증언한 이 고백록이 조금이라도 기여한다면 나 편히 눈감을 수 있다.

가면 아래 가슴 깊숙이 묻혀 있었지만, 모든 차별과 억압을 넘어 사람들이 마음 놓고 사랑할 수 있는 세상은 돌하르방과 내 평생의 별이었다. 해방 직후에 우리가 다음 세대와 더불어 경천애인으로 일궈가고 싶던 꿈, 내가 비루하게 뒷걸음질 쳐 너무 오랜 세월 망각한 꿈, 개개인과 공동체 두루 신명 나는 봄 언덕을 구현하는 위대한 꿈 말이다.

괘꽝스러운 망구처럼 군말이 너무 길었다. 무릇 심방은 삼

단계를 거친다. 단계마다 굿을 열흘 해야 다음 단계로 올라간다. 이 기록을 삼 부로 나누어 열 장씩 구성한 이유다. 그러니까 지금까지 적어온 한 문장, 한 문장은 나의 울음이자 서툰 굿이다.

생전에 아버지는 일러주셨다. 정성을 다해 마음이 맑고 밝아 한 점 흐림이 없을 때 내 안에 자리한 신명을 만날 수 있다고. 최선을 다했지만 한 점 흐림 없는 경지에는 도무지 이르지 못했다.

어수룩한 무당이어서 내 몸에 모신 돌하르방에 미안할 따름이다. 그럼에도 신의 형방, 심방을 자임하며 기록해가는 과정에서 망나니가 죽은 그날 이후 종종 찾아온 삿된 망상을 물리쳐왔고 마침내 두 잡귀까지 다스릴 수 있었다. 돌하르방이 내 안의 신명이라는 믿음이 짙어졌다.

내 사랑 돌하르방은 서른세 살로 숫진 삶을 마쳤다. 하지만 모든 사람이 마음 놓고 사랑할 수 있는 나라를 꿈꾸던 저 무수한 이들과 더불어 설화가 된 돌하르방은 내일도 같은 꿈을 꾸는 뭇 청춘의 가슴에 살아 숨 쉬리라.

아들에게 바라건대 언젠가 탐라에 가면 바다가 하얗게 우는 절울이에 사람 몸 크기의 돌하르방 하나 세워주길, 그 손 새끼손가락에 구리 반지 둘러주길. 돌하르방은 하나로 충분하다. 내 몸은 돌 아래 묻혀 뿌리 되고, 내 넋은 돌 속에 머물며 사랑으로 하나 될 테니까.

귀신 풀이 마지막이 끌레기치송이다. 서툰 심방으로서 내가 건넬 꾸러미가 언젠가 출간될 이 책이다. 노파심으로 양해바라며 꾹꾹 눌러 사족을 쓴다. 해원상생解寃相生은 그저 상생하자는 뜻이 아니다. 해원하고 상생이다. 해원은 상생의 수식어가 아니라 선행 조건이다. 해원의 울음바다 없이 적당히 화해를 유도하는 교언영색으로는 상생도 평화도 어림없다.

개똥불로 별을 대적한다 했던가. 나 같은 망구의 무모함을 경계하는 말이겠지만 어떤가. 사랑을 선동하는 개똥불은 영원으로 별과 맞닿아 있지 않은가. 요즘 들어 부쩍 불란지와 함께 밤새 날아다니며 춤추는 꿈을 꾼다.

사위를 둘러보니 돌하르방 큰 눈에서 빛나는 불이 가장 매혹적이다. 비행하던 나는 별똥의 속도로 내려가다가 돌하르방 눈 속 깊이 들어간다. 밤하늘에 넉넉한 미리내가 총총 웃는다. 하얀 달빛이 구리 반지에 괴괴히 내린다.

본문에 나오는 낱말 뜻풀이

가린스럽다   언행이 순수하지 못하고 인색하다.

가뭇없다   눈에 띄지 않게 감쪽같다.

가선   쌍거풀이 진 눈시울의 주름진 금. 가선이 지다.

가풀막   몹시 가파르게 비탈진 곳.

간살   간사스럽게 아양을 떠는 태도.

갈쌍갈쌍하다   눈에 눈물이 넘칠 듯이 매우 가득하다. 갈쌍이다.

감치다   어떤 사람의 일, 느낌 따위가 눈앞이나 마음속에서 사라지지 않고 계속 감돌다.

개감스레   음식을 욕심껏 먹어대는 꼴이 보기에 흉하게.

거적눈   윗눈시울이 축 처진 눈.

건밤   잠을 자지 않고 뜬눈으로 새우는 밤.

고리눈   놀라거나 화가 나서 휘둥그레진 눈.

고무래   곡식을 그러모으고 펴거나, 밭의 흙을 고르거나 아궁이의 재를 긁어모으는 데에 쓰는 '丁'자 모양의 기구.

골골샅샅   방방곡곡.

곰비임비   물건이 거듭 쌓이거나 일이 계속 일어남을 나타내는 말.

곰살갑다   상냥하고 부드럽다.

곰살궂다   부드럽고 친절하다.

곰틀대다   몸의 한 부분이 고부라지거나 비틀어지며 자꾸 좀스럽게 움직이다.

광대등걸   살이 빠져 뼈만 남은 앙상한 얼굴.

구덥다   굳건하고 확실하여 아주 미덥다.

구새 먹다   살아 있는 나무의 속이 오래되어 저절로 썩어 구멍이 뚫리다.

군시럽다   벌레 같은 것이 살갗에 붙어 기어가는 듯한 느낌이 있다.

귀(에) 거칠다   하는 말이 온당치 않아 듣기에 거북하다.

귀살쩍다   일이나 물건 따위가 마구 얼크러져 정신이 뒤숭숭하거나 산란하다.

까부랑번개	꼬부라져 보이는 번개.
깔뜨다	눈을 아래쪽으로 내리뜨다.
꼭뒤	뒤통수의 한가운데.
나번득이다	잘난 체하고 함부로 덤비다.
나슬나슬하다	가늘고 짧은 털이나 풀 따위가 보드랍고 성기다.
내오다	기관, 조직체, 부서 같은 것을 별도로 새로 조직하거나 꾸려놓다.
냉갈령	몹시 매정하고 쌀쌀한 태도.
노량으로	어정어정 놀면서 느릿느릿.
노박이	한곳에 붙박이로 있는 사람.
뇌꼴스럽다	보기에 아니꼽고 얄미우며 못마땅한 데가 있다.
늑신이	'늙은이'의 제주도 방언.
늘키다	시원하게 울지 못하고 꿀꺽꿀꺽 참으면서 느끼어 울다.
늡늡하다	너그럽고 활달하다.
댕댕하다	힘이나 세도 따위가 크고 단단하다.
더넘스레	다루기에 버거운 데가 있게.
덜퍽부리다	고함을 지르면서 푸지게 심술을 부리다.
데꾼데꾼하다	눈들이 모두 쑥 들어가고 생기가 없다.
덴 가슴	어떤 일에 한번 몹시 혼난 일이 있는 사람이 걸핏하면 병적으로 가슴을 두근거리며 겁냄을 비유적으로 이르는 말.
덴덕스럽다	산뜻하고 개운한 맛이 없고 좀 더러운 느낌이 있다.
도근거리다	놀라거나 불안하여 가슴이 자꾸 뛰다. 또는 그렇게 하다.
도린곁	사람이 별로 가지 않는 외진 곳.
도숙붙다	머리털이 아래로 나서 이마가 좁게 되다.
도틀어	이러니저러니 여러 말 할 것 없이 죄다 몰아서. 도파니.
도파니	이러니저러니 여러 말 할 것 없이 죄다 몰아서. 도틀어.
동살	새벽에 동이 틀 때 비치는 햇살. 동살이 잡히다.
되록되록	크고 동그란 눈알이 자꾸 힘 있게 움직이는 모양.
되롱거리다	가벼운 물건이 매달려 잇따라 느리게 흔들리다.

두렁청	어리둥절하거나 어리벙벙하다는 말.
뒤룩뒤룩	크고 둥그런 눈알이 자꾸 힘 있게 움직이는 모양.
듬쑥하다	사람됨이 가볍지 아니하고 속이 깊다.
뜸베질	소가 뿔로 물건을 닥치는 대로 들이받는 짓.
만경하다	눈에 정기가 없어지다.
말 살에 쇠 살	합당하지 않은 말로 지껄임을 이르는 말.
머슬머슬하다	탐탁스럽게 잘 어울리지 못하여 어색하다.
메지	일의 한 가지가 끝나는 단락.
모투저기다	돈이나 물건을 아껴서 조금씩 모으다.
무람없다	예의를 지키지 않으며 삼가고 조심하는 것이 없다.
미렷하다	살이 쪄서 군턱이 져 있다.
밑절미	사물의 기초가 되는, 본디부터 있던 부분.
발맘발맘	자국을 살펴 가며 천천히 따라가는 모양.
버성기다	분위기 따위가 어색하거나 거북하다.
벼룻길	아래가 강가나 바닷가로 통하는 벼랑길.
벼름벼름하다	마음먹은 일을 이루려고 자꾸 마음속으로 준비를 단단히 하고 기회를 엿보다.
부닐다	가까이 따르며 붙임성 있게 굴다.
부라퀴	자신에게 이로운 일이면 기를 쓰고 덤벼드는 사람.
부루퉁이	불룩하게 내밀거나 솟은 물건.
부박하다	천박하고 경솔하다.
부숭부숭하다	살결이나 얼굴이 깨끗하여 아름답고 부드럽다.
불구넝 지르다	숨은 일을 들추어내다.
비루먹다	개, 말, 나귀 따위의 피부가 헐어서 털이 빠지고, 이런 현상이 차차 온몸에 번지는 병에 걸리다.
비쌔다	어떤 일에 마음이 끌리면서도 겉으로 안 그런 체하다.
비웃적대다	남을 비웃는 태도로 자꾸 빈정거리다.
빙시레	슬며시 입을 벌리는 듯하면서 소리 없이 거볍고 부드럽게 웃는 모양.

빙싯거리다	입을 슬며시 벌릴 듯하면서 소리 없이 거볍고 온화하게 자꾸 웃다.
살그니	남들이 알아차리지 못하게. 살그머니.
살매	사람의 의지와 관계없이 초인간적인 위력에 의하여 지배된다고 생각되는 길흉화복.
살천스럽다	쌀쌀하고 매섭다.
살품	옷과 가슴 사이에 생기는 빈틈.
삿되다	행동이 바르지 못하고 나쁘다.
새되다	목소리가 높고 날카롭다.
새롱거리다	경솔하고 방정맞게 까불며 자꾸 지껄이다.
생게망게하다	하는 행동이나 말이 갑작스럽고 터무니없다.
생급스레	하는 일이나 행동 따위가 뜻밖이고 갑작스럽게.
서그러지다	마음이 너그럽고 서글서글하게 되다.
서그럽다	마음이 너그럽고 서글서글하다.
서머하다	미안하여 볼 낯이 없다.
섟	마땅히 그리하지는 못할망정 도리어.
선겁들다	놀라게 하다.
소락소락	좀스럽고 염치없이 행동하는 모양.
속(이) 살다	겉으로는 수그러진 듯하나 속에는 반항하는 마음이 있다.
솔래솔래	조금씩 조금씩 가만히 빠져나가는 모양.
수꿀하다	무서워서 몸이 으쓱하다.
숙지근하다	불꽃같이 맹렬하던 형세가 점차 누그러진 듯하다.
순소하다	순량하고 소박하다.
숫지다	순박하고 인정이 두텁다.
숭굴숭굴하다	얼굴 생김새가 귀염성이 있고 너그럽게 생긴 듯하다.
숲정이	마을 근처에 있는 수풀.
슴벅이다	눈꺼풀이 움직이며 눈이 감겼다 떠졌다 하다.
시들방귀	시들한 사물을 하찮게 여겨 이르는 말.
시룽대다	경솔하고 방정맞게 까불며 자꾸 지껄이다.

시룽시룽	경솔하고 아주 방정맞게 까불며 자꾸 지껄이는 모양.
시르죽다	기를 펴지 못하다.
시적시적	힘들지 아니하고 느릿느릿 행동하거나 말하는 모양.
시치름히	시치미를 떼고 꽤 태연한 태도로.
실떡거리다	실없이 웃으며 쓸데없는 말을 자꾸 하다.
싸목싸목	'천천히'의 전라남도 방언.
쑹쑹이	성질이 음험한 사람.
쏨벅이다	눈꺼풀이 움직이며 눈이 감겼다 떠졌다 하다.
씨그둥하다	귀에 거슬려 달갑지 아니하다.
씨식잖다	같잖고 되잖다.
씨억씨억	성질이 굳세고 활발한 모양.
암띠다	비밀스러운 것을 좋아하는 성질이 있다.
앙가슴	두 젖 사이의 가운데.
애동대동하다	매우 앳되고 젊다.
애성이	속이 상하거나 성이 나서 몹시 안달하고 애가 탐.
애오라지	'겨우'를 강조하여 이르는 말. 또는 '오로지'를 강조하여 이르는 말.
야당스레	보기에 약빠르고 매몰찬 데가 있게.
야지랑스럽다	얄밉도록 능청맞고 천연스럽다.
약약하다	싫증이 나서 귀찮고 괴롭다.
어글어글하다	서글서글하다.
어금버금하다	서로 엇비슷하여 정도나 수준에 큰 차이가 없다.
어기뚱하다	말이나 행동 따위가 매우 교만하고 엉큼한 데가 있다.
어기차다	한번 마음먹은 뜻을 굽히지 아니하고, 성질이 매우 굳세다.
얼띠다	다부지지 못하여 어수룩하고 얼빠진 데가 있다는 뜻의 충청도 방언.
엄부럭	어린아이처럼 철없이 부리는 억지나 엄살 또는 심술.
엄엄하다	매우 엄하다.
엉거능측하다	음충맞고 능청스럽게 남을 속이는 수단이나 태도가 있다.
여싯여싯	무슨 말을 하려고 자꾸 머뭇거리는 모양.

여투다	돈이나 물건을 아껴 쓰고 나머지를 모아 두다.
영개울림	굿에서 심방(무당)이 마치 죽은 사람의 영혼이 빙의한 것처럼 울면서 가슴에 맺힌 한을 자손에게 풀어내는 대목.
오그랑쪼그랑	여러 군데가 안쪽으로 오목하게 들어가고 주름이 많이 지게 쪼그라진 모양.
온새미	가르거나 쪼개지 아니한 생긴 그대로의 상태.
옹글다	조금도 축가거나 모자라지 아니하다.
옹송옹송하다	정신이 흐리어 생각이 잘 떠오르지 않고 흐리멍덩하다.
와랑와랑	울리는 소리가 몹시 요란스럽게 큰 모양.
왜자하다	소문이 온 동네에 널리 퍼져 요란하다.
우그렁쭉박	시들어서 쭈그러진 박.
우둥우둥	여러 사람이 바쁘게 드나들거나 서성거리는 모양.
우리하다	몹시 아리거나 또는 욱신욱신하다는 뜻의 경상도 방언.
우집다	남을 업신여기다.
울뚝밸	화를 벌컥 내어 말이나 행동을 함부로 우악스럽게 내놓는 성미.
웅숭깊다	생각이나 뜻이 크고 넓다.
윤똑똑이	자기만 혼자 잘나고 영악한 체하는 사람을 낮잡아 이르는 말.
윤슬	햇빛이나 달빛에 비치어 반짝이는 잔물결.
으밀아밀	비밀히 이야기하는 모양.
을근대다	미워하거나 해치려는 마음을 드러내어 으르대다.
자드락나다	감추고 있던 일이 탄로 나다.
작달비	장대비
작차다	가득하게 차다.
잔밉다	몹시 얄밉다.
잼처	어떤 일에 바로 뒤이어 거듭.
정가롭다	매우 정갈하다.
조마롭다	매우 조마조마하거나 조마조마한 데가 있다.
종작	대중으로 헤아려 잡은 짐작.

지싯지싯	남이 싫어하는지는 아랑곳하지 아니하고 제가 좋아하는 것만 자꾸 짓궂게 요구하는 모양.
지척거리다	힘없이 다리를 끌면서 자꾸 억지로 걷다.
짓쩍다	부끄러워 면목이 없다.
찔꺽눈	짓물러서 늘 진물진물한 눈.
찜부럭	몸이나 마음이 괴로울 때 걸핏하면 짜증을 내는 짓.
초름하다	넉넉하지 못하고 조금 모자라다.
치뜰다	행실이나 성질 따위가 나쁘고 더럽다.
친친하다	축축하고 끈끈하여 불쾌한 느낌이 있다.
털수세	털이 많이 나서 험상궂게 보이는 수염.
푸나무서리	풀과 나무가 우거진 사이.
피근피근	뻔뻔스러울 정도로 고집이 세고 완고한 모양.
피밭다	혈연관계나 친척 관계가 가깝다.
피새	급하고 날카로워 화를 잘 내는 성질.
해낙낙하다	마음이 흐뭇하여 만족한 느낌이 있다.
허우룩하다	마음이 텅 빈 것같이 허전하고 서운하다.
허전거리다	다리에 힘이 아주 없어 쓰러질 듯이 계속 걷다.
헙헙하다	활발하고 융통성이 있으며 대범하다.
홈홈하다	연하고 흐물흐물하다.
홉뜨다	눈알을 위로 굴리고 눈시울을 위로 치뜨다.
화장걸음	팔을 벌리고 뚜벅뚜벅 걷는 걸음.
훌닦다	휘몰아서 나무라다.
훔훔하다	매우 연하고 흐물흐물하다.